吉本隆明〈未収録〉講演集〈2〉心と生命について

筑摩書房

編集　宮下和夫
＊
装丁　南　伸坊
装画　山本容子
＊
口絵写真
一九七八年
ミシェル・フーコーと
撮影　吉田　純

目次

I

Ⅱ

Ⅲ

心と生命について

吉本隆明〈未収録〉講演集2

凡例

本講演集は、一九五七年の「明治大正の詩」から、二〇〇九年六月二十日の「孤立の技法」まで、著者の講演集の単著に収められていない講演および今回新たに音源が発見された講演を基本的に〈未収録〉と判断し、著作権継承者の了解を得た上で、テーマ別に編集・収録した。

本文確定について

著者生前に活字化された講演で、著者の手が入っているとおもわれるものは、明らかに誤植と思われるものを除いて、そのままとした。

著者生前に活字化されていない講演、活字になっているが著者の手が入っていないと判断される講演については、誤記・誤植と思われるものは訂正し、著者が生前講演を原稿にする際に訂正する表記法や表現（次項参照）に留意し訂正を加えた。生前に活字化されなかった講演は、編者の手元にあった音源から原稿にした講演と、今回、新たに音源が発見され、原稿作成した講演がある。

（新たに音源が発見された講演については各巻解題参照）

校訂・統一ということ

著者には独特の用字法がある。

根柢、則して、業蹟、異和、情況、径路、対手・相手、個処、出遇う、言い種、子ども、言い方、云う、仕方・しかた、充分。ひらがなの多用、じぶん・自分、ぼく・僕、わたし・私、われわれ、いちばん、いちおう、そうとう、たいへん、など。

本講演集でも、活字化されなかった原稿については、この用字法にできるだけ沿った。しかし、完全な統一はしなかった。

よって、表記については校閲・校正的には不統一、違和感のあるものもあえてそのままにしながら、著者生前の講演の形に近づけるように努力した。

I

物語について

無意識のレベルで小説を書く

今日は「物語について」ということで、何をお話しようかと思って、僕自身の物語についての考え方・考察があるので、それをお話すればいいかなと思ったんですが、たまたま出たばかりの「新潮」に村上春樹と心理学者の河合隼雄さんの対談が載っていて、その対談が「現代の物語とは何か」という内容です。ちょうど村上春樹の『ねじまき鳥クロニクル』がベストセラーになっていて、自作の解説みたいなこともしていますから、これは入り口にはちょうどいいんじゃないかと思うので、そこから入っていきます。

村上春樹が話題にしているのはそれこそ「ねじまき鳥」なんですが、じぶんの文学的な好みということから始めています。じぶんは文学について憎む対象が二つある。一つは両親とも国語の先生で、子どものときの話は『源氏物語』はどうだとか、『枕草子』がどうだという話ばかりで少しもおもしろくなかった。それで両親に対するエディプス－コンプレックスがあって、教師が憎悪の対象になった。

それが一つと、もう一つは日本文学の古典の話ばかり子どものときから出てきたので、日本文学を決定的に憎しみの対象にして、日本の文学書はほとんど読んだことがなくて、翻訳の小説ばかり読んでいた。二十代はその両方が嫌なものだから、文学的なこと、少なくとも書くということに携わらなかった。ほかの仕事をしていた。

そのとおりに云いますと、「だけど、二十九歳のときに突然小説を書きたくなって書いた」と云っています。いま云ったことは、村上さんがそう云う理由は僕には思い当たることがあるのです。

この人の、特にいい小説というか本筋の小説、『ノルウェイの森』でもいいし、『ダンス・ダンス・ダンス』でも、『ねじまき鳥クロニクル』でも何でもいいんですけど、文体というか文章の書き方が、ものすごく批評しにくい文体なんです。全般的にそうですが、いい作品と云われるようになってからが特にそうです。

どういうことかといいますと、こういう文体で小説を書く人は独りよがりで、じぶんだけいいと思って、自信たっぷりで小説を書いている奴か、そうでなければ「この人の小説は少なくとも文学史上最たるものとして残る」という作品を書く人で、「このどちらかしか、こんな文体で書いたらおかしいよ」というぐらい、つまり孤独ではないけど閉じられている文体です。

これは何なんだということで、こういう作品は僕からするとすごく批評しにくいのです。つまり批評家としてのじぶんの存在をかけてというか、じぶんなりの筋道で村上さんの作品を本気になって批評しようかという気にはちょっとならないのです。

だからといって、批評は商売だから、もっとつまらない作品だってうんと批評することがありますし、していいます。それなのにこの人の作品を批評しないというのは、ちょっと不公平になるから、中腰でというか、中間のところの態度で批評するよりしようがないなという感じを抱かせるんですが、それがどこからくるのかがよく分からなかったんです。

こういうはずはないんだと思います。つまり古今の名作を書く孤独な作家で、本格的に、それ以外ないという形で名作を書いたというものではなくて、ちっとも孤独じゃない。つまり風俗豊かな小説で、ご本人もちっとも孤独じゃないのですけど、それでも文体のあり方はそうなんです。それがどこからくるのかよく分からないから、この人の作品はいつでも中腰で批評するよりしようがないという感じを伴なってきたんです。

日本文学に対してどう思っているかというと、あまり読んだことがなくて、つい最近アメリカの大学へ行って日本文学の講義をしてくれと云われて少し読み始めたらしいのです。つまり翻訳小説の筋道あるいは文体で日本語で小説を書いているという具合だから、この人の文体は独りよがりか、そうでなければ古今の名作かという文体になってしまっているんだけど、どちらでもないという作品を書くことになっているんだろうなと初めて分かりました。

つまり日本文学はあまり好きではなくて、読んだこともないというところで書いているのですから、「ああ」と何か納得いくところがありました。これはじぶんがそう云っているからそうでしょう。

それからもうひとつ云っていることは、物語というのは起承転結といいましょうか、初めにイントロダクション、入り口があって、展開していって、A、B、C、Dと行って、Dのところにクライマックスがきて、それから終末がくるというのが昔話からの物語の定型ですが、じぶんはその定型の順序を変えている。初めにBがきたり、次にDがきたりという変え方をしたらどうかと考えて書いていると云っています。

順序を変えるということと、もうひとつは間を抜いてしまうということです。つまり、「流れがそういかないように筋道を抜いて物語を書いたらどうなるかということをじぶんはやってきた。断片的な告白、あるいは断片的な感想をつなぎ合わせて、それをひとつの長編に持っていってしまうという形に近いことをやろうとしてきた」と云っています。

これは村上さんの考え方ですけど、どういうことを云っているかというと、漱石が出てきて、「日本の近代文学をたとえば漱石に象徴させて読んでみると、Aから始まってB、C、Dというところで、ギリギリに登場人物なり物語の筋道を追い詰めていってクライマックス、終局へいくというように、定型的で、しかも自我と外界の出来事のあいだの葛藤をギリギリ追い詰めていく、そういう小説が日本の近代小説の主流だ。じぶんはそれが主流だと思うと小説を書く気がしないし、書けなかった。順序を崩すことをじぶんができるようになり、それから中を抜いてしまって物語にすることをやれるようになって、じぶんの小説が初めて成り立った」という言い方をしています。

このことはとても重要です。物語にとって重要なことは、後で僕なりに申しあげますが、「じぶんの考えている物語は、漱石に典型的に象徴される物語の考え方とはちょっと違うやり方をしてきた」と云っています。

これは自己弁護、じぶんの作品の弁護ということと、もうひとつは対談の対手がユング派の心理療法家である河合さんだからそういう言い方をしたんだと思いますが、「自我の主たる戦場は日常生活のレベルにある。そこでいろんな事件や葛藤があるというのが日本の近代文学の物語の本筋だとすれば、じぶんは日常生活の中に出てくる意識的なレベル、あるいは自己とか自我というものと外界、人間関係としての葛藤には主流を置きたくない。もっと下のほう、つまり無意識のうちにじぶんがぶつかるもの、あるいは無意識のうちに受け入れているもの、無意識のうちにじぶんがふるまっているものにレベルを下降させるというか、意識と無意識というものがあるとすれば、無意識のほうに自我をぼんやりさせたうえで、しかし無意識としては非常に明瞭なレベルでということを心がけて書いてきた。そういうところにじぶんの小説の特徴があると思う」と云っています。

もう少し経ったら僕の話にいきますが、『ねじまき鳥クロニクル』はそういうふうに書かれたと、ある程度自己弁護も含めて云っています。『ねじまき鳥クロニクル』でもいいし、『ダンス・ダンス・ダンス』でも『ノルウェイの森』でもいいんですが、村上さんの作品はどういうふうにできているのか、あるいは村上さんが漱石と云っているから漱石の文学と比較してどう見えるかというと、こういうふうに見えます。

つまり、半分は漱石と同じように、近代的自我か西欧的自我か知りませんけど、そういう自我と外界とか人間関係の葛藤という描き方と、それからもうひとつは、村上さんは「無意識のほうにレベルを下げて」と云っていますが、無意識に受け入れている現在の風俗に対するじぶんの反応、自我反応だけではなくて無意識反応も含めて、そういう反応との折衷として村上さんの文学が成り立っていると客観的には見えます。

でも、村上さんはそう思っていない。そういうことは、云っていることを見ると、とてもよく分かります。「自分は自我意識のレベル、つまり日常意識のレベルでの葛藤とか蔑視とかドラマとか、そういう処で作品を書いていない。それよりも、もっと無意識のほうに下がった処に主眼を置いて小説を書いている。そうするとじぶんの書いているような作品になるんだ」と云っています。

村上さん自身はそう思って書いていますが、僕らがはたから野次馬として読むと、そうじゃなくて、やっぱり漱石流の、つまり近代文学あるいは西欧近代が培ってきた自我意識の葛藤と現在の風俗を非常にうまく取り混ぜてというか、折衷しながら作品を書いていると見えてしまうのです。

だから意地悪く云えば、「漱石の作品は風俗小説と云えないけど、村上さんの作品は風俗小説と云えば風俗小説だよな。おもしろい風俗、奇妙な風俗が村上さんの小説を非常に引き立てているな」というように見えます。これは意地悪な解釈の仕方で、ご本人はそういうつもりではなく、「意識的な自我よりも無意識の処でいろいろ起こってくる葛藤なり事件、出来事を描く。また、それを掘り下げることが自分の小説のモチーフだ」と云っています。

僕は、『ねじまき鳥クロニクル』はいい作品だと思います。いままでの成功したと思われる作品、『ノルウェイの森』でも、『ダンス・ダンス・ダンス』でもいいんですが、そういう作品とどこが違うかということになりますと、僕は大部分はその延長線で、同じようにおもしろく、同じように読める。そういうふうに、だれもが読むと思います。

少しだけ違っているところをつまらないことで云えば、『ねじまき鳥』ではオカルト的風俗にたいへん関心を寄せているということと、いままでの作品は三十代の初めぐらいの、いい年をしているけど独身で、優雅な暮らしをしているのが主人公の「僕」なんですが、この場合は結婚しています。

奥さんも働いていて、じぶんは職場の関係で失業して、職を探しているけど奥さんが働いているから経済的にはどうということはない。そういう意味では、かなり優雅に暮らしている。昼間は暇があって、奥さんの代わりにじぶんが夕食をつくって、それを整えておけばいい。あとの昼間の時間はじぶんの自由に使える、そんな主人公の設定の仕方をしているというのが、小さいことですけど、変わっているといえば前の作品とは違うところです。

もう一つ、大いに違っているのは、物語とは直接関係ないんですが、物語に出てくる本田という老人がいて、若いときに軍隊に行きます。そのころ、ちょうどソビエトと旧満洲国、現在の中国東北地区の国境でノモンハン事件という国境紛争があって、それに出ていったんですけど、本田老人はちょっとオカルトで超能力みたいなものがあるのです。

一人の情報将校がいて、戦友たちと二、三人で、その情報将校が国境を越えてソ連の陣地へ入っていって情報を集めてくるのを護衛する役で、情報将校が情報を集めて帰ってきて、また護衛して国境を越えようとするその越える手前で捕まってしまう。ソ連将校と外蒙古の兵隊が、けものの皮をはぐようにナイフで情報将校のからだの皮をはいでいくという目にあうのです。

そのことを非常に微細に、如実にというか、リアルに、迫力がある描き方で描いています。それは、いままでにない場面です。あまりに迫力があるので、全体の物語の重さを少し偏らせているぐらいです。本田老人が死んだときに、戦友だった間宮中尉が「僕」に遺品を届けにきたついでに物語る昔の戦争談として長々と描かれていますが、それはすごく意図的なものだと思います。

つまり、作品全体の流れを歪ませるぐらい、非常に迫力ある描写でそれをやったというのは、いままでの村上さんの作品にはなかった要素です。たぶん、そこは村上さんの現在の日本社会に対する一種の苛立ちを非常に象徴する箇所だろうと、僕は読みました。作品としても非常にいい作品だと思います。

ところで、これに対する非常に否定的な主張がひとつあります。それは「リテレール」という雑誌に載った中条省平さんの批評で、ケチョンケチョンに『ねじまき鳥クロニクル』に否定的な批判をしています。何を否定的に批判しているかというと、要するにつづまりがついていないことがいっぱいあると云っています。

「第一に、いちばん初めに謎めかして女の人から、テレクラみたいな性的な電話をかけてくる謎の女がいるけど、後のほうを見ると別れたがっている自分の奥さんがかけていると分かる。しかし、そんなばかな話は成り立たないだろう。電話であろうと、じぶんの奥さんの声が聞き分けられないで、謎の女だと思い込むことなんてありえない」と云っています。

その手のことを七つか八つ挙げて、「ことごとく全部嘘だ。いんちきで、登場人物がどうなったかというつづまりがひとつもついていない。猫が失踪したときからいろんな事件が始まるけど、失踪した猫は一体どうなったのかを書いていない。その手のつづまりがつかないところがいっぱいある。こんなばかな小説はない」と、徹頭徹尾、否定的な批評をしています。

僕は、あらかじめ村上さんが自己弁明して、「漱石流の日常生活の意識的な自我と外界との葛藤とか事件を書こうとしていない」と云っているところがそれに該当すると思いますが、これは読み方いかんによってはそういう批判になると思います。「登場人物あるいは登場するものの事件のつづまりが全部ついていない。あるいは曖昧にしかついていない。これは小説としての倫理に反する」という言い方を中条さんはしていますが、そういう評価になってしまうと思います。

リズムの心地良さ

でも、村上さんの主要な作品はみんなそうなんですけど、半分は意味論的に読んでも半分は一種の感覚の流れ、流れのリズムというか、その気持ち良さというふうにして読む。半分は筋書きとして読んで、主人公はどうなったかなとか、主人公が好きな女の子はどうなったかなという読み方をする。

半分はそういう読み方をしないで、一種の心地良いリズムの流れが全体にあって、それがこの人の作品の特徴であり価値なんだという読み方をすると、ひとつもつづまりがついていないじゃないかとか、わざと謎めかしているけど、本当を云うとちっとも謎にならないじゃないかという否定の仕方をかわすことができる気がします。

僕は、なぜ村上さんの作品がおもしろいのか、いいのかといった場合、意味論的にと云いますか、「こういう筋書きで、こうなって、この自我とこの自我がこういうふうに葛藤してこうなったんだ」という意味合いでの良さは、あったとしても半分で、あとの半分は、文体を流れている一種のリズムの気持ち良さです。それは何の意味もないというか、意味とはかかわりない一種のリズムがあって、それが停滞せずに流れていく。だから、いったんそこに入り込むと、終わりまでずっと流れに沿って、読み終わって気持ちがいいというか、心地良い感じで読み終わる。そういう要素が村上さんの作品にはあって、「半分はその良さだろう」と読めるのではないかと思います。

そうじゃなくて本当に日常生活レベルで起こるリアルな、現実的な事柄に対して主人公の自我がどう葛藤したかとか、どういうふうに女の人と別れてどうしたかという読み方をしてもいいのですが、「半分ぐらいそういうリズムで読んだほうがいいのじゃないか」という読み方がありま す。これで読めば、登場人物のつづまりがついていないじゃないかとか、こんなばかなことがあるかということはあまり気にならずに、リズムの流れとして気持ち良く読んでいけるところがありますから、それでいいんじゃないかと僕は思います。

物語で云えば、半分無意識の領域のところで書いているから、そんなに因果関係が明瞭になららなくても、そんなことは夢と同じで無意識の領域ではいっぱいありうるから、つづまりがついていなかったり矛盾があっても気にならないんじゃないかということを、村上さんはあらかじめ弁明していると思います。

僕は村上さんの作品をどう読めばいいかというと、半分は物語が展開する筋として読んだらいいし、半分は筋がどうであるかというよりも、「この人の文体が持っている一種のリズムがあるから、その心地良さと、一種のリズムの現実感が現在の風俗にかなっているところがあるので、この作品がおもしろく読めるんだ」と理解するほうがいいと思います。

それは村上さん流に云えば、半分無意識のところに移ってくる出来事を描いているから、意識の物語としては矛盾が生じたり、つづまりがついていなかったりしても、流れとしてはそれでいいんだという弁明になりますし、そういう物語としてじぶんは書いているということだと思います。

こういうところが村上さんの考え方の特徴ですが、「一般的に、漱石の作品は、自我葛藤の物語としてギリギリ追い詰めるだけ追い詰めて、原因まで追い詰めている。一般的に云って、物語をそういうものとして追い詰めていけば、漱石流の追い詰め方は極限まで引っ張っていった追い詰め方だという理解になるけど、自分はそういうのは納得がいかないし、そういう迫り方は心に引っかかってこない。つまり迫ってこないので、違う書き方で、無意識が描く物語というか、無意識がひとりでにつくり出す物語みたいなものを非常に重んじて書いたらどうなるかということを、いろんな小説でやってきたし、これからもやっていきたい」という言い方をしています。

僕は必ずしも村上さんがじぶんで云っているようには村上さんの作品はできていなくて、半分はやっぱり漱石流の近代小説的なやり方でできあがっていると思います。このへんを素材にしながら、僕自身の物語についての理論がありますから、それに入っていきますが、村上さんが漱石の小説とかじぶんの小説について触れている問題は、僕の物語についての考え方からすると「形態論」という概念の問題になると思います。

形態論から云えば、「村上さんは形態を意識下にというか、無意識のほうに沈めて考えようとしたんだ」と云えば、非常にいい弁護の仕方になると思います。物語の形態とは何なのかということを少し説明します。

地形の認識と形態の認識

これはどういう説明の仕方をしてもいいんですが、いちばん分かりやすい形態の考え方はこうです。例を挙げますと、柳田國男という民俗学者がいますが、この人が対馬の『風土記』を読んで、「自分は感心したことがある」と云っています。たとえば対馬の海岸べりを歩いていくと、極端なことを云うと一歩行くごとに地名がついている、これにものすごく感心しています。

日本の地名の広がりの問題で云いますと、何々県何々郡とあって、その後に何々村というのがきて、その下に字《あざ》何々という言い方をして、もっと云うと字の下に小字というのがあります。字がいくつか分かれて小字になって、それで終わりかというとそうじゃなくて、もっと云うと地形の名前と場所の名前が一致するものが小字の下にある。あるいは家屋敷の名前や田畑の名前と、その田畑のある場所の名前が一致する。

そうなってくると、田畑が三つぐらい集まっていれば、もうそこにひとつの地名があって、また田畑に対する名づけになっています。もっと極端に云うと、いまの壱岐《いき》、対馬《つしま》じゃないですけど、「一歩歩くごとに地名が違うというぐらい空間が全部地名になっていて、漏れなくなされている」と書いています。

日本、あるいは日本語でもいいんですけど、そういうところでは地名のいちばん最初は地形名と同じです。たとえば、いまでも北海道では、幌内《ほろない》とか稚内《わっかない》とか「内」の字を当てた地名がいっぱいあるでしょう。「内」というのは何かというと、川っぺりとか水のほとりを意味します。そういう地形をまず「〜内」と名づけたわけです。

それが日本における地名のいちばん最初で、「地名と地形名は同じだ」という一種の空間認識の仕方があったのです。これは次の瞬間に、「地名と地形とは別のものだよ」と分離する最初がありますが、そのときに形態という概念が生まれてきます。

初めは空間的な場所と地形とは同じで、これが日本における地名の起こりですが、同時に地形名の起こり、あるいは場所名の起こり、空間認識のいちばん最初の仕方です。いまで云えば、もちろん本州でも残っていますが、いちばん多く残っているのは東北とか北海道です。

しかし、いずれにしろ古い時代からの日本語でいけば、地形名と地名というのは、形の認識として、「そのものがそのものである。それがそれである」ということで一致するというのが空間認識のいちばん初めの起こりです。これが最初に分離したときに、地形名と地名が分離します。

それで「地名は地名だ」となりますし、もっと云うと、一体どこから起こったのかわからなくなってしまいます。

いちばん初めの日本語の言葉は、そういうふうに形態感覚と「ここがここなんだ」と空間を指定する感覚が同じで、それが分離し始めたときに形態という認識が出てきます。

ところで形態という認識ですが、たとえば『古事記』に倭建《やまとたける》の命《みこと》が関東地方に遠征してきたら、土地の住民に囲まれて、周りから火をつけられてしまって、持っていた剣で草を切り払って難を逃れたという説話が出てきます。その場合、「さねさし　相模《さがむ》の小野に　燃ゆる火の　火中《ほなか》に立ちて　問ひし君はも」という歌が出てきます。それは倭建の命のお妃が詠んだ歌だという、そういう説話がありますが、たとえば「さねさし相模」という場合、相模湾というのがあるように、相模はいまでも残っている地名です。

昔はそのあたりをさねさしと呼んだんですが、それは「岬が地形として出っ張ったところ」という意味です。これは地形を表わします。これは古い日本人と新しい日本人というのはおかしいですけど、古い日本人がいたところに新しい日本人が入ってきて、昔「さねさし」あるいは「たねさし」と呼んでいたのを新しく入ってきた日本人が「相模」という読み方の地名にして、どちらでも通用するという場合に、いま云ったみたいに「さねさし相模の」と、ふたつの地名を重ねて云っていた時代があります。

これは後になって枕詞と云うんですが、それは両方の地名です。元からそこに住んでいる半分の人は「さねさし」と云ったけど、新しくきた半分の人たちは「相模」と呼ぶようになって、両方とも通用するという場合には「さねさし相模」とふたつ並べるというやり方があります。

これがふたつの地名が分離するいちばん初めです。その場合、「さねさし」という言葉は本当は地形を表わす地名ですけど、相模という呼び方が入ってきたものだから、地名としては半分しか通用しない。ただ地形名としてはちゃんと通用するのが枕詞のいちばん初めです。

こういう形での地名、つまり地形と空間的な認識、「こういう地形になっているぞ。山あり、谷あり、こうなっているぞ」という地形の認識と形態の認識が初めて分離していくわけです。

一足飛びにいきますが、物語の中で形態認識がどう展開していくかということになると、物語の中で非常に重要な意味を持ちます。「さねさし相模」よりもう少し後になると、何でもいいんですけど、平安朝には『今昔物語』みたいな、芥川龍之介が小説の材料にしたような物語がありますます。

『今昔物語』には、どういうものが出てくるかというと、小さい物語をいっぱい集めてあるだけですが、その物語のいちばん初めは、「今は昔」と云います。いちばん典型的なのは、「今は昔、一人の男がどこどこに住みてありき」みたいなことを云って物語が始まり、終わりに「何々であるとかや」と云って、「あるそうだ」というのがいちばん後にくっつきます。

日本文学における典型的形態認識

これが文学作品に表われたひとつの形態認識です。つまり文学作品の物語を形づくっているいちばんポイントになるものとして、「今は昔、何とかという男ありけり」というものから必ず物語が始まり、いちばん最後は必ず、「何々であるとかや」と、「何々であったそうだ」ということで物語が終わります。『今昔物語』は典型的にそうですけど、平安朝の物語にはそういう典型的な形態認識があります。

この典型的な形態認識は、物語としてはそんなに高度なものではないのですが、「昔々こういうことがあって、だれそれがいて、こういうことが起こって、おしまいにこうなった」という物語を延々と語り継ぐところから物語が始まったとすれば、たとえば、『今昔物語』は形態認識として、「今は昔」から始まって「何々であるとかや」という非常にはっきりした形態を持っていた。

あまりに典型的すぎて、水戸黄門で云えば、「もうすぐ印籠《いんろう》が出てくるぞ」というと出てくるのと同じで、もう分かったというように必ず定型で、そういう意味では通俗的ですけど、強力なパターンなんです。通俗的であると同時に、非常に強力なパターン認識です。これは物語にとっていちばん重要な形態です。

これを大昔のことと強いて関連をつけようと思うと、つけることはできます。つまり「今は昔何々であるとかや」という形態認識で物語が物語られた、あるいは書かれた時代の地名と関連する形態認識とは一体何だということになります。その場合にはこうです。

日本列島の地勢はあまり種類はなくて、極端なことをいうと海岸っぺりに低い山があって、海岸っぺりの割に狭いところに平地があって、そこに田畑や村がつくられて、真ん中あたりに川が流れて前のほうは海だというのが、日本列島の典型的な地形です。

もうひとつあえて典型的な地形を挙げますと、これは東北とか北海道に多いのですが、割合に高い高原で、つまり海抜が高くて、周りを低い山や丘に囲まれている盆地があります。この盆地の村には四方の低い山から川は流れてきますが、海はないのです。四方を全部山に囲まれて、海抜はかなり高く、盆地になっていて、村ができているというのが、もうひとつの典型的な日本の地形です。

細かく云えば、まだいろいろあります。その盆地の山と山の間を水が流れていて、そこを辿って奥のほうに行くと山里というか、山奥の山の裾野にちょっと村があるというのももちろんありますが、主な典型的な地形はいま云ったように、前に海を控えていて、周りは山に囲まれ、そこに追い詰められたように平地があって、田畑があって、村があって、川が流れているというものです。

それから、山に囲まれて、真ん中に盆地があって、そこに田畑があって、四方の山から川が流れていて、そこに村があって住んでいる。これがもうひとつの典型です。つまり日本の地形は、極端に云うと、そのふたつしかないのです。

ですから、「今は昔、何々という人があって、こういうことをやって、こうなったそうだ」という定型は、強いて地名ないし地形と関連づけると、そのふたつの地形認識になります。つまり、前に海を控えている地形か、山に囲まれた盆地の地形か、そのふたつの地形認識あるいは形態認識が、「今は昔」という『今昔物語』みたいなものにおける物語の形態認識と対応します。

これが平安朝時代の物語の定型、定まった形です。これをさまざまにひねって、「今は昔、何々であるとかや」というのが、この定型がよほど注意しないと見えないようにつくられた最も優れた作品は、『源氏物語』です。これはそういう定型を完全に破ったように見える物語をつくっています。通俗的なところを全部抜いてしまってというか、よくよく見ないと定型認識とか、あるいは日本列島の地形と関係あるような地形認識と物語の形態認識を対応させることができないぐらい、うまくつくられています。

でも、『源氏物語』もよくよく読みますと、やっぱりこれは同一パターンの繰り返しだなというふうになっています。つまり、主として光源氏という男がいて、里の女に通ったり、貴族の女のところに忍んでいったり、そういうことから起こる物語が繰り返し、繰り返しなされています。五十四帖、このパターンの繰り返しで物語の一種の形態です。

よく考えればこれも、「今は昔」というほどはっきりはしていないけど、あるいは通俗的ではないけど、やはり一種の日本の地形認識として非常にありふれたというか、「典型的にはふたつの地形しか日本列島にはないと云っていいぐらい、そういうところにしか人は住んでいない」というふうになっている地理的な形態認識と物語の形態認識を対応させることができます。

漱石の形態認識

日本の明治以降の近代小説は、それこそ漱石なんか典型的に、最も遠くまで形態認識を展開させた人です。それをどれだけ近代化するかというと、近代的に独立した一個の自我の日常意識があって、自分以外のものを全部外界あるいは他者と考え、それとの葛藤が物語になっていく。実際にある形態、日常生活で当面する形態よりも物語の形態認識をもっと鋭く際立たせる。あるいは自我意識をもっと鋭く際立たせることを、漱石はとことんまでやったのです。

つまり、漱石の小説の中における想像力は、そういうところにあると云っていいと思います。それがいちばん分かりやすい漱石の作品は『道草』です。『道草』はじぶんたちの夫婦の自伝小説だと読めば読めるような、あるいは私小説と読めば読めるようなもので、夫婦の葛藤とか出来事、漱石が子どものときに養子にいっていて、養父だった人が落ちぶれて金をせびりにくるとか、主として家庭内外で起こる日常生活のことを書いています。

川崎長太郎でも安岡章太郎でもだれでもいいのですけど、典型的な私小説作家がじぶんの家庭内外のいろいろな出来事を書いたりすると、ちょっと読んじゃいられないよというように、ゴチャゴチャしたことをグダグダ書いてちっともおもしろくないというふうに読めば読める。つまりルソーの『告白』みたいに、「告白なんだけど哲学書として読める」というものは、日本の私小説にはないのです。

日常あった出来事をグダグダまんべんなく書いて、初めも尻尾も分からないみたいに書いているのが日本の私小説で、それなりの良さや特徴もありますけど、漱石がそういう私小説的な素材、つまり家庭の内と外で起こった出来事を書くと、日常意識の形態認識にならないのです。『道草』を読んだ方はすぐ分かるでしょうし、読まれていない方は読んだほうがいいと思いますが、日常意識で働く自我の葛藤とか、そういうものの描写にはならないのです。

存在論的なと云ったらおかしいですが、実存的な領域まで、主人公もひとりでにそうなってしまうし、奥さんもそうなってしまうという形です。人間の存在感というのはかかるものかという、存在感との間の葛藤みたいに読めるぐらい、『道草』は立体的です。

漱石が書くと立体的だ。しかし日本のほかの私小説作家がこういう素材を扱っても、平面的な描写がダラダラ続くことになってしまう。これはどうしてかというと、形態認識が違うからです。要するに、現実の日常認識がまるで違う。あるいはそれを近代と云うなら、近代に対する身の置き方がまるで違うということになります。

漱石の作品は必ずしも成功したものばかりではないですし、ある作品になると小説とは云わないで哲学的といいましょうか、主人公の告白みたいなものであると思ったほうがいいような、小説としては成功していないものもありますけど、『道草』みたいに成功した作品を読めば典型的に分かるように、日常のじぶんの身辺の素材を扱いながら、人の身辺をのぞいてみているという感じがちっともしない小説にしています。

つまり、『道草』の物語としての形態認識は、同時代のほかの人、たとえば田山花袋みたいな当時の自然主義作家と比べるとお話にならないぐらい違います。田山花袋の小説は、いいものもたくさんありますが、どういうふうにできているかというと自然描写と、そんなに際立った自我ではなくて、日常ありふれて発揮される自我の日常的な葛藤を描いています。

田山花袋の小説で評判になった『蒲団』という小説だって、じぶんのうちに置いていた女弟子がじぶんの云うことを聞かないで、また文学の修業をするといいながらちっともしないで、好きな男と仲良くなって、うちを飛び出してしまって、まったくおもしろくない、おもしろくないんだけどその女弟子に対する嫉妬心も同時に噴き出している。それを嫉妬心だと云えばいいんだけど、そうじゃなくて先生めかした顔をして、その嫉妬心を解消している。日常の次元でそういうふうに思っている嫉妬心をまるまる隠さずに描いてしまったのが評判になった理由ですし、また特徴です。

出てくる主人公も登場人物も、存在感というところまでは到底出てこない。日常の感情の働かせ方とか、日常の感情の行き違いとか、そういう次元のことをうまく描写してありますが、それだけのことで、形態認識として日常的な自我意識の次元はちっとも出ていないという形です。そういう言い方をすれば、自然主義の、特に田山花袋の文学はそういうふうに成り立っています。だから、作品として価値がないとは必ずしも一口には云えないのですが、漱石と比べたら物語あるいは文学に対する形態認識がまるで違います。

そういう意味合いで云えば、田山花袋の小説は自然描写と同じです。田山花袋という人は旅行家でもありましたし、樹木とか花について非常に博識で知識があるから、自然描写などはたくさん出てきます。「そこに咲いていてきれいだった」という次元で出てきますけど、それと同じ次元で、日常の主人公たちの自我の表われ方が出てくるという形で小説が書かれていますから、平面的な小説だということになります。ただ一口に、「だから価値がない」とはなかなか云えないところがありますが、物語としていちばん重要な形態認識は、そういうところでまるで違ってしまいます。

漱石を超えていない現代の作家たち

つまり、村上さんの小説は、現在の日本の文学の上等ないい作品なんだというふうに見た場合、村上さん自身、「漱石的自我、あるいは存在論的自我の葛藤ということを小説の本筋だとはじぶんは考えたくない。そうじゃなくて、人間の無意識がどんな事件を引き起こし、どんなことを考えるかということを描く。いまの時代なら、なおさらそういうものを掘り起こすことがじぶんの文学のモチーフだ」と云って、そう位置づけていますが、僕が客観的に見たら、そういうふうにはできていないよ、できているといっても半分ぐらいだよというふうにしか云えないと思います。

要するに、漱石的な自我を近代小説の本筋とすれば、とことんやってしまっているから、「じぶんが小説を書くとすれば、こういう書き方をしたらそれ以上には出られないことは分かりきっている。形態的にちょっと違うようにしよう」と考えたことは確かだけど、それがうまくいっているとは、僕には思えません。

現在の物語の形態は、無意識の表現がうまくいっていれば形態認識として漱石が典型的に考えたような、つまり近代小説の形態を超えるとか、それ以外のものを一種の形態認識とするというものが当然出てきてもいいはずの状態になっているか、あるいは現実的な情況としてそうなっていると思いますが、いまのところ、きちんと「そうだ」と云える作品はないと思います。

村上さんの作品はいいですけど、僕はそういうふうに思います。村上龍さんの作品も、『親指Pの修業時代』を書いた松浦理英子さんの作品もそうだと思います。途中まで見ていると、やるかな、形態認識として自我認識を存在論的に削っていくことをするかなという期待を初めは抱かせるんですが、途中からもう何か変わってきてしまいます。

つまり異常性器を持った人間のポルノ小説というか、フラワー・ショーみたいに性交行為をショーにして見せるのに、どういう性交行為をしたらいいかみたいな工夫が作品をつくっていて、これは形態認識として全然だめだよ、物語認識としてだめだよというふうにならざるをえなくなっています。素材の特異さとか、もっと違う好奇心とか、そういうもので読ませる要素が大きくなって、これもうまく書けていますけど、そうなってしまっていると僕には思えます。

僕らの年代に近い人では、丸谷才一とか遠藤周作もいい作品だと云われて、よく読まれているし、映画にもなっていますが、『女ざかり』とか『深い河』という作品を読むとやはりそう感じます。

どう云ったらいいんでしょうか。漱石的な形態の認識をどこかで壊しながら、それを超えてというふうに当然いっていいはずなんだけど、何かそういうふうにいけなくて、形態認識としては日常的な自我認識からそんなに出ていけない。

つまり漱石流の自我認識に比べたらはるかに通俗的な自我意識のところで、ただ素材だけは現在だから違う風俗の素材だとか違う宗教の素材を持ってくるけど、そういう素材の新奇さというか珍らしさと、割合に通俗的な自我認識が合体してできあがっている作品が、いまいい作品だと云われているものの正直なあり方じゃないかと、僕には思えます。

それぐらい物語の形態認識は、どういうふうにとれるかということが難しくなっています。どうして難しいかということになると、そういう解釈をするといちばん分かりやすいからそう云うんですが、かつてだったら、これだけ作品を見事に描けたら、ひとりでに物語の形態認識としてもはるかに近代小説の認識を超えているというふうになるはずです。だけど、作家に対してそうはさせないよと足を引っ張っているのが現在の大部分の読み手というか、読者を想定するとかつての漱石時代だったらそういう読者はほんの小部分しかいなかったのです。

漱石の作品に、よく高等遊民という言葉が出てきます。お金がうちにあるとかじぶんにあるとかで、学歴だけはいっぱいあって、大学は出たけれどもブラブラしている。漱石の小説の主人公はたいていそういうふうに設定されています。漱石自身はそれを高等遊民と名づけていますが、要するにこれは日本近代が初めて生んだ知識人なんです。フラフラして「考えることをしている」のですが、外から見たら何もやっていないでぼんやりしているのとちっとも変わらない。「でも、たとえ外見から見たら何をしているかわけがわからなくて一日フラッとしているだけで、あいつは高等遊民なだけじゃないかといっても、内面で何か考えることをしているということ自体が価値あることなんだ」ということが、初めて日本の近代社会に導入されたのが明治です。

明治二十年代から四十年代で、つまり漱石がさかんに活動する時代がそうですけど、外から見れば高等遊民でも、内面から見れば考えることをしている。それが価値あることかどうかは外からはまったく分からない。ただ遊んでいるだけにしか見えないけど、西欧の近代社会も、ロシアの近代社会も、日本の明治以降の近代社会も、必然的にそういう男たちを生み出してしまった。知識人というのはそういうものだ。それに価値がないと云うなら、そう云うより仕方がないけど、実業をやっている人、あるいは職業をもっている人から見れば価値がなくてフラフラしているだけじゃないかとなるけど、その内面性というか精神性を考えれば、考えることをしているということが存在の根拠である。そういう人を初めて社会が生み出した。じぶんが生んだというよりも、社会が生み出したいちばん初めです。

その時代の形態認識では、漱石的作品は非常に意味を持ちます。存在論的意味を持つ以外に、知識人というのは考えることだけしかしない、あるいは考えることをしている人間に価値を与えることはできないというときに、漱石はじぶんの小説の主人公である高等遊民が何もしないでフラフラしている奴で、うちに金があるからよくもやっているよというような人間なんだけど、その内面は一種の存在論的あるいは実存的価値がなくはないんだよということを何としても作品の中で示したいということがあって、それが漱石の物語の形態を際立たせていると思います。

日本人の九割が「考えている人」になった現代

ところが現在は、考えることをしているというのは珍らしくも何ともないのです。極端なことを云うと、日本の国民の九割は考えることをしているというふうになっています。

日本の青年の六割は男女含めて大学卒業者で、本当なら考えることをしている奴は六割もいる。階層として云えば九割ぐらいそうだ。経済的にも食いっぱぐれている奴はあまりいない。漱石時代の食いっぱぐれている奴は、明日食う米がないということだし、失業して困ってしまうということを意味するんでしょうが、いまはそういうことはない。極端なことを云いますと、はたからどう見えようと俺は考えることをしているんだと云える奴が九割ぐらいになり、六割は大学まで出ている、そういうふうになってしまっている状態です。

だから、「考えることをしている人間だ」ということだけに根拠を与えることはできないので、もしかすると非常に巧みにというか、非常にうまく、そういう意味合いでできあがった物語や近代小説の形態を壊すということが、本当は現在の小説あるいは文学作品の課題かもしれないのですが、なかなかそうはいきません。それはだれかが足を引っ張っているからで、だれが引っ張っているかは非常に明瞭であって、九割のじぶんは考えることをしているんだという人が無意識に足を引っ張っているのです。つまり考えることをしている人が民衆の多数派になってしまっているということです。本音を云えば、考えることをしているという多数派の九割の人に対して、小説家が「俺はお前らと同じように考えることをしているだけではないぞ」と示す孤独さと云ったらいいんでしょうか、それを保つのはものすごく難しくなっていると思います。

明治四十年代の漱石の時代は、「いいんだ、どうせインテリは少ないんだし、大部分は農民で、日本は農業社会で、少し工業が出てきたくらいだ」という時代です。それだったら考えることをしているということに存在論的な意味を与えるのは、漱石くらい徹底的にやるのは難しいことですが、課題としてはそんなに難しいことではありません。

でも、いまの社会で九割の人に対して、この点はお前らと同じだ。俺も考えることをしていて、フラフラしているのは同じだけど、でもお前らとは全然違うんだぞと、僕の好きな言葉で云えば、俺は帰り道でちゃんとそれを壊して組み替えようとしているんだ。そういう課題を持っているんだ。それぐらい俺は孤独なんだというのはものすごく難しいことです。

作家といえども九割の中の一人であって、九割がお前は頭がおかしくなっていると云っているんだよと、じぶんで孤独になりそうなじぶんの足を引っ張ることになって、孤独になりきれないで、どこかで九割の人とじぶんがつながっているという意識を持ちたいのです。そうしたら、表現した物語の形態ははるかに通俗的になります。それは免れないと思います。つまり九割の人と同じ基盤でおもしろおかしくというのを持たざるをえないというのはものすごく当然なことですし、そういう意味では漱石時代の文学者より、本格的な文学というのははるかに難しくなっていると思います。

でも別の意味で云えば、非常に易しくなっています。なぜならじぶんと同じ人が九割もいるからです。明治二十～四十年ぐらいのあいだは、俺と同じ考え方をしているのはだれもいないんだという孤独感で漱石も小説を書いていますし、主人公もそうでした。

二葉亭四迷は漱石ほど輝かしい学歴がないから、食べるにも困って、二葉亭の小説では自我意識の確立をしながらも、嫌だ、嫌だと思いながらもどこかに就職したいと思って、でも内面に孤独を持っているから、役所に就職しても非常に要領良くやっている奴には到底かなわないで、だんだん実社会から破れていきます。そうすると女の人も寄ってこなくて、下宿の娘さんにも失恋するというのが二葉亭の小説です。お金がなくて存在論的な根拠を持つまでの近代的自我を心得た二葉亭みたいな作家は、孤独だけど実社会の役所に勤めて生活の資を得たいという人を主人公にする。そうしたいんだけど役所の同僚とはギクシャクして、かなわなくて、だんだん重んじられなくなっていって悩むという主人公を描いています。

いまはまったくそれと反対で、九割九分の人と一緒にしていれば孤独ではないし、作品を書くのもそれでいいから書けるわけですが、「そうじゃないぞ。俺は違う。確かに生活的・日常的根柢は九割の人と同じで、格別食うのにも困ってはいない。明日の米には困っていない。だけど俺は、本当は自我を考えるのは当然なんだというところで安んじている九割の人とは違う。俺はそこから元へ戻って、根柢的にそうなっているものをもう一回壊したいという課題をいつでも持っているんだ」というところで小説を書くのがいかに難しいかと云えば、また云えてしまうというのが現在の状態だと思います。

村上さんは鋭敏な人だし村上龍という人も鋭敏だから、言葉で云えるかどうかは別として、たぶんそういうことに感覚的に気がついていると思います。自分はそれをやったんだよと云いたいし、そう思っているかもしれませんが、主観的にそう思っていることが客観的にそうかというと違って、僕はそれはうまくできていないと思います。

ですから折衷になってしまっています。九割九分の人と根柢が同じところで孤独になろうと思ってもなりようがないんだよというところで、ちょっと気を許してしまっているみたいなところがあって、それは何かというと、近代的自我の確立で考えることをしているという一種の協業になってしまう。その二つがミックスしているというのが、骨組みだけ、形態論だけ云えば村上龍さんなり春樹さんの小説の本筋だと思います。

それは当然です。九割九分の人が思っている、考えることをしているなんていうのは自慢にも何にもならない。それをどう壊せるかということこそ課題なんだということで孤独にならなくてはならないし、自我の確立が存在論的にできているなんていうのも自慢にならない、そんなものは壊してしまえというところへ行くことが課題なんですが、それはものすごく難しいから、知識で云えば一種の知識主義になってしまうし、どこかで九割九分の、あるいは九割の人と同じなんだということがじぶんの安心感になってしまいます。

無意識のうちにそれが安心感になったら、作品の中でどんなふうに深刻めかしても、必ずそれは表われてきます。そうなってしまっているのが事実じゃないでしょうか。

つまり課題は何かといったら、まず第一に日本の社会では九割九分の人が、あるいは九割の人が考えることをしていて、極端に云えば、「俺は考えることをしている。親父だって何だって、お前はフラフラして怪《け》しからんとは云ってもらいたくない」というふうになっているから、そうだということはちっとも自慢にならない。つまり、そういうじぶんをどうやって壊すかが問題で、これを壊すことこそが課題なんだよというところに行くことがとても重要じゃないでしょうか。

僕が欲張りを云うと、近代的自我の確立とか、それの高度化というか実存化は自慢にも課題にもならないけど、依然としてそれが課題になってしまっていたり、安堵感になっているというのが、いまの小説、物語の筋じゃないでしょうか。つまり、そこのところが問題ではないかと思いますし、それくらい難しいと思います。それは明治時代といまの社会のたいへんな違いで、その違いは感覚的には分かるんだけど、これをどうしたらいいかは非常に難しい探求のしどころだし、無意識にそこに行かなくてはならないという課題だと思いますが、その課題に当面することはとても難しくなっているんじゃないでしょうか。

つくられる無意識

そういうふうにできあがっている無意識を、何と呼んでいいか分からないのですが、一種のつくられる無意識といいましょうか。河合さんのユング心理学とかフロイト心理学は、「意識の下に無意識がある」ということですが、そうじゃなくて意識の上に無意識がある。つまりつくられる無意識というか、無意識のうちに無意識をつくらなくてはならない。

その無意識は、意識の下に引っ込めてあってときどきそれが出てきて爆発するという無意識じゃなくて、じぶんが意識の極限まで行く。つまり「考えることをしている」ということを意味づけるとすれば、意味づけたもののもっと先のところに無意識みたいなものがあって、それがどうつくられたかは半分ぐらい分かってもあとは分からない。そういう無意識をつくるのが、たぶんいまの課題だと僕は思います。

それはどういうものなのかとなると、手がかりがあるように思えると、またそれが遠ざかってしまうという形で、社会的にも個人の内面でも、考えることをしているということでも、なかなかうまくそれを捕まえることができない。

しかし漠然と、ちょっとこれじゃおかしいよと。極端に云うと九割の人が考えることをしていると云ってしまって、「親の云うことも俺は知らない。そんなのは関係ない。お前はフラフラしていると云われても、不況だと云われても、そんなことは関係ない」と云いだしてもちっとも不思議じゃない。現在の日本の社会はそこまで行っていると思います。食うことにあまりあくせくしなくて、親父に「お前、何をフラフラしているんだ。就職しろ」と云われても、親父のほうも息子の給料をいくらか家に入れさせないと食えないという人は非常に少なくなって一割ぐらいしかいなくなってしまっているから切実さがなくて、あまり深刻には云えない。云われるほうも「何を云っているんだ。考えることをしている。親父はこの価値を知っているか」と云えてしまうところがある。少なかったら云えないいんですが、いまは九割の人がそうだと思ったほうがいいので、友だちと同じようなことを云っているんだということになってしまう。要するに、いまの日本の社会をむき出しにするとそういうことになってしまっています。

だから、「そうじゃないんだ。そんなんじゃだめだ」というところへどう行くかが問題になります。僕が思うには、一つの大失敗があります。四、五年前までマルクス主義は、ロシア・マルクス主義の系統の人たちはしきりに、インテリは中産階級でフラフラしているんだから、労働者は造反して何かしなければいけない、労働者のところに入っていかなければいけないという言い方をしていました。インテリは怪しからん奴だ。フラフラしているだけでろくなことを考えていない。労働者は解放されなければならない。そこへ行け。造反して行けという思想で、そういうふうに振舞えと云う人がつい四、五年前までいて、大失敗したということになっています。

そうは云っても云わなくても自分の宿命は、つまり知識は知識であるということは、そんなに簡単にどこかへ行って手足を動かしたから解消するなんていうものではなくて、そんな安直なやり方はだめだということは数年前に実証されて出てきています。

つまり外から見たら考えることをしているという延長線ですが、それと同じように外からは見えないかもしれないという形でそれを超える方法があるのか、そうじゃないんだという課題に突入する方法はあるのかということを追求していく課題が、僕はあるように思います。

それをどう読むかということは別ですが、僕は物語としてもあるように思います。これは物語における形態論の大昔からいままでの大ざっぱな変化ということになりますが、物語を理解していく場合に、ものすごく重要なことです。

いまほど重要ではないので駆け足でいきますが、もうふたつぐらいあります。ひとつは僕がパラ・イメージと云っていることです。つまり真上から見たイメージで、じぶんがじぶんとして、興奮したりしているじぶんを上のほうから同時に見ている目です。いま何かをしながら見ているとか、何かを考えながら瞳を凝らしているという見え方、感覚の使い方に対して、もうひとつ真上から見ている、しかも無限遠点から見ている視線を一緒にできる視点ということが、イメージの問題、想像力の問題として物語では非常に重要だと思います。これはメタ・イメージみたいなところまでは人は云うわけですが、パラ・イメージというのは真上からのイメージです。そうするとどういうことが起こるかというと、映像でも画像でも、文学で云えば想像力でも何でもいいんですが、視覚的にリアルに見える形態とかものの感覚とパラ・イメージを融合したイメージをしばしばつくりえます。イメージのほうが現実であり、現実のほうがイメージなんだよという錯覚というか、転換というか、それがしばしば起こりうるだろうと思います。

それが起こりうる形というのは、想像力とか映像の形を分析的に見ると、たぶんわれわれがやっている想像力の発揮の仕方とか目の見え方に対して、同時に上からの視線が入って融合しています。そういう視線をもし想像できるならば、あるいは表現したり実現できるならば、それはパラ・イメージを加えた想像力の問題ということに物語としてなると思います。そのことがたとえば現在の物語論としてたいへん重要な問題になるだろうと、僕は理解しています。そういうイメージをちゃんと行使した小説作品はあるかということになるわけですが、僕は無意識ならばあると思います。

だれでもいいんですが、当たり障りのない人を云いますと、たとえば宮沢賢治の『銀河鉄道の夜』です。この作品を物語の筋だけではなくて、想像力の発揮の仕方を交えて読むと、不安定ですけれども、何か現実の次元とちょっと違う次元のことを読んでいるみたいなものが与えられます。その理由は何かというと、たとえばだれかが銀河鉄道の途中で降りて、友だちのカムパネルラと一緒に「じぶんたちも降りてみよう」と云って、銀河の列車から降りると天の川が輝いて流れている。そばへ寄って行って「カムパネルラ、これは何だ。宝石が流れているんじゃないか」というような会話があって、ジョバンニという主人公が輝いている川の流れに手を浸すと、手のところだけ宝石みたいにキラキラと光って、淀むというか、渦を巻くみたいに見えます。

それを会話で、手を浸しながらカムパネルラと話をしているというイメージで云うと、手を浸している主人公ジョバンニの視線でもないし、カムパネルラの視線でもないし、またナレーションとしての物語を語っている作者の視線でもなくて、列車のほうにもう一つ別の視線があります。手を浸して「ほら、キラキラしている」と云っているのを見ているもう一つの視線があって、これはナレーターの視線ではないし、もちろん作者の視線でもなくて独特の視線です。この視線がたぶんそうです。つまり定型的に云えば、真上からの視線が入り込んだ視線だと僕は思います。しばしば無意識のうちにそれを実現している作品に遭遇することがありますが、「これはまさしく現在の小説の課題なんだよ」という形でそれが入ってきているものはないと思います。そういうものはまだ実現されていません。

誤解されるといけないから云いますが、主題がそうだということではないのです。たとえば科学でバーチャル・リアリティーとか、装置を使って、じぶんがその中に入り込んでいるイメージをつくることはできます。ものが動いたり語ったりしながら、じぶんもイメージの中に入ってしまうということは科学的にできます。また宗教家みたいに修練すればできるし、やっている人もいると思います。それが宗教的な修練になっているという人もいます。

だから、もちろんあるわけですが、素材は単純な物語でも何でもいいけど、要するに素材じゃなくて本格的な作品のモチーフとしてそういうことが意図的にできている作品、あるいは相当自覚的にできている作品に出遇うことはいまのところなくて、大抵は近代的な自我意識と「大勢だよ、九割の人がそうなんだよ」という折衷のところで作品が書かれていると思います。

物語における反復の重要性

もうひとつは「反復」ということです。これは童話がいちばん簡単です。たとえば主人公の兄妹がいて、両親が飢えてしまって「このままじゃみんな飢えてしまうから、子どもたちをだまして森の中に放ってきてしまおう。分からないようにしようじゃないか」と相談していたら、それを寝ながら聞いていて、兄貴のほうが石を拾ってポケットに入れておいた。親が連れて森の中に入って、もうここまで来たら帰れないだろうと思っていると、ポケットから石を少しずつ分からないように垂らしていて、それをたどってうちへ帰ってきてしまう。

また同じパターンの繰り返しがあって、またあいつらが帰ってきた……何とかしなければといって、翌朝、昼飯だといってパンをくれたので、知らん振りをしてパンを屑にして垂らしながら森の中に入っていって、親たちは捨てたつもりなのにまた帰ってきてしまう。そういうふうに同じ形の物語が反復するのが童話とか昔物語みたいなものの典型です。

反復というのは物語の大きな柱です。それは目に見える反復もあるし、目に見えない反復があるものもあります。たとえば物語の筋道を、自分の自我意識のフィルターを通すわけですが、そのフィルターが非常に細かくて震えるように動いていると、そこを通過してくる反復というのは、ほとんど反復と気づかれない反復の仕方をします。

それはさっき云った、『今昔物語』には「今は昔、何々とかや」という定型がある。『源氏物語』にも、なかなか見つけるのは難しいけれども定型がある、というのと同じで、反復はあっても、それが反復しているようには見えない反復の仕方があります。

自我意識の持っているフィルターというか、網の目というか、それが絶えず動揺して、どんな微細な動きもできるというふうに自我意識のフィルターがいつでも動いていると、反復がそこを通るときに通俗的な反復はそこの網の目を通れなくて、セレクトされてしまうということがあります。そういう小説は、反復なんかちっともないように見えますが、よく分析するともちろん反復があるわけです。

つまり反復というのは昔物語とか童話に典型的なように、おもしろさということと対応します。物語をおもしろくするという形をもっと通俗的にすると、反復になってしまう。通俗的にして、子どもにも分かりやすくすると、童話みたいな形での反復や昔話みたいな反復になってしまいます。これを高度にしてやろうと、反復する物語性を高度に震える自我意識というか、繊細な自我意識のフィルターを通そうとすると、分かりやすい反復だけフィルターから除外されて、それを通りうる反復、目に見えない反復に近いものしか通れない。ですから、これは高度な小説と云われるものになってしまうのです。

それは云ってみれば、通俗的な言葉で云うと、物語をおもしろくなくさせる要素になります。つまり村上さんの小説は、まだおもしろい要素がある。だけど漱石の小説はおもしろいというわけにはいかない。こういうのは深刻すぎて嫌だ、小説はおもしろおかしくなくちゃ嫌だという人はちょっと飛びつけない。こういうのは深刻すぎて嫌だ、小説はおもしろおかしくなくちゃ嫌だという人はちょっと飛びつけない。うまいから飛びつけるということはありますが、飛びつけないということになりますし、まして近代的自我というか「自我の震えは繊細にして、かつ非常に存在論的に確立しているものだから、俺が書いた小説はものすごく高度なんだ」とじぶんで思っている人の小説も、やっぱりおもしろくないというだけのものです。

僕が云いたいことは、そうじゃなくて、現在の小説は「おもしろくないの反対」ということが可能であるかどうかです。どう云ったらいいでしょうか。「反対のおもしろい」というのか、知りませんけれども、そういうことが可能であるかどうかが物語としての課題になると僕は思っています。

近代的自我の延長線上で高度なものはいろいろありますが、たとえばカフカの小説は高度な震えの中を通過していきます。ですから反復なんて見当たらない。欠如しか見当たらないということになりますが、この高度さは、僕はおもしろくないという高度さだと思います。「おもしろくないの反対だ」という高度さではないと思います。「おもしろいの反対」は、子どもにはわからないというふうになるかもしれませんが、これは子どもがわからない高度な文学鑑賞だよとか、これを書くのは高度な人なんだよと思っているようなおもしろくなさというのは、僕は終わりだと思いますし、終わっていると思います。

「反おもしろくない」というのはどういうことだ。ちょっと云いようがないなということになるのですが、それが現代の物語の課題であると思います。そういう意味のおもしろくないということを少し云っているんじゃないかなと思えるエピソードがひとつあります。

僕は反復ということから思いついて読んだのですが、キルケゴールの『反復』という、エッセイとも哲学とも小説ともつかないものがあります。その中でキルケゴールが「男はおもしろいことにひかれ始めたら、もう終わりだ。娘さんの存在の唯一の根拠は、そういうときにおもしろくないというあり方を保てるように男を支えることだ。それが娘さんの本当のあり方で、役割なんだ」と云っているところがあります。

たとえば北村透谷は、実社会から破れて敗退して文学の世界に来たような人間ですが、最後の牙城は女の人だ、つまり恋愛なんだということを云っています。それと同じで、「男がおもしろいことにひかれて、女の人がおもしろくしてやったりしたら終わりなんだ。男がおもしろいことにひかれだしたら、女の人はおもしろくないように男を引き止める役割がある。それが恋愛だ」という言い方をしています。

キルケゴールは別に道徳的におもしろい、おもしろくないと云っているんじゃなくて、「反おもしろくないとはどういうことか」というのを云っていると思います。おもしろいほうがいいんだということが前提なんだけど、「反おもしろくない」ということが男と女の恋愛のあり方だと云っています。これは反おもしろさということを云おうとしていると思いますが、つまらないところもあります。

『反復』は私小説的に書かれた哲学書だと思いますが、実例を挙げてみます。私はコペンハーゲンから十キロか二十キロ離れたところの宿屋に泊まっていた。そうしたら宿屋の中庭をかわいい娘さんが通っていくのが見えた。思わず後をくっついていった。娘さんが中庭を通過して、入ってきたかと思うと、全然知らない人なのにじぶんの部屋をノックして、「私はコペンハーゲンまで行く用事があるんですが、あそこの馬車はあなたのものですか」と云った。「そうだ」と云ったら、「あなたはコペンハーゲンまで行くんですか」と云うので、「そうだ」と云うと、「私を乗せていってくれないでしょうか」と云った。

それで乗せていってやって、十キロか二十キロ馬車が走っている間に、じぶんから娘さんに声をかけたり、口を出したり、最初に聞いたりということは何もしなかった。受け答えはしても、しなかった。「何もなしに娘さんをコペンハーゲンまで届けて帰ってきた」と云っているんですが、「そのとき、十キロも二十キロも同じ馬車に乗っていたんだから、じぶんのほうから先に口をきいたりして誘惑しようと思えばいくらでもできたんだけどじぶんはしなかった」と云っているんだと思います。でも、それは通俗的な解釈で、分かりやすいからそう云いますけど、そうじゃなくて「じぶんは反おもしろくないことをしたんだ」と云いたいんだと思います。

これは日本人の男女観とまるで違いますし、別にじぶんからは口をきかなかったとか、手を出さなかったというのは、何も自慢することじゃないじゃないかと云えばそれまでですが、たぶんそこで云っているのはそういうことじゃなくて、じぶんは反おもしろくないことをしたというか、あるいは反おもしろいことをしたというか、そういうことをしたと云いたいんだと思います。

反ということの言われ方は、すごく云いにくい。つまり形があるように云うのはすごく難しい、僕には形あるようにそれを云うだけのものはないけれども追求していくことを、『ハイ・イメージ論』でやっています。

反おもしろくないことというのは何なのか。形態というのは何なのか。形態の最も現代的課題は何なのか。パラ・イメージというか上からの視点を導入する、想像力に上からの視線を入れるということはどういう意味を持つか。つまり「反」というものに対してどういう役割をするか。そういうことにとにかくいろいろなところから手をつけて、そこに取り掛かりたいわけです。それが完全にできているとか、うまくできているとは必ずしも云えないんですが、僕自身が批評的課題として持っていることを云えば、そういうところです。そこが批評としてじぶんがいちばん重きを置いている課題じゃないかと思っています。

全部できたとは云いませんし、どこまでできているかということは自分の主観と読む人の主観は違いますから、それはどうでもいいんですが、現在の物語の課題であり、社会的な課題であり、政治的な課題であると僕自身が思っていて、そこに何かの手がかりが少しでもたくさんえられないかという探索が、僕の批評的な課題になっています。

そこのところが僕が精一杯打ち出している問題意識です。その問題意識の主たるテーマは、もっと時間があれば具体的に云うと分かりやすいんでしょうが、主な筋道と主なポイントはどこだろうかということについては、だいたいお話できたような気がしています。いちおうこれで終わらせていただきたいと思います。

（一九九四年六月十二日）

心について

心とはなにかについて、近年かんがえてきたことから入っていきたいとおもいます。これは心ということばのつかい方の問題で心の内容とはなにかの問題ではないとおもわれるかもしれません。つまり、類似のことば、たとえば精神ということばとか意識ということばとかと、心ということばで指している内容はなにが違うんだとかんがえてくると、区別はあいまいになります。そして心といわなくても精神といっても、意識といってもおなじではないかとおもえてくるところがあるわけです。そこらへんがあぶなっかしいところで、ことばづかいの問題だけではないかといえるところがほんの少しだけあるようにおもいます。ですから、心とはどういうことかを無条件にそこからはじめることは少しだけ疑問がのこるんです。ぼくはながいあいだ、心ということばをつかっていながら、ほんとうはよく自分でもわからないで漠然とつかっていたようにおもいます。そしてそれでいいのではないか。あまり厳密にすることは無理ではないか。つまり類似のことばにたいして、どこが違うかといわれると、それはことばづかいだけの問題だといえるところがあるから、あいまいでいいのではないかとおもってきました。実はここ一、二年のあいだに三木成夫さんの著書を読んで、はじめて心というのがなにかを、提示できそうにおもえてきました。ひと口にいいますと、人間の身体とそこから出てくるさまざまな情念とか感情の問題のあいだには、おおきくふたつの区別ができるとおもいます。ひとつは、ようするに感覚です。感覚というのは、目で見てこう感じたとか、耳で聴いてこころよかったというような、そういう五感の働きということです。感覚の働きは、だれでもわかるように、目で見たり耳で聴いたり鼻で匂いを嗅いだり、あるいは手で触るとかということで、はっきりと感覚器官をつかって、対象を知覚してそのうえで快・不快を覚えるということで、これが感覚作用だということはすっきりといえちゃうものだとおもいます。そうすると、感覚作用のなかに心の働きは含まれるかどうかということになります。つまり感覚的に気持ちのいい対象物を目にしたために、気持ちがいいとおもったり、情念がすっきりしてきたりというようなことがあるから、心が介入してくるといえます。そうすると、またあいまいになってきそうですが、それは感覚的な作用のなかに心の作用がまぎれこんでいくという意味で心が介入するとみられるわけで、感覚作用は心本来の作用とは違うことです。感覚作用ははっきりと人間の五感からうけた反応というので感じるさまざまな情念の動きとか感情の動きとかです。そうすると、心とはなにかというのをおなじようないいかたをしますと、内臓の動きとか働きというものの関係を主にして起こってくる情念の動きが心の働きだとかんがえればいいことになります。そのことがぼくにはながいあいだあいまいなままでした。つまり感覚作用と心の作用をどう区別したらいいのかあいまいなままつかっていました。三木さんの本を読みますと、心の作用は、五感である視覚とか聴覚とか触覚とかいうことではなくて、内臓の働きに関連するさまざまな情念の揺れ動きによって起こるものといえば、いちおうはっきり区別できることになります。実際にはどちらかが主体になって、心のなかに感覚作用の働きが入ってきたりとか、感覚作用のなかに心の働きが入ってきたりというのが、大なり小なりわれわれが日常体験していることになります。厳密にいえば、内臓の働きに関連して起こってくる人間の情念が心の働きといえばよくて、感覚器官の働きとは別だとみなされます。感覚作用と心の作用は、ごったまぜに出てきますから、どこが違うか区別できないのであいまいにつかっても大過なくて、はっきりさせずにつかってきましたが、心というのは内臓の働きに関連する作用とかんがえればよいと理解できます。

内臓は大部分が植物神経あるいは自律神経といわれている神経系で動いています。たとえば心臓は、べつに感覚作用で動かそうとおもってなくても動いているわけです。腸の働きとか胃の働きもおなじで、ひとりでに植物神経、あるいは自律神経で動いています。意識して動かしているのではなくて動いているというものが内臓の動きかたなわけです。それでも、たとえば突然異様な光景を見たり、異様な物音を聴いたりしますと、心臓がどきどきします。そんなふうに感覚作用と心の作用とはつながってはいるのです。人間でいうと、のど仏から上のほうは、感覚的な動きにつかさどられているわけですが、のど仏から下のほうは、感覚では動かせないし、動かないわけです。つまり感覚作用がおよんでいるのはのど仏から上の部分であったり、外の部分の手足であったりというようなもので、心のつかさどっている領域は感覚ではとどかないところにあります。のど元すぎると熱さを忘れるという言葉がありますが、のど元をすぎたところでは感覚作用はあまり明瞭には働かないわけです。急にものすごい熱いお湯を飲んだりすると、多少のどより下の方でも熱くなって痛いという感覚はありますが、並大抵のことだったら、感覚作用はおよばないということがわかります。

心の働きだけに関連する内臓の働きの特徴は、さきほどもいいましたように、黙っていても、意識しなくても、とにかく動いているものは動いているというようなことがひとつです。それから内臓器官は、胃や腸もそうですが、物が入っていって、そこがつまってくると収縮して、つまっているものと収縮した内臓器官のあいだの圧迫感だけが外側に感覚として感ずるみたいになるのが大きな特徴だといえます。たとえば胃の調子がよくないと感ずる場合に、いっぱい物がつまっていって、そこで胃が収縮して、つまっている物と収縮した内臓の壁とのあいだに圧迫感が生じて、気持ち悪いという感じになるということになります。腸の場合もおなじです。心の快・不快というのはたいていの場合に、フロイト的にはエロス、あるいは広い意味でのリビドーの働きが、関連するとされます。でもそれとは別に、内臓のつまっているときの圧力感による快・不快というのも生理的に起こります。それはかならずしもエロスの感覚じゃない収縮感だといえましょう。いちおう厳密にいえば、人間の快・不快の感じかたというのは、そのふたつの作用だということができます。

内臓の働きのいちばん大切なものとして、心臓の働きがあります。たとえばふいになにか物が落ちてきたとか、ふいに何事かが起こったという場合に心臓が急にドキドキしちゃうということになります。内臓器官として、ふだんより脈拍が多くなるわけですが、そのことが、人間のふいの驚きという心の働きになってあらわれるということだとおもいます。

三木成夫さんがいっていることで、ぼくからみて、内臓器官の働きで、心の働きと関連させていちばん重要なことは、人間は、物事を集中してかんがえようとすると、たいてい息をつめているということです。つまり息というのは肺臓の働きですが、黙っていれば自律神経によって呼吸作用を営んでいるのですが、もし何かかんがえようとおもってかんがえを集中したりするとき、たいていは息をつめるということをしています。そうすると、人間が集中して物事をかんがえたりすることは、内臓器官とは相矛盾する作用ではないかと三木さんはいっています。つまり、人間が人間らしいということは、物事をかんがえることだといったいいかたをすると、人間の人間らしいところは植物神経系で働いている内臓器官にたいしてあまりいい作用をおよぼすものじゃないということがいえることになります。そういう矛盾の指摘はとても重要な気がいたします。

もうひとつ三木さんの指摘していることで、びっくりしたことがあります。人間の顔は何かということです。人間の腸からのど仏までできている植物神経系で動いている管があるわけですが、その、人間の真ん中を通っている管を一端でめくり返して開いてしまったものが人間の顔の表情なんだというのが三木さんのかんがえかたです。だから、顔の表情がくもっているとか、あるいは顔色が悪いとかというのは、たぶんそれは胃か腸のあたりでなにか病んでいるところがあるということを意味することになります。腸管をめくり返したものが顔の表情に該当するというふうにかんがえればかんがえやすいというういいかたをしています。

顔みたいなものは何が発達してきたものかといえば、人間がさかなだったときに、えら呼吸しているのですがえらの内面が人間の顔面まで発達します。発生史的にはそういうことになります。えらの発達したものなんだけど、そのなかでいちばん敏感に発達しているのは、三木さんのいいかたでいえば、舌と唇だということでぼくらは、数年前はじめてそういうことを知って、急に世界が広がったみたいに感じました。たとえば人間がキスするとき舌と唇をつかうわけですが、そういうのはなぜなんだろうなというようなことが三木さんのその説明の仕方を読むとわかるような気がしました。たいへんいろんなことを教えられてびっくりしたわけです。解剖学的にいえば顔というのはえらの発達したものなんだ、それから形態学的にいえば腸管がめくり返ったのが人間の顔の表情なんだ、それが生物学的な発達史から正しいいい方だということになります。

ぼくには、自分なりにつくった言語論があります。そこで、ことばというのは、何か対象を見てそのあげくにことばが出てくる、そういうことばの面を指示表出といいます。もうひとつ、叫び声のように、何かが起こってひとりでに声が出てしまうという、そういうことばの面を自己表出というふうに呼んでいます。人間のことばは、指示表出と自己表出の組み合わされた錯合から成り立っているというのがおおざっぱにいってぼくのかんがえかたとしてきたわけです。たとえば名詞ですね、顔とか手とか足とかという名詞ですが、名詞は指示性が強いことばなんで、自己表出性は陰にかくれています。それから、何もイメージは起こらなくても、何か動きだけを伝えることばに動詞があります。この品詞は自己表出性が前面に出てきて、指示表出の作用は背後にかくれたり少なく出てきたりということになります。形容詞は、その中間で、たとえば美しいという形容詞は、たしかに対象を見てなければ美しいかどうかわからないから指示表出性もあるんだけど、自己表出性もそのなかに入っていて半々のように出てくるのが形容詞みたいなものになります。そうしますと、名詞を一方の端にして、他方の端を動詞としますと、その中間に形容詞から助動詞、助詞、それから副詞みたいなものまで全部円になって入ってきます。そのなかに指示表出性と自己表出性の微妙な差異があってことばをつくっています。三木さんの本を読みまして、心の働きから出てくることばは自己表出的なことばというふうにかんがえればいいということにはじめて気がつきました。つまり、漠然と、ことばというのは指示表出と自己表出の交差したものだとかんがえてきたけど、身体的あるいは生理的にいえば、内臓器官の働きに関連する表現のしかたというのが自己表出で、感覚器官の働きに関連することばの働きかたが指示表出だとかんがえれば、これは一種の身体的あるいは生理的基礎というので、自分のかんがえかたに根拠を与えられるんではないかとはじめて気がつきました。ぼくらは、それで、一段と、自分のかんがえかたが広がったようにおもって、とても役に立ったんです。

それでは、心の働きにはどういうことがあるのかということに入っていくわけです。何から入っていってもいいんですが、いちばんかんがえやすいのは、エキセントリックな心の働きかた、あるいは病的な心の働きかたをとり出してみることだとおもいます。心の働きかたが極端に病的になるとどうなって、正常という範囲だったらこうなるというようなことをみると、よくわかるんではないかとおもいます。

現在、ダニエル・キイスという人の『24人のビリー・ミリガン』という翻訳書が上下で出てます。これはたくさん読まれていて、ベストセラーのいくつかに、もうそうとう長いあいだ入っている本です。ひとりの人間がこの場合には、二十四種類の人格変換といいましょうか、多重人格の持ち主なんです。二十四の別人格になったところで何かをやってしまう。たとえばそのなかのひとりに自分がなりきったときにレイプをして、犯罪者としてあげられてしまうみたいなことになるわけです。ジキルとハイドのように、あるとき、ある場所でまるで違う人格になってしまうという、二重人格はよく知られていますが、それが二十四人の違った人格になってしまう興味深い例です。つまりひとりの人間が二十四の別人間に場面場面でなってしまう。そしてその人格になりきったところで何かをやってしまう。それがまたそれぞれ違ってしまうというようなことです。異常ないしは病気だということだとおもいます。

そういう多重人格になってしまうことを心の働きかたということでいえば、ヒステリー症といわれているものが該当するとおもいます。たいていのヒステリー症は、ある瞬間あるときに、ふだんとまるで人格が変わったみたいなことをやったりいったりするのですが、本人は覚えてないという一般的な症例で記述されます。病気とか異常という領域に入らない程度なら、だれでもやるわけです。おもしろくないことがあったとか、不満がたまったというときに、わあーと叫んだり、何かを壊したりといった一時的に異常といえる振舞いはだれにでもあります。つまり、正常であるということと、ある瞬間だけ少しおかしい、病気じゃないか、といわれる振舞いはありうるわけですが、概して病的なものとしていえば、ヒステリー症という名づけかたになります。

ヒステリー症というのは、二重人格的なので、正常な範囲でいえば、突然あいつがどなりだした、なんでどなるんだかわからないというような、振舞いかたをすることはだれにでもあります。それはどんなことで、あるいはなぜそういうことになってしまうのかといいますと、病気としていえば単純なことだとおもいます。つまり、かつて空想のなかで自分がなりたいとおもった人格がもしあるとすれば、それがヒステリー的な病的な症状になったときに違う人格としてあらわれてくるというのがふつうの解釈だとおもいます。かつて自分がこういう人間になったらどうするかなみたいなことを願望するとか、空想するとかは誰も経験があるのですが、空想裏に描いた人格が、ヒステリー症にあらわれ自分がその人格になりすませたような瞬間的な作用があるんだという解釈が、ヒステリー症とか多重人格が起こることのいちばん一般的な解釈だとおもいます。

そういう解釈をする以外、解釈の出どころがないわけです。もっと違う解釈をしたいなら母親なり父親なりに自分の姿を似せたいとおもった、でも父親なり母親なりに直接似せることができないので、たとえば父親なり母親なりがかんがえているだろうとおもえる人格に自分が人格変換して、そういう振舞いをするというふうにかんがえられます。

もっと深層の解釈というのもできます。フロイトはそのくらいの一般的な解釈では満足できないから、もっと深層心理の解釈をするわけです。どういうことになるかというと、それはかつて自分が思春期ないしは思春期に入るときに、こういう人間がこういうことをしているんだという空想をしながらマスターベーションをする。そのときにその人が空想した人格というものがヒステリー症の発作のときにあらわれるということです。ぼくは自分ではあまり実感がないんですが、フロイトは確信をもってそういっています。人びとがマスターベーションするときに空想する人格に自分が転位してしまうということがヒステリー症における多重人格のありかただというのがフロイトの深層心理的な解釈だとおもいます。

ところが、むずかしいことでいいだすといろんなことがあるんです。種族的な特殊性とか特異性みたいなものが入ってきたり、さまざまな要因が入ってきますから、フロイトみたいにはっきりそういうふうにいえるかというと、すこぶる疑問だということもあります。たぶん日本人の場合にはマスターベーションのときそこまでいいきるほど明瞭な自分と違う人格をおもいうかべてというのはないんではないかという感じがするんです。もっとあいまいなんじゃないか。日本人の場合には、その人の深層心理のもうひとつ奥をさがしていかないとそういうふうにいえないことになるんではないかとおもいます。

多重人格は、ほんのちょっとだけ様子を変えますと、その周辺にまたがるいろんな問題があらわれてきます。たとえば芥川の小説に出てきますけど、自分がなにかを書いて机に向かっている。それを自分が見てしまうという現象があります。ものすごく怖い体験なんですけど、自分が何かしているというのを自分で見てしまう、そういうドッペルゲンゲルという現象があります。これは二重人格、多重人格みたいな人格変換ではないんです。けれども、それに類似の体験だというふうに、周辺を広げることができます。このばあいも自分の人格がふたつの人格に分かれてしまう、そういうヒステリー症の一種なんだという理解ももちろんできるとおもいます。だけど、もうひとつの解釈のしかたに、いわゆる臨死体験というのがあります。つまり死にそこなってまた生き返ったという人の体験のなかに、自分が病気で危篤状態でベッドに横たわっていて、お医者さんがカンフル注射をしたり、看護婦さんは忙しくたちまわっていたりというような風景が上のほうからちゃんと見えたんだという体験です。そういう臨死体験も、やっぱり自分で自分が見えてしまうという二重分身の体験に類するわけです。この場合でも、ヒステリー症とおなじで、自分がふたつの自分に分かれてしまうという体験でもあるし、あるいは自分の意識がどんどん衰えていって、もう死に近いところまで行ったときに、そういう体験はだれでもありうるんだといういいかたもできるわけです。

それと類似していえば、ヒステリー症というのも、こういうふうになったらどうだろうなみたいにおもいうかべた人格に自分が転換するんだといいましたけれども、それももっと極端にいいますと、無意識の空想ですから、いわゆる白日夢の状態で起こってくる空想というふうにいうことができるわけです。そういう白日夢の状態で起こった空想の人格に自分が移るのがヒステリー症あるいは多重人格という病なんだとかんがえることになります。

こういうふうにかんがえていきますと、多重人格性というのは、病気とか異常というふうにもいえるわけですし、もっと違う解釈をしますと、それは人間の死に近い体験のところで起こってくる人格転換なんだというふうにいえます。また宗教性というのをそのなかに入れていくとすれば、それは一種の臨死体験を経て人はあの世の世界にいくんだというういいかたにもなっていきます。宗教家のなかには、病気の呼びかたでいえば、ヒステリー症の人がしばしばいます。それで、たとえば自分にはキリストの霊が降りてきたとか、日蓮上人の霊が降りてきたとかいろいろいます。つまり、そういう宗教的な理解のしかたをしなければ、精神の病として理解すればヒステリー症だということになります。それから、もちろん人間の意識と無意識、あるいは夢と現実というものの中間にあるさまざまな、人間の精神の状態を主体にかんがえれば、これは一種の白日夢を見ているみたいに、意識がぼんやりしている状態なんだといういいかたももちろんできるわけです。

たとえば柳田國男の『故郷七十年』という本を読みますと、子どものとき、隣りのうちの庭に祠があって、祠を開けてみたら、そこに石が飾ってあった。ぼんやりしちゃって空を見上げたら、真っ昼間なんだけど、星が見えたというんですね。自分でも、ああ、こんな意識の状態でいると、頭がおかしくなるにちがいないとおもって、必死になって逃れようとするわけです。そういう体験を柳田國男は書いています。こういう体験は、だれにでも大なり小なりあるという気がします。ぼくらも、子どものとき昼間の星というのを見たことがあるようにおもっています。つまり、子どものときはしばしばぼんやりした状態になるということはありうるのです。その場合には、夢と現実とのちょうど中間のところにいるわけです。それからまた逆に、ほんとに夜寝てからリアルな夢をみることがあります。それは白日夢の状態が夢のなかで再現されてくるというのがいちばん典型的な例になってくるわけです。そうすると、ヒステリー症における多重人格というのは、いってみればさまざまな人格に自分が転換しちゃうというふうにかんがえると、病気には違いないんですが、人間というのは意識と無意識のあいだで、あるいは昼間の現実感覚と夜眠ってからあとの夢の感覚のあいだで、その両方がまじりあったさまざまな状態をとりうるんだという理解のしかたをすれば、ちっとも病気ではないということにもなるとおもいます。つまり人間の心の働きと感覚の働きの範囲というのは、かなり大きな広い範囲にわたっているので、人間がもしそういう状態になる契機があれば、どのような精神の状態、つまり醒めているときの感覚と眠ってからあとの夢の感覚とのあいだのどんな心の状態もとれるという理解もできることになります。

そうなってくると、とてもむずかしくなってきて、精神の病とか心の病というのは、いったいなにを指してそういっているんだということです。少なくとも現在のところでいえば、これこれの理由だから病になるんだというふうにはまずできないとおもいます。人間の心がさまざまにとりうる世界のそのひとつの状態なんだというしかないといえるとおもいます。そんなふうに精神の働きの世界をとりますと、人間は、類としては、おおむかしからいままで一度も変わってなくて、その変わってない意識の世界あるいは心の世界の、ある場所を時代時代でとっているという違いだけだということになりましょう。

もっといえば、いまのことにいちばん近いのはバーチャルリアリティの世界体験ということです。つまり、科学的な装置を身につけると、自分がまったく違う世界のなかに入れて、そのなかで自分がさわったり見たり動いたりしているのとおなじような感覚を体験できるようになっています。そういうものは、最新の科学的な装置だといういいかたもできますけど、逆ないいかたをすると、おおむかしから人間が体験している体験のある未開の部分を科学的装置でつくることができるようになったんだというふうにいいかたもできます。そうすると、人間の科学みたいなのができることというのは、人間の可能性の範囲をけっして出ることはないんだというふうにいいかたももちろん成り立ちます。そういう人間の意識の世界は、一点に凝縮してしまって、精神が集中しますと、そのときは、おおむかしからある植物神経の働きで動いている内臓器官がストップしたり不規則な動きかたになってしまう。意識の世界のとりかたを最大限に広くとるのと、人間の意識の働きを一点に集中するのと、とりかたによって違ってくるわけです。その一点にとることをとても鋭くやると、内臓器官の働きと矛盾してきまして、それを制限しないと、意識の集中というのはできないということが起こりうるわけです。

そうすると、異常とか病気とかいっているのは何なのかといえば病気だとおもっているから病気なんだといういいかたもできてしまいます。つまり、病気なんてもともとはない。人間の精神あるいは意識の働きかたの世界の最大限の可能性のなかのあるかたよりかたの場所を占めているのをしばしば病気だといってみたり異常だといってみたりするにすぎないんだということになるとおもいます。つまり、精神の働きの世界に新しいことというのはなんにもないですよというふうにいえてしまうところがあります。だから、一点に集中するか、ひじょうに大きな世界としてそれを設定するかということによって、病気であるかないかもきまってくるから、なかなかきめられないということになります。ただ、ようするに、病気といわれている状態は、しばしば現在の日常生活にとってはひじょうに不自由な状態には違いないということになります。現在ではなくて、おおむかしの日常生活にはちっとも不自由ではなかったかもしれないんですが、現在の生活にとって不自由な精神の働きかたをすると、しばしばお医者さんが、あれは異常だとかあれは病気だと指定します。それじゃ、不自由じゃないところまでもっていけば、それでもうなおったということになるとおもいます。

最近そういう例があるんです。たとえば上野千鶴子という人が河合塾かなんかの講演のときに、自閉症というのはマザコンで、母親があんまりかまうものだから自閉症になるんだみたいないいかたをしたわけですね。そうすると、自閉症親の会みたいのがあって、そこから抗議をうけたわけです。その抗議は、あなたみたいにマザコンだから自閉症になるといえば、ていねいに子どもを育てたら病気になるというふうになるではないか。そんなばかなことはない。自閉症というのは脳に器質的な障害があるんだと、学会ではそういう定説になっている。それを聞いて、自分たちは自閉症の子どもを育てる場合に、さんざん苦労してきたけど、気分的に救われた感じがしている。そういうことをいわれて、上野千鶴子が、それは自分が軽率にいって悪かったみたいなことを弁解して、注釈と抗議の文章を全部載せて出したという事例があったんです。

ぼくらからみると、両方ともだめだというふうにおもえます。つまり、母親が過剰にかまったから自閉症になるなんていうことは絶対にありえないわけです。その手の原因がぜんぜんないとはいいませんが、たいてい赤ん坊のとき、つまりお腹のなかに子どもを宿したときから、あるいは生まれてから一歳未満のときに、母親が、つれなく子どもを扱っているんです。子どもが胎内にいるのに、おもしろくないとおもったり、授乳するのにおもしろくないとおもいながら子どもに授乳したりするでしょう。もし影響があるとすれば母親はその代償として、子どもが四歳以上に育ってきてから過剰にかまうんですよ。上野千鶴子という人は、ようするに、環境論者なんです。つまり、マルクス主義者というのはたいていそうですけど、環境がよくなれば人間がよくなると思ってるんです。母親が授乳をしなければ、あるいは授乳に代わる牛乳だっていいですけど、それをやらなければ子どもは生きていけないというのは一歳未満のときだけなんです。だれかがかまわなければ、絶対的に死んじゃうわけですよ。だからそのときの扱いが重要なんです。もし環境が悪いというなら、そのときの環境だけなんです、ものをいうのは。そこがうまくいっていれば、たいていのことは大丈夫なんです。だからそれは上野千鶴子のいいかたが間違いであることは言うまでもないことです。しかし自閉症というのは器質の病だという母親たちの意見も、間違いだとぼくはおもいます。つまり、脳のどこかに障害があるからこれが自閉症だといえるほど現在の医学は発達していません。定説でもなんでもない。間違いだからこそ、『自閉症だったわたしへ』なんていう翻訳書が売れたりなんかする。ようするに自閉症というのはなおるわけです。どういう状態をなおるといっているか、その手記を読めばひじょうにはっきりしますけど、自分は外界との連絡とか、人との関係の連絡がとれるようになったというふうにいっているわけです。おおざっぱにいうと、自分がやっていることをちっとも異常だとおもっていないし、自分がいうことも異常だとおもっていないんだけど、たとえばこういうことはいわなくても人にわかるはずだみたいにおもうと、口をきくのはいらないとおもうから口をきかない。そうすると、向こうのほうから見ると自閉症だというふうになってしまう。だけど自分は何も感受性がないかというと、そんなことはない。ちゃんとわかってるんだけどなんにもいわない。次第次第に自分でそういうことがわかってきますと、ふつうの人が外からみると、ああ、この子、なおってきたというし、自分のほうもなんとなく、ああ、こういうときには黙っていないでいえばいいんだというようなことがわかってくる。その人は見事にその状態の心の動きを書いてます。

そうすると、なおったということはどういうことかといえば、その人の自閉症的な素質がなおったということじゃなくて、ふつうの人との了解がとれるようになった。ふつうの人はこういうときには、こういう振舞いをするもんだというのがわかってきた。そういうふうにわかって、ひじょうに自覚的になってきたら、それはなおったということとおなじで、あと、きついことが残っているとすれば、その人の内面だけに残っているわけです。つまり自分が少し我慢して、多少抵抗感があるけども、それができるようになったというと、もうそれはなおったということとおなじことになります。いわば自覚的な自閉症の状態になったとき、なおったといえる程度に自閉が開かれるわけです。

自閉症が脳の器質のどこかの病であるかどうかを決定するのはたいへんなことです。そんなことを決定するほど世界の現在の医学は発達していないですから、いまのところわからないというのがいいとおもいます。もしかすると、医学がもっと発達すれば、存外、器質の病だということが確定できるかもしれませんが、いまの段階でそういうことはとてもむりだといえましょう。そういう専門家もいるとおもいますが、定説じゃないとおもいます。一個の人間の心のありかたを決定する要因はふたつあって、ひとつはすでにいいましたように、胎内にいるときと、それから一歳未満のときです。このときの母親との関係、あるいは授乳したりおむつを替えたりなんかしてくれる、とにかく世話してくれなきゃ生きていけない段階での他者との関係がうまくいっているかどうかということと、それから思春期の入り口に、フロイト的にいえば、広い意味でのリビドーの異常体験があったかどうかということが第二次的な決定力をもつとおもいます。でも、大部分は胎内のときにあるいは一歳未満のとき、決定します。それは人間の心の世界をほとんど決定的に運命づけます。

ぼくがそんなことをいうと、一種の宿命論じゃないか、この決定論というのはおかしいじゃないかということになりますが、ぼくはそうおもいます。決定論に近い片道決定論です。逆にいいますと、精神が異常だとか、病気だというふうにいわれている人の、たとえば一歳までとか胎内にいたときにどうだったかを聞けば、それは育てた人、あるいは母親との関係がかならず異常です。これは一〇〇パーセントノルマルじゃないです。だけども、そういう人はかならずおかしくなるかというと、そんなことはないとおもいます。どうしてかというと、人間の心の世界は、可塑性があるといったらいいでしょうか、人間の精神は自分を超えていけますから。自分の宿命を超えていこうとしますし、またある意味で自分の能力を超えていこうとしますし、また性格を超えていこうとします。そういうことが人間ということの定義ですし、人間が生きるということですから。それを人間は超えていかなくちゃいけないというのが、それぞれの人がもっている宿命であるわけです。自分の性格についてだれでも大なり小なり自己嫌悪をもっています。いやな性格だな、おれはというのをもっているわけです。つまり、いやだなとおもって、それを超えようとする性格的な葛藤は、人には見えないんですけど自分のなかでしています。その人がうまくその葛藤を方向づけているときには、そのことが人格的な含みになって、なんとなくあの人は厚みも陰影もある人だなということになります。
そのように、葛藤するのが人間ですし、またそれを超えていくのが人間ですから、かならずしも宿命論じゃないんですが、逆はかならず真なんです。おかしいといわれて病院に入院している人だったら、間違いなくそうです。それは育てかたではなおらないです。母親がつらいところは、そういう体験があると、なんとかしてそれを補おうとして逆に丁重すぎる育てかたみたいなことになってゆきます。そうすると、環境論者はうかうかとマザコンのために自閉症になってしまうみたいないいかたになってしまいます。それはぜんぜん違います。つまり育てかたはあまり関係ないといった方がいいのです。

ビリー・ミリガンの例にもどりますと、これは一歳未満と、それから思春期の入り口のときに、たぶん性にかかわること、つまりリビドーにかかわることでひどいめにあったんだとおもいます。二十四の人格みたいな多重人格になるというのは、ヒステリー症のきわめつけといえますが、この人の、心の働きとしてもうひとつ現在的な意味をもっていることをいいますと、いわゆるレズとかホモとかいう同性愛者は、日本でももちろんふえてきましたし、西洋では潜在的に何人にひとりというくらいにたくさんふえてきています。なぜかということにはふたつ理由があります。ひとつは、性的な解放感といいますか、社会的に解放できるようになったということがあります。つまり、大なり小なり人間は、身体生理的にも精神的にも両性的ですから、どちらかが八〇パーセントでどちらかが二〇パーセントであるというのがだいたいのありかたです。解放されれば、どちらで振る舞うこともありうるわけですから、ひとりでに同性愛もある程度ふえていくことになります。もうひとつの理由は、ぼくは一歳未満の育てかたというのが、西欧とかアメリカとかでは——日本もだんだんそうなってきましたけど——いい意味でも悪い意味でも変わってきたことです。つまり経済的な意味ではむかしのように貧乏で毎日食う米がないとか、子どもにやる乳製品を買う金がないとかいうことはなくなってきました。そういう日常の必需生活の意味では、どんな母親もおなじように育てていくことができるようになりました。だから育てかたが均一化してきたということがひとつあります。もうひとつは、かまわなくなったということだとおもいます。つまり、むかしだったら、慈母とか悲母とかいうくらいに、何はともあれ、子どもがかわいくてしようがなくて、一所懸命になって育てたというような、そういう育てかたを、いまの女性だったらしなくなって、母子の、とくに一歳未満における絆というのを、他の人が十分代用できるみたいになってきたこともあるとおもいます。けっきょくそのふたつのことが原因としておもいつきます。

一歳未満の育ちかたで女性と男性と違うのは一カ所しかありません。つまり、乳児期には精神の問題でいえば、男の乳児であろうと女の乳児であろうと、それは母親が世界であり男役であって、乳児は男女ともに女役です。男の子は、性の対象を変えることはないわけです。つまり、思春期になっても女の子を好きというふうになっていくわけです。女の子は、自分が無意識の女役をしてて、母親が男役だったのが、ある時期から、母親が女役に変わる。そうすると、フロイト的に簡単にいえば、いままで愛情をそそいでいたとしても、反対に同性反発とか憎悪に変わるみたいなことになります。フロイトによれば、女性においてエディプス－コンプレックスというのは父親にたいする感情が母親とおなじようになってきて、母子で一種の反発が起こるみたいな関係をいいますけど、ほんとうはエディプス－コンプレックス以前に、いままで男だとおもっていた母親が、ある時期から女だということになった衝撃が、なくなったように見えて、潜在的に大切に残っているということです。つまり、そのことが女性の精神の振舞いかたを複雑にする要因だと、フロイトはいっています。ですから、男の子からすると、女の子というのはいつになってもわからないなとか、女の子っていうのはむずかしいぞとかいうふうにおもうのは潜在化された、エディプスよりまえにおける母親が、自分の中で性が転換されたという潜在的な意識が女性にはものすごく残っていて、それが時に応じ、場面によってでてくるからだとかんがえられています。男の子ははじめ対手は男だとおもっているだけで、乳児をすぎたら、もう、あ、女じゃないかというふうに一回きりの転換ですぎちゃう。しかし女性の場合には少なくとも二回の転換がかならずあることになります。それが女性の振舞いかたを複雑に非合理にしているといういいかたをしています。

同性愛というのは、どこで生じたかといえば一歳未満と思春期までにおける育ちかたが、文明の先進国では中産階級的に均一化されてきたということが、同性愛者を多くしている要因だろうなとおもいます。もうひとつは、もし一歳未満における母親の関与のしかたが薄かったら、つまり母親が肉親の母親じゃなくたって、だれだって代わりができるよみたいなふうになってくると、育てかたにおける男性と女性の違いというのがなくたっていいわけなんです。つまり、むかしながらの、女の乳児と男の乳児とは育っていく経路においてリビドーが違うということがなくて、類似してきたとおもうんです。そのふたつが先進国において同性愛者が表面にふえてきた理由だと、ぼくはかんがえます。それを防ぐことはまずできないだろうなとおもいます。

じゃあ、同性愛者の存在価値はどこにあるのかについて納得する理解のしかたをしている人は、数年前に亡くなりましたフーコーという人です。フーコーは、異性愛においては、人間は一対であるということがどうしても大きくでてきて、家族あるいは家庭が社会のなかでどういう意味をもつかもたないかという問題に還元できます。しかし、同性愛というものの意味は、ひとりひとりの存在というものが、社会にたいしてどういう意味をもつのか、あるいはどういう社会的な連帯がその場合に可能なのかということがはじめて問題になってきます。その意味のもちかたは、同性愛者の出現によってはじめて人類が体験する問題なんだと、フーコーはそういういいかたをしています。同性愛者はもちろんおおむかしからいるし、ギリシャ時代からあるわけです。個々ばらばらの、ひとりひとりという存在が社会にたいして直接どういう意味をもつか、そういうことがはじめて全社会的な問題として提起されるというのが同性愛者の意味なんだと、フーコーはそういう解きかたをしています。これは社会的存在としての同性愛にある思想的な意味をもたせれば、そういうことになるということです。フーコー自身はもちろん自分が同性愛であるし、エイズで死んだというふうにいわれていますから、自分で一所懸命かんがえたんだとおもいます。

この問題に関して、たとえば日本なら浅田彰がゲイ運動によばれて出ていって、何をいっているかといったら、マイノリティーというのが、全社会に対してどういう意味をはらむかというような問題がゲイの問題だというういいかたをしています。しかしぼくはこんなものはあまり意味ないとおもいます。つまり、フェミニストがよく女性は差別されているというういいかたを前面に押し出しているのとおなじで、少数者というのはべつに同性愛者でなくてもたくさんいるわけですし、少数者のもつ意味をいうなら、たくさんの少数者についていわなくてはいけないわけです。だから、そんなことは一種の効果の問題をいっているにすぎません。フーコーなんかとたいへんな違いです。フーコーはそれで自分の思想をつくって、そういうことをいっていますから。

資本制的な商品循環のなかで、水がはじめてびんに詰められて製造され、商品として売られたというのは、日本の社会でいえば、七〇年を前後するころです。つまり、それからはじめて水が交換価値をもったというのとおなじで、同性愛者はむかしからいっぱいいるわけだけど、フーコーがいいたいことは、はじめて全社会的な意味をもってあらわれたということです。そしてこれは、ある程度、先進的な社会では、とどまることがないんじゃないかなとおもいます。日本の場合には、同性愛者というのは、数パーセントを出ないとおもいますが、もうアメリカとか西欧では、数十パーセントのオーダーだとおもいます。日本もだんだんそういうところに入っていくのではないでしょうか。それに付随してエイズというのもぼくはだんだんふえてくるだろうなとおもいます。そしてこれは、アフリカ的起源をもっているわけですけれども、エイズにおいて性の区別を破壊する作用をしつつ、だんだん先進的な社会に浸透してきています。これも日本のパーセンテージでいえば、いまのところひと桁違うとおもいます。それは何が違わせているかというと、たぶん性の様式が違わせているんだとおもいます。あるいはもっと違ういいかたで性の解放が日本では欧米ほど進んでいないんだというういいかたももちろんできるわけです。日本というのは、アフリカ的段階とアジア的段階が、融和して西欧化を受け入れたところですから、なかなか面倒なところがあるんです。でも、やはり徐々にふえていくんじゃないでしょうか。つまりこの問題は、もとをただせば、性の問題から発していくように見えながら、しかしあるところで、精神世界の問題、つまり心の問題にたいへん関連したときに、先進社会に広がっていく要因ができたということになるとおもいます。これは同性愛者がふえていくというのとおなじで、エイズも防ぎようがないんじゃないでしょうか。

ぼくは、女性が子どもをちゃんと育てたほうがいいよみたいなことはかならずしもいわないわけです。それは代理ができるようになったんだから代理の人がやったって、いいとおもいます。しばしばぼくは一歳未満までだよというと、おまえそれじゃ、子どもが一人前になるまで、女の人が子育てにへばりついていろということなのかって怒られるわけです。それはおおいなる誤解で、へばりつこうが、はなれようが、そんなことは勝手です。ただ一歳未満の時期と、胎内における子どもの育てかたは、その子どもの生涯を決定しますよという理論は動かしようがないとおもいます。これは社会的に女性に有利か不利であるかということとはなんの関係もないことです。でも、それができなくなってしまうだろうという運命のすすみかたも、またやむをえないのではないかとおもいます。男女両性の区別というのはひじょうにあいまいになっていくということは、避けがたいんではないかとぼくはおもっています。心の世界の問題として、ヒステリー症の人格転換ということと、同性愛ということと、このふたつは現在いちばん重要な心の問題です。どうしてかというと、人格転換が多重になるというのは、異常とか病気という範囲じゃなくて、資質という範囲でいえば、社会が複雑になるほど、個々の人間が多重な人間に、自分をふりわけなければ生活していかれないみたいにだんだんなっていきつつあることに対応するからです。さまざまな職場にいる局面とか、それ以外の局面で多重な場所に対応しなければいけないということはこれからますますふえていくとおもうんです。それにたいして、病気とか異常とかいうふうにならないで、適応するやりかたができるようになったほうがいいにきまっています。同性愛ということも、自分がそうであるかないかということとはべつとして、自分の子どもがそうであるかそうでないかという問題はいまよりももっと切実になって、ふえていくだろうとおもいます。これに対応してちっともおどろかないし、それでもいいんだというかんがえかたと、いや、これはちょっとまずいから、私はそういう育てかたをしまいとか、それぞれいろいろきめなくてはならないわけです。現在、このふたつは、心の世界の問題としてとりあげる場合に欠くことができない分科になっているわけです。それ以外の問題、たとえば古典的なわけかたでいうと、そう病とかうつ病とか分裂病とかあります。たぶん数としては、たしかに現在ふえつつあるし、これからも社会がいろんな意味で局面がきつくなるとふえていくとおもいます。しかし、それと同時に、ひじょうに深いうつ病だとか、深いそう病だとか、深い分裂病だという人はへってきつつあるのではないでしょうか。だいたい全部境界はあいまいになりますし、また異常と正常との境界もひじょうにあいまいになっていくというかたちで、これからもふえていくことはたしかだとおもいます。それに対応する方法、多様性とか柔軟性とかというのが精神の世界における現在の要求ということになりそうな気がいたします。

このためにいまの段階では、休みとか、憩いは自分でつくるよりしかたがないようにできています。ひじょうにきついことばかりが出てきますが、ぼくの理解のしかたでは、そういうことがらくになることはこれからもないとおもっています。人間には可塑性がありますから、処理はできます。環境が複雑になったら人間がへばったっていうことはありえないので、あくまでものり越えていきます。そうすると、環境というのは、いまいいましたように、心の病にたいしてもいい面と悪い面をもっています。つまりむかしだったら食うものに困って、一歳未満の乳児にしょっちゅう怒っているけれど、子育ては一生懸命やる母親が全世界ですから、そういうふうに育った子どもは、いつだっておもしろくないことでみちみちています。それを変えるというのはむずかしくなります。それがいい母親に育てられたら、あとはなんの心配もいらないという育ちかたになります。いまは、そういう意味の対応は薄くなって、食うに困るみたいなのはないし、また母親は自分が育てなくても、育てる職業の人に託して、育てられるというふうになって、それはむかしよりいい面はたしかにあるわけです。それと同時に、性の意識としても男女で近くなってきましょう。それを弱点とみるなら、弱点もでてくるわけです。しかしそれは、しかたがなくて、文明文化の問題だから、人間はそれにたいして、適応すると同時にそれ以上に積極的にのり越えていきます。のり越えられないところは、もう自分で休みをつくって憩いながら、また行くみたいなことをやる以外にないので、それ以外のエコロジストがいうような解決法があるというのはぼくは信じてないです。そんなことはありえないんだというふうにおもっていますから。

心の世界のいちばん大きい問題は、きょう申しあげました、そのふたつの病的主題にだいたい帰着するとおもいます。そこの問題がうまくできていけば、たぶん現在あるいはこれから以後起こってくる心の問題については、自分の世代というのは別としても、自分の次の世代にたいしては、かなりな程度の適応性がかんがえられるんじゃないかとぼくにはおもわれます。明日食べるものに追われるような貧困は、心の世界を集約される主題として、ある意味ではいい作用を人間の心に果してきたといういいかたも成り立ちます。その意味の貧困が払底してしまった現在の先進社会では、心は集約される主題を喪失して、いたるところで過多な多様な反応にさらされて、方位と比重を測れなくなっていると言うことができましょう。

(一九九四年九月十一日)

生命について

遺伝子と宇宙的な生体リズム

今日はこのシリーズでは最後の「生命論」というか、「生命とは何か」という問題がテーマです。生命とは何かというのは日本の、明治以降でもいいんですけど、戦後にかぎっていいますと、戦後の主題としては非常に新しい主題の取り方だと思います。

もちろん生命現象というのは昔からありますし、それに対する科学的とか、さまざまな考察、考えはあるわけですが、生命とは何かという問題が日本の文化的な世界で大きく取り上げられてきている最近の傾向は、一つには遺伝子生物学、あるいは遺伝子工学でもいいんですが、遺伝子に関する知識とか情報とか研究がここ十年以内に圧倒的に進んできたということがあります。

遺伝子の問題が少しずつわかるようになってきて、生命という問題を動物・植物・人間という次元だけじゃなくて、もう少し細かい、微細で微妙なところで扱える可能性が出てきたということが、生命論が近年起こってきたことに拍車をかけています。

もう一つは、エコロジカルな意味での生命に対する考察が、問題として非常に大きくなってきたことがあります。「エコロジカルなこと」というのはどういうことかといいますと、人間の生命、あるいは生きているものとしての人間を、一つは動物や植物、つまり人間以外の生き物と同じように宇宙論的――つまり春夏秋冬という四季の移り変わりは、太陽を回っている地球の公転と関係するのですが――そういう宇宙論的な意味でのリズムと人間を含めた生体のリズムを関連させて考えようという考え方が、エコロジカルなところから出てきたわけです。そういう考え方がここ数年、十年以内によく考えられるようになったことが、いま起こっている生命論の考察に拍車をかけていると云えそうです。

僕が生命と云うときには、戦中派なものですから、いつでも生命を倫理的にと云ったらいいんでしょうか、人間はなぜ生きているのかとか、人間の生きている価値はなんなんだとか、戦争中だからだれのためと考えれば生命を投げうつことができるのか。つまり犠牲になることができるのかということをしきりに考えさせられたから、生命論といってもいまみたいなものではなく、生命を倫理、つまり生き死にということと結び付けて考えていました。

しかも生き死にの覚悟というか、自分の生き死にとどう結びつくか。あるいはどう結び付ければ納得するか。つまり一種の人生論とか死に対する覚悟性としては、生命は考えたことがあるんですが、いまみたいな意味での生命論あるいは生命についての考察はやったことがなかったんです。だから僕らにとっても、ここ数年来の生命についてのさまざまな考察とかそういう観点の著書は、非常に新しくて、初めてぶつかる新しさを持っています。それから生き死に、つまり生命を倫理的に扱うという扱い方でも、僕らが持っていた死ぬ覚悟とか、人はなんのために生きるかとか、そういう意味合いの倫理性とは違っています。

人間には前世があるのかとか、来世があるのかとか、立花隆さんの領域ですけど、臨死の体験あるいは死に瀕したところから帰還して帰ってきたときの体験談の中に含まれているものにはどういう意味があるのかとか、つまり宗教的倫理から死のあとに世界はあるかとか、生まれる以前に世界はあったかとか、そういうことが死あるいは生命についての倫理的な考察、考え方というふうに現在ではなっていると思います。

三木成夫の生体論

あとでそういうことにも触れられると思いますが、そういう現代の生命論をどこから考えていったらいいのかというところから始めていこうと思います。これは僕が新しくぶつかった問題で、いちばん影響を受けたのは三木成夫さんです。三木さんの考え方にいちばん大きな影響を受けたのですが、三木さんの考え方というのはエコロジカルです。つまり宇宙論的でもありますし、生体論というか身体論的でもあると思います。

三木さんがいちばん根本的に考察しているのは、生命とは何なのか、あるいは生命現象は基本的にどう押さえればいいのかということで、非常にはっきりしたことをいっています。全般的に、つまり全体に対して生命現象についていえることは大きく二つあって、一つは渦巻きというか、螺旋だといっています。生命現象の主たる基本的な要素の一つは螺旋だといっています。

たとえばアサガオのつるの先を見ていくと、幹と葉の伸び方は螺旋状で、特に左巻きに巻きながら伸びていく。植物で云えばそういう現象がある。三木さんはそう指摘しています。僕らはよく観察したことがないからわからないんですが、たとえば大木の幹もよく見ると螺旋状の溝がちゃんとできている。つまり樹木は螺旋状に大きくなっていくといっています。これは云われたからああそうかと思うだけで、自分で観察したことはないんですが、すべての植物の幹の溝といいますか、外皮の溝は螺旋状になっているといっています。

もちろん人間も出産のとき、胎児はやっぱり螺旋状に回りながら母親のおなかから出てきます。これは僕は実際に見たことはないんですが、螺旋状であるという写真は見たことがあります。胎児が生まれてくるときは医者かお産婆さんが外から引っ張って出すんだと思っていたら、そうじゃなくて螺旋状に出てくるそうです。出すには違いないんでしょうが、それは写真で見たことがありますから、確実だと思います。そういう指摘をしています。つまり生命あるものの生育あるいは成長を考えると、必ず螺旋が一つの大きな標識になると三木さんはいっています。

もう一つ生命現象の標識になるのはリズムだといっています。つまり天体に四季の変化があるように。一日二十四時間に昼間と夜があるように。あるいは人間の身体的な生理で云えば、夜は眠ることによって機能を休めて、昼間起きて活動するという昼夜のリズムがあるように。

それから一週間は七日ですが、一週間という曜日のリズムがある。それも僕はまったく知らなかったんですが、三木さんの指摘するところによると、たとえば人間の歯の成長の跡の断面には、樹木の年輪と同じように一週間ごとに年輪に近いものがあるんです。だからとてもよくわかるんだけど、一週間というリズムは決して暦屋さんがつくったわけでもないし、習慣でできたわけでもなくて、人間だけではなくて生体の成長のリズムと非常に関係があるということを指摘しています。

たとえば樹木の場合も、年輪で一年間の区別というのはだれでもわかるけど、それをもっと微細に見ると、ちゃんと一週間ごとに違う。その要素も見つけることができると指摘しています。これは生体から天体に至るまで同じで、渦巻き状の成長の仕方をするということと、リズムを持っているということと、その二つが生命現象の基本だと三木さんは指摘しています。

たとえば人間の生体の中でも昼夜二十四時間のリズムもありますが、もう少しリズムがあって、二十五時間のリズムというのも生理現象として人間にあるともいっています。二十五時間の人間の体内リズムと、二十四時間の半ば習慣的になった昼夜のリズムと、そのギャップがどんどん積み重なって、それが非常に激しくなったときに不眠症が起こるという指摘もしています。

それからもうちょっと違うリズムがあるという研究もあります。ですから生体のリズムと習慣のリズムのギャップもありますし、基礎的にはそれに依存するんでしょうけど、躁鬱病という精神的な異常とか病的な状態があって、躁と鬱が関連のある波を持っているとすれば、非常に規則正しい躁鬱病みたいなものを考えれば、それはやっぱりちゃんとリズムがあって、躁と鬱の状態とが内的に関連している。それは個人によって違うということはありますが、生体の生理的なリズムを基礎においてそういうことが考えられると指摘しています。

それは身体機能的に考えられる生命現象のリズムです。これをもう少し生命あるものの身体に則して云いますと、三木さんという人は人間には成長する位相と増殖するというか、生殖するというか、そういう「性の位相」があって、成長する位相は「食の位相」だといっていますが、その二つの位相の交代が生体にはみんなあると指摘しています。

たとえば、三木さんがいちばん典型的にいっているのはサケの回遊です。サケの稚魚をある川に放つと、それが川を下って、広い海に出ていって、海を回遊する。回遊している間にサケの稚魚は栄養をとって、どんどん成長していく。それがサケの成長する相、つまり食の相で、その間サケは栄養物をとって海を回遊しながら、どんどん大きくなっていく。それで稚魚として放たれた川に戻ってくる。

戻ってきてどうするかというと、できるだけその川をさかのぼっていって、そこで性の位相に移る。ヘトヘトになりながら川をさかのぼって、石の裏とか石の間に卵と精子を射出して、子どもをつくって、性の位相を実現したあとは、サケの場合は典型的にそうだけど、自分は数日のうちに弱って死んでしまう。それがサケの一生で、成長の位相と性の位相のあり方で、非常にはっきりりしています。

食の位相のときには性の問題はなくて、成長していって、もとの川へ帰ってきて、性の位相に入ったときには生殖を営んで、たちまちのうちに衰えて、数日間のうちにたいてい死んでしまう。これがサケの一生で、サケが典型的にそうであるように、すべての生命あるものはそういうふうにできていると指摘しています。つまり性の位相と食の位相、あるいは性の位相と成長の位相、両方の位相が交代するということが、すべての生命を持つものの一生のあり方だといっています。

生命体としての人間の特徴

人間ももちろん生命あるもので、つまり生物ですから基本的に云えばそうですが、人間の特徴として、性の位相と食の位相と両方の位相が交代するのが生物の生涯なんだ。そういうことを生物としては実行しながら、だけど自分で実行している食の位相、つまり成長の位相と性の位相を、動物としての自分あるいは生命あるものとしての自分を、もう一つある場所から眺めて、この性の位相はこうだとか、もう一つ考えることができるのが人間の特徴です。人間は生物の中でも、そういうことができるのです。ですから生物としては食の位相と性の位相であって、性の位相が終わったらあっさり死ぬということにちゃんとできあがっているんだけど、人間は一つだけ余計なものがあって、そういう生物としての自分の食の位相と性の位相の循環を自分自身が客観的に考えたり、それを把握したりできるということです。それを把握しているうちに、人間だけが性の位相と食の位相がすっぱり分離できなくなって、あいまいになってしまったというのが人間の特徴です。

つまり食の位相と性の位相は本当はきっぱりと分かれて交代して、性の位相が終わったらあっさり死ぬことになるべきはずなんだけど、人間の場合はそういうふうに客観的に自分を眺める理性というか、悟性かもしれませんが、そういう客観性をつくってしまったために、性の位相と食の位相があいまいに重なってしまった。重なりができて、あいまいになってしまった。はっきり分離できなくなってしまったというのが、生命あるものとしての人間のあり方だという指摘を三木さんはしています。それはたぶん当たっていると思います。

つまり人間の場合には、一定の成長期があって、性生活の位相があってというふうに、大ざっぱに云うとなんとなくそうできているように思いますが、サケみたいにはっきり分離しているというわけにはいかなくなって、両方が重なって、あいまいになっています。

サケの場合は生殖が終わると数日のうちに死んでしまいます。しかし、人間の場合には、生殖自体も非常にダラダラとして、性の期間を長く持ちますし、その間に食の期間もけっこうあります。そういうふうにダラダラと続いていって、死を迎える場合もお年寄りになってもはっきりとどうなったから死ぬということにはならない。生殖を終わったら死ぬというふうにはならないで、ダラダラと老いていって死ぬ。

つまり性の位相と食の位相といいますか、成長の位相と性の位相は生物的な基礎としてははっきり分離されてあるべきものを、人間だけはそれがあいまいになって、いつでもその二重性の間で生涯を終えていく。だからはっきりしないんだといえるわけです。

だけど生命あるもの、あるいは生物としての人間の考察をよくよくやると、成長期間と性の期間がなんとなく分かれている。生物学的に人間を詰めていけば、なんとなくその痕跡が残っているということがいえると思います。これは自分で自分を観察してもそうです。

もっとラジカルにというか微細にいうと、僕はそういうことには鈍感だから、自分の生理・身体についてそういうことに気がついたのは十年足らずだと思います。それくらい鈍感なんですが、おなかがうんとくちかったら性的な欲望は起こらないと僕は思います。性的な欲望は減少すると思います。

むしろおなかがすいているときのほうが、性的欲望は非常に鋭敏に現れてくる。僕がそういうことに気がついたのは十年足らずぐらい前で、それまではそんなことは全然わからなかった。わからない人は存外多いんじゃないかという気がします。なぜかというと、「精力をつける」といって肉なんかいっぱい食べるけど、「冗談じゃないよ。それはそうじゃないよ」と僕は思います。だけどそういうことをいう習わしがあるから、気がついていない人もそうとう多いと思いますが、本当に鋭敏にいってしまうと、そういうふうにできていると僕は思います。

そういうことを考えてもそうなので、人間だって生物的ということだけで詰めていけばそうなっています。しかし人間の人間たる所以は、はっきりと分離されるべき性の位相と食の位相が、あいまいであるけど二重性として始めから終わりまで、もしかすると赤ん坊のときから死ぬまで続く。それが二重性として続くのが人間の特徴だといえると思います。

だから授乳している一歳未満の赤ん坊のときも、すでに母親との関係において、それは性の関係だといえばいえるのであって、そのときには手の触覚とか、唇とか、舌の触覚とか、目は典型的に云えば母親の乳房しか見ていないんだけど、そういう体験がやがて人間の目の作用に成長してから影響を及ぼしていく。

たとえば何かを見たときに距離感があります。視覚自体に距離感が備わっているんだという言い方もできるでしょうが、その距離感を測る場合に、かつて乳児の時に母親の乳房を手で触ったり、舌で触れたり、あるいはにおいをかいだり、そういう働きが目と対象物の距離感をつくるのに大変大きな役割をしているといってもいいぐらいです。つまり、そうだったら一歳未満から性というのが人間にはあるんじゃないかという言い方もできるわけです。

僕もそうですが、いわゆる高所恐怖症というのがあります。滅多に行ったことのないような高いところに登ったり、高い場所から下を向いたらおっかないというのが一般的に高所恐怖症で、だれにでもあるんですが、本当の恐怖症の人はそれがやや病的に出てきます。それはたぶん母親とのかかわりで、授乳のときに手の触覚とか舌の触覚とかにおいによって母親との接触感を確かめる、その確かめ方に不足があったんだということで説明すると、高所恐怖症はとてもよく説明できます。つまり自分はどのくらいの高さにいるのかということを目の感覚がうまくできないと高所恐怖症が起こるのです。そういう理解の仕方をすると、一歳未満のときから人間は性的じゃないかという言い方もできるし、フロイト流にいえば、彼は「子どものときの生理的な欲望というのは、大人になって変態性欲だといわれる領域の性欲も、子どものときに全部備わっている」といっています。

性ということをフロイト流にリビドーあるいは生命的エネルギーというところまで拡張していうと、人間に限っていえば生まれたときから性的だといえますし、死ぬときまで性的だし、食の位相も併せ備えて、その二重性を生きているのが人間だという言い方もできます。つまり、これが生命体としての人間の特徴ということになります。

もっと身体構造的な特徴もいえます。これは三木さんの発生学的な解剖の見解から出てくることで、僕はとても好きで影響を受けた考え方です。人間の身体の中で胃とか腸とか心臓とか肺臓というのは一般的に自律神経といわれるもので動いています。つまり意識しなくても動いて、呼吸も意識しないでやっていて、それは植物神経系で動いています。

三木さんの言い方をすれば人間の腸から食道まで、つまり喉仏から下までは、植物では木の幹あるいは草の幹だと考えるといちばん考えやすい。腸管の裏と表をめくって血管が露出するというイメージを浮かべると、血管が露出している人間の腸管を基幹として、そこから枝分かれしている肺臓とか心臓も、要するに木の幹が葉脈で枝分かれするのと同じです。人間の腸をめくり返して中にある血管を外に出してみたら、それは植物の幹と同じで、血管に当たるのが植物の葉脈だという言い方をしています。

人間の内臓はみんなそういうもので、植物神経系で動くし、植物的にできているといっています。この内臓系の中心は心臓です。どうしてかというと、心臓から血管が出ていて、つまり植物でいえば葉脈が枝分かれして枝をつくり、葉っぱをつくるのと同じで、そのもとになっているのは心臓だから、植物神経系で動くものの中心は心臓だと考えればいい。

そして肺臓は呼吸器官じゃなくて、本当は枝分かれの途中にたまり場があったんだけど、それが発達して肺臓になったと考えるのがいちばんいいといっています。これが人間の内臓系をかたちづくる、植物系をつくっています。

もう一つ、いちばん典型的なのは感覚器官です。つまり目とか、耳とか、鼻とか、手で触るとか、舌で触ったという触覚ですが、嗅覚も含めていうと、それを動かしている中心は脳である、頭であると考えればいちばんいい。

これはいわば動物神経系でつくられていて、動物神経系のたまり場が脳だと考えれば大変わかりやすい。人間の感覚がそういうふうにして脳に伝わって、人間の行動とか思考――考えることも行動の一種だと考えれば精神的な行動――と身体的な行動を動物神経系がつかさどっていて、動物神経系の中心というか、たまり場は脳だと考えればいちばん考えやすい。

もちろん血管系と神経系とは相互に乗り入れているというか、交錯しているから内臓系にも神経が少しは行っています。つまり脳系統の神経が行っているということもありますし、感覚器官にも血管が、毛細管が通ってはいますが、基本的に云えば脳が動物神経系の中心、またはたまり場であって、内臓系の植物神経系のたまり場は心臓だと考えれば、とても考えやすいといっています。

そのふたつからできていると考えて、「その上に」というのはおかしいけど、そういうものの上で同じ人間の体を解剖して、ここに何があるとか、これはこういう機能をしているとか、それを知識として得たり考えたりということを、余計にやっているのが人間なんだと考えればいい。

その余計にやっていることが少ないのが哺乳類以下の動物で、それを多少多くやって、内臓機能は解剖するとこうなっている、形はこうなっているとあらためて考えたりやったりすることができるのが人間の特徴である。そう考えると、身体的に人間とは何物かと云えば、植物と動物と人間の三つを自分の身体の中に持っているのが人間だという考え方をするのがいいんじゃないかと思います。

生命体の問題を押さえ切った人

僕がエコロジカルな主張をするとすれば、なぜ緑は大切なのかとか、なぜ空気がいいほうがいいのかという根拠としては、人間というのは植物と動物と人間も全部総合して身体に持っているから、外界の環境も大切だということです。

つまり植物としての人間は緑が多いほうがいいでしょうし、動物としての人間は行動しやすく、行いやすくできている社会のほうがいいことになります。人間としての人間はそういうことを全般に考えて、より良い社会とはなんなんだとか余計なことを考える能力があります。

緑が大切だと云うけど、緑があるとどこがいいかというと、肺臓系とか内臓系です。つまり人間の中の植物にとってそういう環境がいいわけです。それだけのことで、動物としての人間にとっては行動しやすいとか考えやすい環境がいいし、人間としての人間にとっては、それを全部総合できることがいいんです。

つまり環境問題は、その三つを総合して云わないと人間らしい主張とはならないということに理屈上はなります。緑がいいとか、空気が良くなればいいという問題じゃない。それは人間の中の植物器官、つまり自律神経で動いている箇所にとってはいいものだということになりますが、人間は植物神経だけでできているわけではありません。動物も自分の体内に持っているし、人間も体内に持っていますから、その全部にとっていい環境とは何かというのを考察するのが、エコロジカルな課題の根本的な課題です。

僕がエコロジカルな主張をするとすれば、そういう主張の仕方をすると思います。三木さんという人は、そこをものすごくよく考察しています。僕はもともと無知だったんですが、方法論的にものすごくいいというか、素人にわかりやすくて、僕らにわかりやすいんです。ですから、そこからいろいろなことを考え併せることができます。

ところでそういうふうにやってくると、「生命というのは岩石とか石とか無機物みたいに意識というか、心というか、精神性が全然ない存在から、植物だってややあると見たほうがいい。植物も環境を良くしてやれば、食の成長の相にいい肥料を与えてやれば成長しやすくなる。それから動物性にとっては栄養物をとってやればとてもいい」ということになります。

意識というのは、人間だけが持っていると考えてもいいでしょうが、ある意味では人間だけが持っていると考えないほうがいい面もあります。ネコやイヌもちゃんと意識を持っていますし、もっと云うと植物だって、それを意識と呼ぶかどうかは別として、たとえばある植物の隣に仲のいい植物を植えてやると相互に成長しやすいということがあります。そこまで云うと本当かどうかわからないんですが、たとえば植物だってかわいがって「おまえはかわいいね」とか「もっと大きくなりな」と語りかけてやると成長するとか、憎々しく育てると枯れちゃうんだという考え方もあります。

そこまでは云わないことにしておきますけど、そういう作用があることは確実です。その作用を植物の意識なんだと云えばそうかもしれないし、植物の無意識なんだと云えばそうかもしれない。そういう意味で云ったら、生命あるものはみんな意識を持っていて連続性があるんだと考えることも、ある場合には非常に役立つと思います。

もちろん人間だけが意識を持ち、だから言葉を持っているんだという言い方をすると非常にはっきりしてわかりやすい。そういうわかりやすさもありますし、それはさまざまですが、意識の問題でも、動物性の問題でも、植物性の問題でも、生あるものはみんな連続性を持っていると考えたほうがいい場合も、もちろんあり得るわけです。

そういう考え方は生命論の中で非常に多様な視線で照らすことができますが、主たる照らし方はその二つです。つまり植物と動物と人間の総合物が人間の身体なんだと云えばいいし、植物も生命体としての無意識あるいは意識的な活動性があるという言い方もできます。そういう二つの言い方からいうのが、いちばんわかりやすくて的確な気がします。

生体が持っている螺旋性とリズム性。そういうものを生命の基本的な問題として、それから生物系の基本的な問題は性の相と食の相の二つの相を持っている、あるいは成長の相と生殖の相の二つの相を持っているんだという言い方もできます。その上に、人間がそれをまた客観的に見ることができる、そういう見方をできるのが人間なんだという言い方もできます。

それから先ほど云ったように、生命あるものはみんなリズムを持って成長していき、螺旋を持って展開していく。そう考えると生命の基本的な問題はだいたい押さえられます。

無生物、つまり石ころみたいなものは残念ですが、たぶんリズムはないんです。そこに置かれてあるというだけで、あるいは天然・自然としてそこにあるだけであって、雨風にさらされて壊れたり削られたりということはあり得ても、それはリズムある壊れ方とか成長の仕方ではないんです。

生体は必ずリズムを持って成長したり分裂したりしていきます。このリズムのあり方は単細胞から人間のような高度な多細胞の生物に至るまで全部変わりなく、リズムを持って成長したり、リズムを持って生殖したりします。生殖しない単細胞を考えても、自分で自分を分裂させて二つに割れる、それがまた二つに割れるということで、細胞分裂を起こしてやはり成長していきます。それがある段階まで成長したら、また融合して、ちょうど生殖と同じような融合の仕方をして、また新しい細胞ができてくるということもある。だから単細胞から高度な多細胞の生物まで、みんな同じだということができます。

僕は自分がこういうことに無知だったせいもあるから断言することはできないんですが、こういう生命体の基本的な押さえ方で、これだけ総合的にそういうことをはっきりさせたのは、たぶん三木さんが初めてなんじゃないかと思います。生命あるものはアメーバから人間までどういう基本的な要因を持っているかということと、どういう基本的な成長とか、壊れ方をするかということを含めて、それから生命体としての構造自体も含めて、これだけはっきりと云い尽くしたのは、僕はたぶんこの人が初めてなんじゃないかという気がするんです。

部分的にはもちろんさまざまなことが云われてきて、さまざまなことがわかってきたということとがあるでしょうけど、これだけ総合的に生命体の問題を押さえ切ったのは三木さんが初めてじゃないかと、僕は考えています。ですから、たぶん現在の生命体の存在の仕方、構造は完全に把握できると思います。

生と死をギリギリに追い詰める

できないことというか、わかりにくいことがあるとすれば、生命を倫理と結び付ける考え方です。倫理の極限というのは、生命体にとっては生まれることと死ぬことです。このことをどう考えていけばいちばん妥当なのかということだけは、まだ本格的には解かれていないんじゃないかというのが僕の考え方です。

それにはさまざまなことがあって、つまり宗教的な考え方、自然科学的な考え方、理念の考え方、つまり思想の考え方といろいろありますが、はっきりと「こうだ」と云えるまで確定的な考え方はまだ出てきていなくて、それはこれからの問題じゃないかなと思います。

いちばんわかりやすいところで云いますと、先ほども云いましたように、僕が十代の後半から二十代のときは戦争真っただ中で、どうせ戦争に行って死ぬんだ、あらゆることが途中で終わっちゃうんだと思うわけですが、どうしたら死ぬという観点が自分の中で納得させられるかと一所懸命考えたことがあるんです。これも生命についての倫理には違いないんですが、非常に狭い倫理です。要するに倫理的な何かと取り替えないと、つまり善悪と取り替えっこでバランスをとらないと、戦争の中で個人的に好むと好まざるとにかかわらず弾丸を打ち合って死ぬかもしれない、そういう自分を納得することはできないということを一所懸命考えたのを覚えています。それで、いろいろ考えるわけです。天皇陛下のためとか、祖国のためとか、親きょうだいがこれから無事平穏に生きていく基礎をつくるための犠牲で死ぬなら納得するかとか、あるいはこんなのは全部納得しない、納得しないけど死ぬんだとか、さまざまに考えを巡らせたわけです。

そのときの倫理、つまりどうすれば取り替えっこできるかという問題は、解決の仕方、精神の納得の仕方も異常なんですが、異常でも仕方がない、宿命なんだから、そういう世界なんだからというので、納得するための異常な倫理を考え出したり編み出したりということを自分ではしたと思います。そういうことに比べれば、いまの生命についての倫理の立て方ははるかにいい面を持っているんじゃないかと思えます。

たとえば宗教の人、特に新興宗教の人はそうですが、善なる行ないをすると死後の世界で大いなる豊かなる報いを受けるし、あまりいいことをしないとそうじゃないという考え方が昔から仏教みたいなものにあります。いまの新興宗教もそれがあります。

そこでは人間の生涯は生まれるときから死ぬときまでで終わりだと考えないで、生まれる前の前世の世界があったんだという宗教もありますし、死んだあとも死後の世界がある、肉体だけは滅びるかもしれないけど死後の世界がある、そこに移行できるんだ、移行しやすい修練の仕方もあるんだという考え方もあります。それは生の前に生があるし、死のあとも生命があるという考え方になって、云ってみれば輪廻転生してめぐりめぐっているのが生命体のあり方だという言い方があるわけです。

非常に簡単な要素だけとってくれれば、生と死をギリギリに追い詰めるということが生命についての倫理の問題になって、生の前にも前世があり、死のあとにも死後の世界があるというように、生と死の問題を拡張・拡大して考えていくことが前提になって、そこで人間はどうスムーズに、非常に豊かに死後の世界に行けるか、生の以前の世界を顧みられるかということが生命についての倫理なんだという考え方もあります。

それから生命科学的に云って、人間の生命体は別に自分が主人公ではなくて、細胞を宿している仮の宿で、細胞は食の相で増えていって、性の相で次の世代の子どもに自分の細胞をちゃんと遺伝子を持って移行する。それが生命体の循環の過程で、人間の体は単なる宿に過ぎなくて、本当の主体は細胞ないし細胞の核にある遺伝子で、次々に次の世代、次の世代と永続的に移行していく。それが生命体の主たる循環なんだという生命科学的な、ワトソンみたいな考え方もあります。

それから自然科学的な旧来の考え方もあります。つまり生の前に生前の世界があり、死のあとに死後の世界があるなんて大ウソだという考え方です。

僕らが自分なりに納得している考え方はこうだと思います。自然科学的な考え方、あるいは生命科学的な考え方と宗教的な考え方の中に多様性を見つけ出すということが、差し当たって僕らが自分を納得させるときの考え方です。それはどういうことかというと、宗教家が死後の世界とか誕生より以前に前世の世界があるというのは、大ざっぱに云いますと、誕生より以前に胎内の生活があった。もっと違う言い方をすると、フロイト的にいう、意識の底のほうに無意識の世界がある。その無意識の世界をフロイトよりももう少し拡張できるとすれば、つまりもう少し深いところまで無意識というのを設定することができるとすれば、それがたぶん生まれる前の世界・前の生命体・前の自分・前世の自分というふうに宗教家が云っているものと対応するんじゃないかという考え方です。

だから僕らの問題意識から云えば、フロイトのいう無意識よりもっと以前に、無意識の底辺というかスコープを設定できるということがあり得ないかと考えて、そこの問題にすれば、一本化するというのはおかしい言い方ですが、一本化できるんじゃないかという考え方をさしあたってとっています。

それは宗教家が死後の世界があると云っているもの、いわゆる宗教家の根拠は臨死体験の人の臨死ということとたぶん同じです。臨死体験をあげて、自分がどこかの広い野原を飛んでいったらお花畑があったと一般的によく云われていて、向こうに橋があって、橋の向こうでだれかが、本当は死んだはずの人なんだけど自分を手招きして「来い、来い」と云う。だけどなんとなく行きたくなくて帰ってきたら目が覚めたとか、意識が回復したとよくいいます。

その臨死体験の世界をつくっておいて、そこまでは宗教家は「修練によって人工的につくれる」という修練をしておいて、そのあとは自分がそういう世界からどれだけ豊かにイメージをさまようことができるかというか、世界を漂っていくことができるかということが宗教家の云う死後の世界だと考えるとすれば、誕生する以前、つまり生まれる以前の無意識の体験があるとすれば、たぶん臨死体験とそこが円環する、循環する。

そこの問題が、死後の世界があると宗教家が云っているもの、あるいは宗教家が生前の世界があったと云っているところの世界の問題と対応するんじゃないかと、さしあたってそういうふうに僕は考えています。

でもちっとも決定的ではないですから、決定的なことは少しも云わないんですが、そういう対応性をつけると無意識の世界とフロイトが云っているもの、つまり全然意識していないけどこういうことをしてしまったという体験より、もう少し向こうのほうにまだ無意識の世界がある、そういう無意識の世界の構造をはっきりさせるという課題があるんじゃないか。それを解くことと、生前の世界があると宗教家が云っている問題とは同じではないか。

死後の世界があると宗教家が云っている問題というのも、臨死体験という問題の向こう側にまだ世界があるんだよという、つまり、それも無意識の世界に違いないんですが、無意識の世界とか、あるいは夢とか、入眠状態の体験とか、もっと病的な云い方をすると幻覚ということになるでしょうが、そういう世界は何なのかということと、たぶん同じことじゃないかと思うんです。

そういう世界・構造をはっきりさせるということとさしあたって同じではないかと考えて、そこで判断を中止しているわけじゃないんですが、わからないことがいろいろあるものですから、だいたいそう考えて、宗教家がいうところと生命科学がいうところ、あるいは自然科学がいうところの対応性がつけられるんじゃないか、つけられる課題があるんじゃないかと思っています。

無意識の世界

もちろん、たとえば早稲田の大槻義彦さんみたいに、超能力の人がいるとかいないとか、そんなのはまるっきりうそだ、科学的にうそだと云ってしまう人もいます。僕はそこまでは云いません。まれに臨死体験が可能な、あるいは空中遊行が可能で、意識だけが遊行することが可能な鋭敏な人がいます。

個人でいうと、それがどこの段階の無意識か、あるいは乳児体験かわかりませんが、人間の感覚が視覚とか、聴覚とか、嗅覚とか、触覚とか、そういうふうにまだ分かれていない時代、まだ人間に成り立ての時代か、時期にしてみればどこかわかりませんけど、そういう時代の感覚をうんと保存している人がまれにいます。

そういう子どもなり超能力の大人がいると、そういう人はたぶん臨死体験みたいに意識がもうろうとして、もう死にそうになっていて、体の機能ももうろうとしている。つまり植物神経で動いている人、動物神経で動いている人、みんな止まりそうで、止まる寸前まで衰えて、減衰している状態で、ただわりあいに耳だけは聞こえますから、耳が聞こえるかぎりは、偶然にもしそういう時代の体験を保存している人がいたら、その人が超能力といわれているということは可能なんじゃないか。可能だということがありうるんじゃないかなと僕は思っています。

人間の生涯とか人類史のある段階と対応づけると、その段階ではそれはわりあいに可能だった。それは人間の先ほどから云っている感覚系といいますか。動物神経で作用して動いている五感がまだはっきりと分離していない要素を残している、そういう時代の感覚を何かの偶然で非常に多く残しているまれな人や子どもは、われわれから見れば超能力だというより仕方がない。何かものが見えてしまったり、聞こえてしまったり、そういうことはあり得ると僕は思います。

さしあたってそのへんのところで、宗教と超能力と自然科学を対応づけることが可能じゃないかと、考えています。いまの生命論における倫理性というのは、極端に云うと生と死というところに生前の世界あるいは死後の世界を付け加えて、心理的なことで云えば、われわれが一般的に考えている無意識の世界という、誕生してからあとにできあがってきて、あとに存在した世界で、いま忘れてしまったそういう体験が、もっと以前に、無意識の世界のもっと奥底にあったんだということを認めれば、それは対応できるんじゃないかと思えるわけです。そのへんのところで判断が止まっているというのが、生命について考えている僕の考え方です。

いずれにせよ、人間の動物神経が主として支配する世界の問題を主体にする問題ですから、発展的な感じがないんです。そこが弱点だと僕には思えます。たとえば本当に手をあてがったら痛いところが温かくなって治ったという超能力の人がいたとすると、その種のことは展開性というか展開の感じがないんです。発展の感じがなくて、なんとなく行き詰まったところで、それは超能力だとかうそだとか云っているような感じがしてしようがないんですね。

そこにまた自然科学的な、つまり大槻さんみたいな人がいて、「温かくするならヒーターでもそこに当てたらいいじゃないか」と云って、これが科学的ということになっているんだけど、たぶんそういうことではないんです。超能力で温かくなったというのはそういうことじゃないと僕は思います。

だけどいずれにしても、その手の話はものすごく展開の感じがないんです。なぜかということは非常にはっきりしています。たぶんそれは人体にすれば、人間の能力にすれば、主として動物神経が関与している箇所が鋭敏であるか、鋭敏でないかということに基本的な問題があるからです。そうすると動物にとっては、それはいいだろうとなりますが、人間にとっては人間が人間である所以というのが主たるところでは判断中止になってしまうんです。つまり判断の入り込む余地がないのです。

「おまえ、だめだ。そんなのはうそだよ」と云っても、「現に温かくなるんだからしようがないだろう」と云われればそれまでです。「現におれは温かくする能力があるんだから、しようがないだろう」と云われれば、それまでの問題で、大槻さん流の自然科学の人が「そんなのはうそだ」と云っても、それは成り立たないと思います。いるんだから、そういう人は。いることは認めなければいけないと思います。

だけど、それは何が関与しているかというと、人間が関与しているというより人間の中の動物神経で作用が大きくなったり小さくなったりする問題が主として関与しているから、人間が人間たる所以というのは、それを見ていても、あまり展開の感じがないんです。そこが非常に弱点だと思います。

テレビでいろいろ嘘も真もつき交ぜて、そういう人が出て人を温かくしたりしているのを見たり、それを計器で測って、ここは温かくなったとか、もとはこうだったというのも視覚的にわかるようになっていて、テレビでよくやっています。興味深いからよく見ていますけど、なんとなく自分の中の人間が人間たる所以というのを高度に発揮して、「おまえは超能力がある」「だからどうしたの」と云ったら、それまでじゃないかということになります。

つまり、こう当てたら痛くなくなったぐらいのことで、「だからどうしたのよ」と云えば、それまでになっちゃいます。なぜそうなるかというと、要するに人間が人間たる所以があるとすれば、その部分は無限大に考えたり、悩んだり、感覚を広げたり、そういうことが関与できないからです。関与してもたいして関与できないから、なんとなくその手のことは、超能力はすごいなと仮に思っても、なんとなく浮かない感じ、なんとなく展開性がない、この種のことは嘘か本当か、本当だとしても展開性がないという感じを拭えないのです。そこだと思います。だからその手の臨死体験とか、超能力体験とか、来世はあるみたいなことにのめり込んでいくと、なんとなく展開性がない感じが付きまとうと思います。でも現在、生命論として重要でなくはないので、かなり重要な部分には違いないのです。

生命論における倫理

たとえば僕が好きであり、かつ偉大な詩人だと思う宮沢賢治という人は一生涯それで悩んでいます。あの人は科学者ですから、一面ではそういうことは信じたくないと思うはずです。だけど信じなかったら、あの人はもとは日蓮宗から入って法華経の信仰ですけど、それがゼロになってしまいます。法華経の信仰は来世があるということが基本的にあるから、それを信じなかったら自分の信仰はゼロになってしまう。

あの人は信じているわけです。しかし一方で、信じていながら科学者ですから、論理というか、実験的納得でも具体的な納得でも、ちゃんと納得がいくようなことで確かめたいと思います。それでやっぱり生涯悩みます。信仰は捨てなかったから、妹さんが死んだときには北海道か樺太のほうに旅行に行って、もしかしたらあの世に行った妹さんと交信できないかと大真面目にやっています。自分が死んだら来世に行くに違いないと思っているんですが、一面では自分の中にある科学と宗教を一致させなければいられないということから考えると、やや自分でも納得しない部分が残ったといえます。

僕の好きな言葉ですけど、『銀河鉄道の夜』の中にこういう意味のことがあります。「本当の考えと嘘の考えが分けられるようになったらいいな」と。つまり、分けられる実験の方法がわかったらいいなということを『銀河鉄道の夜』の初稿の中で登場人物にちゃんと云わせています。

本当の考えと嘘の考えは分けることができないのです。「いや本当だ」と云う人と、「いや嘘だ」と云う人は、どこまで行っても解決できない。大部分が解決できたとしてもその部分はどうしても納得できません。宮沢賢治自身が本当の考えと嘘の考えときっかりと分けられたらよかったのに、それが分けられなかった。やっぱり分けられない部分が残る。それが分けられる実験の方法が、科学者だから実際に目に見えるように結果が出る、それが目に見えるということができたらいいな、ということは宮沢賢治の生涯の課題だったのです。

偉大な詩人ですが、宗教を捨てませんでしたから、やっぱり来世はあるというふうに、九割九分断定的に信じていたと思います。だけど本当にそうかと問うた場合に、あとの一分だけ科学者としての自分は、そういう実験の方法を見つけて、ちゃんと実験で「決まった」というふうに自分はやっていないし、やれなかったことが心残りとして残ったといえます。

宮沢賢治みたいに偉大な詩人でも、やっぱり一分か二分ぐらいは迷妄な、もしかするとそれは間違いかもしれない、来世があるというのは間違いかもしれないということを信じたというところで生涯を終えています。そうしたらやっぱり結論がついているとはいえないので、「信じた部分は主観的じゃないの」となって、客観的にだれもが一〇〇％納得するわけにはいかないものを残しています。

つまり、ああいうふうに偉大な人だって、現在表面に出てきている生命論の倫理の問題についてまっとうだと思える解決はしていないのです。そう考えたら、これはそうとう偉大な主題で、非常に重要な問題です。もしかするとこれを迷信にして、これで解決したと思ってしまっている科学者と、「迷信じゃないさ。これは真実さ。それは臨死体験の人を見ればすぐわかるじゃないか」ということは解決できません。それから宗教的な修行とは何かと云えば、少なくとも原始宗教、日本で云えば中世までの宗教は全部それです。そうやって来世をつくるということ、イメージでつくれるということを追い求める、そういう修行です。そうしたらちゃんと来世に行った、来世を遊行してきたという宗教家がいますから、「これは本当じゃないか」と云う人もいて、解決なんかつかない。つまり信じるか信じないかの問題だ、いまだにそういう問題だと云えば云えちゃいます。

だからこの問題は生命論における善と悪というか、倫理の問題として考えれば、いまでもものすごく重要だと思います。

僕ら戦中派みたいにギリギリ自分を追い詰めて、病的なところまで追い詰めた生と死の問題じゃなくて、いまの豊かな社会の豊かな生命論というところで、そういうことが問題になっている倫理の重要さで、この豊かな社会における本当の倫理とは何かということは、いまでもまだ解けていないと考えます。旧来の倫理はたいていだめだよというふうになりつつあると、僕自身はそう思っています。だからそういうことは解決していない課題だと考えれば、これはとても重要です。

臨死体験・二重人格

立花隆さんみたいな篤志家が臨死体験の例、いろいろな説を全部総合して集めて、上下二巻の本にしてくれています。立花さん自身はどう考えているのか、どこかに書いてあるかと思って見たら、下巻の終わりに近いところにちょっと書いてあります。お花畑が見えたとかこんな臨死体験は迷信だ、幻覚の問題と云ってしまうべきだと立花さんは思ったのでしょう、そういうふうに半ページぐらいでチョロッと云っています。あとはほかのいろいろな人の説とか体験例をいろいろ論じたり解説していて、本当にほんの半ページか一ページ足らずにそういうことを云っています。僕は立花さんはそういう結論の仕方をしないほうが良かったなと思います。つまり、もう少しいろいろなことがわからないと幻覚なんだと云わないほうがいいような気がするのです。

何がいちばん問題なのかというと、簡単なことです。つまり臨死体験の初めは、それは宗教体験の場合も宗教家の体験も同じなんですが、もう死にそうになって意識が薄れたとか、死んでしまったと思われて心臓マッサージをされるみたいな段階になったときに、自分の意識が離脱して、部屋の上のほうから死につつある自分とか、それを一所懸命心臓マッサージで生かそうとしている医者とか、周りで立ち働いている看護婦さんとか、あるいは泣いている近親だとか、そういうのが見えたという体験です。

それは本当に見えたのか、本当に見えたと考えるべきか、そうじゃなくて幻覚でそう見えたと考えるべきか、ということが根本的な問題ですが、体験した人のを読むとあまりにリアルなものだから、そこが結論づけられないのです。だから、宗教的な人は、もちろん来世があると考えます。また臨死体験を体験した人は、死ぬのもあんまり悪い気持ちじゃないぞ、見えるものは悪いところじゃないぞということで、非常に気が楽になった人が体験者の大部分を占めています。

それはいまだに学者とか研究者の人たちが、宗教的に寄ったり科学的に寄ったりしていろいろ云いますが、いまだに確定的にこう云えるということはできないのが現状です。そういう現状に照らして立花さんは、これは幻覚だと自分で云いたくなったんだろうなと思いますが、僕は云わないほうがいいような気がします。

そういう異常体験といいますと、たとえばこの前も出てきましたが、二重人格とか多重人格というのがあります。それは二つあって、自分が何をやっているのかわからない人格になって何かしてしまう。たとえば人殺しとか、レイプしたとか、そういう悪いことをしたといわれるんだけど自分は全然知らない。自分以外の人格に移行してやってしまうということがあります。

もう一つは臨死体験と同じようなもので、たとえば扉を開けて部屋に入ったら自分が机に向かって勉強していたとか、何かを書いていたのが自分で見えてしまう。そういう体験があります。これも二重人格なんですが、ドッペルゲンゲル、つまり二重の幽霊、そういうものだといわれている現象です。

それはいろいろなものがあって、芥川龍之介の『或阿呆の一生』の中で、全然行った覚えもないのに銀座の画廊か、本屋さんか、食堂か、レストランか知らないけど、そういうところで知り合いの人から、「この間お会いしまして、ろくにあいさつもしないですみませんでした」とあいさつされた。だけど、おれは一度も行ったことがないと言い張っています。自分の分身がそこへ行ったんだと芥川は思いたいし、思っているわけです。その手のことと臨死体験みたいな、自分の体から自分が抜け出して、自分が死にそうになって周りが騒いでいるところがよく見えたという体験が幻覚なのか、それとも体験として真なのか、どちらかとするなら、納得のいく説明をしてくれということになります。

たとえば看護婦さん、医者でもなんでもいいけど、そこにいた人は頭のここのところがはげていた。意識が回復してから、「あなたの頭のここがはげているでしょう」と云ったら、本当にはげていた。臨死体験の人たちはそういうふうに云うわけです。それはリアルだし事実だと云うし、あまりに迫力があるから、幻覚だと云ってしまうのはちょっと無理だということもあります。

そうかといって「本当なんだよ」と云うのもなかなか無理なところがあるような気がするんです。でも別の意味で云うと、そういう状態になったとき、つまり人間の意識としては非常にもうろうとして、人間じゃなくて哺乳類と人間の間ぐらいの意識の状態のときには、耳さえ聞こえていれば、それが見えることがあるということなのかもしれないし、それはわからない。僕は、いまのところ確定できないような気がします。

哲学者・宗教家の考え

ですから、そこは保留したほうがいいんですが、それは倫理の問題としては、とても重要な課題としてあるということができます。この種の問題について、哲学者としていちばんよく大きくまとめたのはベルグソンという哲学者です。この人はいろいろなことを断片的にいっていますが、特に『創造的進化』の中で一所懸命、生命論をやっています。岩波文庫でいえば上下二巻ですが、無機物と有機物と単なる有機物じゃなくて生物、それから人間、そういう段階を踏まえながら、そこにおける特徴はなんだということをさかんに哲学的に指摘しているとてもいい本です。

ベルグソンはいまの言い方をすれば、どちらかといえば生命論として、あるいは生命現象として云えば、来世はある、というのに近い考え方です。非常に詳細に論じていますが、「いまの言い方でどっちなんだ」という言い方をすれば、生命は永続的だということに近い考え方をしているといえると思います。

ですから、もしかすると、それは問題だということになるのかもしれません。この手の問題を本当に科学的に結論づけて、われわれを納得させる、つまり現代の人を納得させるところまでやってしまった人は僕はいないと思います。そういうものはないので、それはいまの課題です。強いて云えば生命論における倫理の課題として非常に重要なんだけど、解決がついていない問題だと僕は思います。

三木成夫さんの考え方も、ベルグソンの考え方からかなり余計な影響を受けていると思います。ベルグソンの考え方は、だいたいにおいて生命論における非常に詳細な考察と、やや来世はあるみたいな、死後にも人間の魂の世界があるということに近いんですが、そういう考え方が出ています。

もちろん、宗教家はそういうことを専門としています。特に日本でいえば中世の、しかも浄土宗系統のお坊さんの考え方が、その問題についていえば、もうギリギリいっぱいのところまで考えていると思います。世界的なレベルでギリギリいっぱいのところまで考えています。その中でいちばん短くて、いちばん読みやすいのは『一言芳談』です。お坊さんだから生と死に関する専門家ですが、その人たちの短いエピソード、短い言葉とか行いを寄せ集めたものです。本当は以前は岩波文庫本でよく見つけられたんですが、いまは残念ですけど見つけるのは難しいんじゃないかと思います。いま見つけるとすると岩波の日本古典文学大系みたいなものの中にあるのを読む以外にないんです。その中でいえば、岩波版の日本古典文学大系の八十三巻ぐらいの『仮名法語集』の中に入っています。それは生と死の問題について最高のレベルまで書いています。日本の浄土系の有名・無名のお坊さん、つまり法然から無名で野っ原で修行したまま死んだ人の言葉まで入っています。

これに匹敵する深さを持っているのは、中世の西洋の宗教家、つまりキリスト教の宗教家でマイスター・エックハルトという人です。ドイツのキリスト教の神秘思想家といわれている人ですが、本題は「ドイツ的説教」といいます。つまりドイツ語による説教集ですが、これは『エックハルト説教集』という表題で、いまでも岩波文庫で手に入れることができます。これは生と死に対する考察の深さ、死についての考え方が、中世の日本の浄土系のお坊さんの人たちとほとんど同じようなところまで達している大変優秀なキリスト教思想家ですが、生と死についていちばんの深さまで到達していると思います。

僕は親鸞が好きなんですが、親鸞という人はもうちょっとやったなというか、やっているなというか、そこまでいっています。これを解決と云うとまた問題を生じるんですが、宗教家としていえば、親鸞は念仏を唱えれば来世、つまりあの世で死後に非常に豊かないい世界に行けるといいます。念仏というのは本当云うと真心込めて読めば一回でいいんだというわけです。それであとは生きていたらもっと唱えたらいいじゃないですかということです。死ぬときには人間はどういうふうに死ぬかわからない。だから死ぬときの念仏が大切だという考えはだめなんだというわけです。そういう死についての洞察があります。

どうしてそんなことを親鸞がいいだしたかというと、法然もそれと似たりよったりなんですが、浄土系のいちばんの大本に源信という人がいます。『往生要集』という著書がありますが、この人は何をしたかというと、いまのホスピスの人と同じことをしています。

つまり阿弥陀仏を置いておいて、その阿弥陀仏の手のひらのところから細長い五色の布を垂らして、危篤とか重体の死にそうな人をそこへ集めてきて、その五色の布の端は仏像の手にかかっていて、その端を手でにぎりながら念仏を唱えていれば、そのまま来世の浄福な世界に行ける。

そういう人を集めてきて、係のお坊さんがくっついていて、念仏が途絶えそうになると、死にそうだから途絶えるんでしょうけど（笑）、もっとちゃんと念仏を唱え続けろと励まして、いまはどういう気持ちかとか、浄土は見えてきたかとか、そばに坊主が二人ぐらいいて聞いたりする。いま考えるとひどいことをするな、と思うようなことを源信はやったわけです。いまのホスピスの人もそんなに代わり映えしないと思いますが、そうすれば往生するというのです。仏教における浄土系の集大成した考え方はこれかということになりますが、法然は、いや、そうじゃない。臨終のときの念仏に重きを置いてはいけないといったのです。そういうことはよそうじゃないかと決めて、そういうふうに考えて、それをまず破ったわけです。

親鸞は、それをもっと破ったんです。どう破ったかというといちばん肝心なところは、人間の死というものは肉体が青ざめて息が止まっていることでもなければ、臨死体験でもないし、現世に生きているという、そのどちらでもないと親鸞はいったんです。自分が考える死というのは、何と云ったらいいんでしょうか、つまり中間だという以外に言葉では云いようがないんです。中間というのは間という意味ではないんですが、人間の死は中間なんだと。

その中間とは何かというと、その中間の位置で念仏を唱えてさえいれば、そこからストレートに浄福の世界に行ける、そういう場所が本当の死なんだ、本当の場所なんだと親鸞は設定したのです。ですから肉体が息をしなくなったとか、心臓が止まってしまったとか、そういうのを死だとは考えなかったんです。そういうふうに死んでしまったら、そのあとには魂だけが死後の世界へ行くというようには親鸞は考えなかったんです。宗教家で信仰の厚い人ですから、「そんなのは嘘だ」とは云わなかったけど、いま生きていたらそう云っていたと思います。つまり「そんなのは嘘よ。本当の死というのはそうじゃないんだ。中間なのよ」と。

中間というのはおかしい言い方ですけど、ある場所で、そこにいればストレートにすばらしい世界に行けるのです。すばらしい世界からなお帰ってきたいならば、帰ってきて人々の間で生きて、大いなる慈悲を尽くすのも可能だけど、とにかく浄福の世界というのは、そこの場所にさえ行けば行けるんだという考え方をとったんです。

法然はまだそういうところまで行ってないんで、法然が死という場合には本当に息が絶えて死んだとか、そういう死ぬことをいっています。だけどそうやって死んでしまったら、あの世の浄福の世界に行ける場合に、親鸞はそういう考え方は違うと。僕はそういう理解の仕方をしますが、「それは違う。そういうんじゃないんだ。死というのはそうじゃないところなんだ」といったと思います。人間の生と死、人間の生命、あるいは生物、動物の生命には生と終わりがあって、そのあと死後の世界があって、生前の世界があってという考え方から一歩踏み出した考え方だと僕は思っています。

やっぱり大変な人だなと僕は思いますが、そこまではだいたい詰めたといいましょうか。ですからエックハルトみたいな神秘家ではないんですね。親鸞というのは神秘家ではありません。自分では「僧にあらず俗にあらず」、つまりおれは俗人でもないけど僧でもない、死についての専門家ではない、だけど俗人でもない、僧にあらず俗にあらずというのが自分だといっています。その場所なんです。自分を死の専門家だとはいわなかった人で、そういうふうにいうことをやめた人だけど、そこまで一歩詰めたと僕は思います。

依然としてこの問題は、科学的にも宗教的にも理念的にも、うまく解いたという考え方にはいまのところ到達していないと思います。ただ、それぞれ自分の考え方を信じているとか、より信じているという人はいると思いますが、本当に決定的に決めたという宗教家はいないと思います。

現在の生命論

現在の段階、ここ数年の間に起こってきている宗教とか理念とか科学というところからくる生命論は、いままであった生命論とは違う場所なんです。これは大変興味深い場所で、僕らが唯一こうしたらいいんじゃないかなと思うことは、科学的であれ、宗教的であれ、早急に決めないで、まだ残っている問題があるんだと考えて、それをなんとかして解決しようと考えるのが妥当じゃないかと思います。

その考え方に差し向かうということは、言い換えれば生命論以外の倫理の問題に差し向かうとか、社会的な問題に差し向かうとか、政治的な問題に差し向かうということとも広がりを関連させることができるので、たぶんそういうことが重要な問題になっているんじゃないかと僕は思います。そして、それがあまりうまく解けていない、解決していないというのが現状だと思います。ですからそこのところは、皆さんのほうでもチャンスがあったり、自分の体験があったり、そういうところを詰めていく機会があったら、やられたらとてもいいんじゃないかと思います。

人間の無意識というのは意識とわりあい近いところにあって、ふとした瞬間に意識に上ってしまう無意識もありますが、全然自分はそう思っていないのに何かしてしまった、全然わからないという無意識もあります。しかしもっとさかのぼれば、それよりもっとわからない無意識の部分が、もしかするとあるかもしれない。そういうことも課題としてあり得るので、そこもまたこれからはっきりさせていく、なっていく問題であるかもしれないと思います。

たとえば、ビートたけしが酔っ払ってバイクでどこかにぶち当たってケガをしましたが、テレビを見ていると、この人は、「死にたい、死にたい、もう嫌になっちゃった」ということをたびたび云っているし、出てくる場面でもいかにも嫌になっちゃったようにみえます。だからそういうのがいつでも無意識にあって、もしかすると無意識の自殺願望だったかもしれないなと、僕はそういう理解の仕方をとったのですが、自分でも、「もしかするとおれは自殺しようとしたのかもしれない」みたいなことを書いています。僕もそれはあると思います。でも、それはわからないんです。事故のときも前後も物忘れしてしまうんですが、それだけじゃなくて、無意識がやることというのは意識した自分はわからないことが多いのです。

つまり、自分では全然思いがけないということがあり得るし、ましてやもっと奥のほうにある無意識は、意識がどう思ったかということとはかかわりなく何かやっちゃうかもしれません。そういう問題はさまざまな分野の問題として、いま非常に出てきていると思います。それは生命論の現在の問題と一緒に浮き上がってくる問題です。そういうふうにしないと、展開の感じというのは生命論の中にはないのです。

生命論とか、超能力とか、死後の世界とか、生前の世界という問題の中には、発展性というか、それを考えたら気分がせいせいしたということがないものですから、生命論の問題はさまざまな問題と関係があるんだと自分で関心の範囲を広げていけば、たぶん生命論の問題、あるいは生前の問題、死後の問題とはいったい何なんだと考えることがある展開性を持つということになり得るんじゃないかと僕には思われます。

つまり個人的・肉体的・身体的な問題でもありますし、現在の社会的な問題、あるいは政治的な問題でもあります。社会的な問題・政治的な問題から云いますと、いま無意識にたどっている社会的な問題とか政治的な問題があって、それを意識したら「ちょっと大変な問題だぜ」ということはあるんだけど、だいたいそれは一般論として云えば無意識に済んでしまっているわけです。なぜ済んでしまっていて、なぜだれも文句を云わないのかということになるんですが、それはどうしてかというと、やっている人も無意識で、考える人も無意識だからだと思います。

だからこれで済んでいるけど、これが意識のところに出てくることがあったら、相当なところに行っているねという問題になると思います。これは生と死の間の問題、あるいは死と死後の問題と同じ問題のところをさまよい歩いているのと同じことだと云えるところがあります。そういう展開の感じを自分で付け加えていくと生命論の問題は、集中はするんだけど、一点に集中していくんだけど、展開の感じ、発展の感じがちっともないんだよなという箇所から免れるんじゃないかと思えます。

生命論の問題は最重要の問題だとは思いませんが、四回やったことの四回目の問題としては、だいたいこのへんがいちばん集約点としてよかったんじゃないかと僕自身は思います。いちおう僕が考えとして持っている生命、あるいは生物、つまり生あるものについての考え方と、主な人の考え方を申しあげることができたと思っております。本年はいちおうこれで終わりにしたいと思います。

（一九九四年十二月四日）

ヘーゲルについて

ヘーゲルの考え方

ヘーゲルについて、どこから話をしたら入りやすいのかといろいろかんがえました。本来的に云って研究家としてではなくて、自分の関心にとって生なましいところでヘーゲルを読んで、理解してというようなことをやってきたものですから、そこからお話して奥深く至ればいちばんいいとおもいました。そこのところで先ずは問題になるところとか、なぜヘーゲルはわかりにくいかということについて、実感的にお話できたらいいとかんがえます。

大雑把にヘーゲルの考え方はどうなっているかを申しあげてみます。ヘーゲルは人間の意識の問題から、物質界とか社会とか国家とかも含めて、世界について哲学として理解する場合に、三つに分けて自分の考え方を展開しています。

ひとつは精神の世界です。政治制度とか法律とかも精神の作用がそこに入っている限りにおいてはそれも含めての学問がひとつの大きな分野で、もうひとつは自然についての学だと云っています。自然についてということは、わかりやすくいえば目に見える外界のもの、要するにものの世界についての学問だということです。もうひとつ大きなジャンルがあって、それは論理についての学、つまり論理学だと書いています。ヘーゲルもわれわれも論理学という言葉をつかいますが、ほんとを云うとふつう理解してつかっている意味とまるで違います。でもいずれにしろ、論理についての学というのは、その世界についての理解のうちのひとつになるんだということです。

たとえば論理学については、『大論理学』とか、『小論理学』という主著があります。それから精神の学は、いちばん総合的といいましょうか、意識のことから国家社会、つまり政治制度とか社会制度とか、宗教とかも含めて精神が介入する世界は全部そのなかに入ってくる『精神現象学』という大著があります。それから自然についての学は、自然哲学の分野の著作でやっています。主にものの世界という、つまり現在、物理学とか数学と云っていることも含めて、ものの世界をもとにしたさまざまな概念の展開のされ方と理解の仕方は、自然哲学のなかでやっています。その三分野からもちろん派生するものもありますが、ぼくらが関心をもってきたのは歴史哲学です。そこから派生するさまざまな枝葉がありますけど、その三つの分野で考察をすすめていく、それで全部総合すればヘーゲルの考え方になるとおもいます。

それでまず、ヘーゲルはどうしてこうわからないのかってことがあります。たぶん翻訳されたかたちでいえばヘーゲルの全貌は誰にもわからないということになっています。でも今またヘーゲル全集が少しずつ改訳されたものが出てきています。『精神現象学』は上下二冊、『大論理学』

は三冊か四冊の分冊になって出ていますし、文庫本で『歴史哲学』も出ています。また『哲学史』の講義をまとめたものも出ています。そのなかでぼくがいちばん恩恵を受けたのは、岩波文庫で『哲学入門』という題になっている、ヘーゲルの『エンチュクロペディア』のメモとか講義の草稿をまとめたものです。これがいちばんいい本です。わかりやすくはないですけど、これならば何とかわかるぞっていう感じがするという意味でもいちばんいい本で、もしヘーゲルを関心があって読まれるのでしたら、『哲学入門』がいいです。ヘーゲルについて日本で翻訳されている本で、その外のものはあまりよくないです。もちろん、こちらが知恵がないからわからないというのが、大部分を占めるのですが、小部分はやはり訳者が悪い、あるいは訳が悪いということになるとおもいます。自分でわかって訳しているのか、怪しいとおもうくらい、わかりにくいです。金子武蔵さんの訳で改訳といわれてますけど、とてもわかりにくいです。

いちばんわかりやすくて、なおかつ、わりあいに関心をもって、一所懸命読んで影響を受けたのは、マルクスがヘーゲルの法哲学を批判した文章も一緒にひっくるめて、ヘーゲルの法哲学といいますか、法についての考察、国家についての考察、それから憲法についての考察みたいなものです。ある程度具体性もありますし具体的な比較もできますし、自分が今住んでいる社会の、国家における憲法のあり方をいろいろおもいあわせることがありますから、そこが入りやすいとおもいました。

ただヘーゲルの法哲学という場合、自分なりにもっている理解を申しあげますと、法という言葉でわれわれが理解しているのはひとつは法律です。なになにすべからずとか、ここからここまで卑猥なことを書いてあるから猥褻罪だとかいうような意味合いで、その法律の条項とか条文も法ということのなかに漠然と入れています。それから法律っていうような意味合いでも法という言葉をつかっています。それでヘーゲルの使い方をいいますと、法というのは、何か意志してやったとか、信念とはちょっと違いますけど、それに近い一般意志という意味合いでつかっているとおもいます。

たとえば百人の人がここにいるとして、その人は個々にそれぞれ違う意志を行使しています。つまり百人なら百人の、さまざま全部違う意志の持ち方のなかから、共通だとおもわれるものを抽象することができたとして、それを一般意志とかんがえると、その一般意志が要するに法だと、ヘーゲルは理解しているとおもいます。

そこがとても問題なんです。ぼくが勝手に法という言葉にもう少し含めていることがあるんです。それは何かと云いますと、文学は言葉についての専門的な分野のひとつだとかんがえて、文学に表現された言葉のうちで、物語でない部分の言葉、つまりとても抽象的でわかりにくい、詩でいいますとシュールレアリズムみたいな言葉があります。とても抽象的な言葉だけど、専門家が一所懸命緊張しながらその時代につくりあげた言葉があるとかんがえますと、法という概念のなかにそれも入れたいんです。つまり文学的な言語のなかで、専門家がそうしているから、いくらかわかりにくいということもありますけど、物語性や意味よりも緊張度が高く表現されているものも、ぼくは法という概念のなかに入れたいのです。結局、文学作品の言葉は物語と法でできているんだという言い方をすることもできるのです。

具体例をいいますと、チャタレー裁判とかサド裁判とか、日本でいえば文学についての裁判が戦後ふたつありました。そのときに、争点になったのは何かというと、検察側は、法の専門家であるかはわかりませんけど法律の専門家ですから、法律の専門語でかんがえます。『チャタレー夫人の恋人』でもサドの小説でもいいんですが、その作品のなかの何ページの何行から何行までを読むと、具体的に卑猥だと法律的に判断されることが書かれている、これは起訴対象として有罪であるというのがとても明瞭な警察や検事の考え方になるのです。その考え方は、実証的な言語観です。つまり芸術性が高かろうと低かろうとそんなことはどうでもいい、要するに何行から何行に、こういうふうに卑猥な意味が書いてあるから有罪だ、ということです。これは現在つかわれている法律の言葉が実証的な言語だということを意味するとおもいます。

それに対して文学者とか、弁護人や、弁護側の証人である文学関係者はどういうふうに主張するかというと、確かに何行から何行を見ると卑猥な言葉で書かれている、しかしこの作品のはじめから終わりまで読めば、決してこれを卑猥として読まないで、ある文学的感銘度で読むことができると主張します。ぼくもサド裁判の弁護人になりましたが、自分でそういう弁護の仕方をしながら釈然としないところがありました。どうしてかというと、実証的な言語観からいけば、全体で芸術的感銘度があってといくら云っても、何行から何行にちゃんと卑猥なことが書いてあるんだからしようがないという主張のほうが、何か確からしさがあるようにおもえてくるからです。文学一本やりの人だったらあまり不思議を感じないで、それは検事の読み方が悪い、こいつは芸術を解しないといえるのですけど、ぼくらも口ではそういうふうに云っていますが、しかしどうも釈然としないなあというふうになるわけです。

それで作品全体を読めば決してこれは卑猥という理解の仕方とか感じ方で読むことにならないということを法律の言葉でいえないかどうか一所懸命かんがえました。それは何かといったら、文学の全部じゃないけど、ある緊張した場面からかんがえられる文学の言葉は、法のひとつであって、しかもそれは実証的じゃなくて、本質的なところで言葉をつかった、そういう法の言葉だと解釈しまして、ほんとうならばそういう主張をして争うべきだったんじゃないかと、のちにかんがえました。そこまで法にたいする解釈の仕方を広げてかんがえたいわけです。

法と国家

ヘーゲルがいう場合には一般意志ということで法という言葉を解釈しているわけです。たとえば、法に違反する行為をした場合に、いい意図でやっても、悪い結果が出ることがあるし、悪い意図でやっても結果がいいこともあるから、法というのはそれを行使する人がどういう意図を持っているかとは関係ないんだとヘーゲルは云いきっています。

それからもうひとつ重要なことは、法というのは倫理道徳ともあまり関係がないと云っています。法的にはモチーフはよくて行なった行為でも、結果として倫理道徳に反する行為をしてしまうこともあり得るし、逆の場合もあり得る。つまり、図《はか》らずも法的な一般意志に触れて、結果としてそれは違反行為だということになる場合もあります。

そのヘーゲルの法の考え方でとても引っ掛かったことはふたつあります。ひとつは、百人の市民がそれぞれ違う意志をもっているんだけど、そのなかで共通したところだけを抽象したものが法として差し出される一般意志だというヘーゲルの解釈をとりますと、日本国なら日本国をとってきまして、日本国の市民社会の市民のそれぞれの意志の違った点は捨象して、共通な点だけを抽出したものが主になるから、それは日本人一億人に共通した意志を抽象してもち出したものが法になります。だからそれは一億人の意志をある意味で象徴するといいますか、代表することになる。それがひとつぼくらが疑問としたところなんです。

二、三十年を一世代としますと、ヘーゲルの一世代後のマルクスが、やはりそこのところを鋭く突いています。法は一般意志だっていう言い方はそれでいいだろう、しかしたとえば、法の基にある一億人なら一億人の市民あるいは国民の意志の共通に抽象した共通性だとすぐに云っていいのかといったら、それは厳密に云えば違うというふうにマルクスは批判したのです。何となく疑問をもっていたところだから、マルクスの考え方にとても共鳴するところが多くて、自分なりにつついてみたわけです。

その場合に、一般意志というのは、ほんとうに一億人の一般意志の共通性がこのなかに入っているのかちょっと疑問だということとか、それからマルクスの云うように、それはそうじゃないということを、自分に実感的に納得させるにはどういうふうにかんがえればいいかも自分なりにかんがえました。そしてぼくなんかよく、そういう例をひくんですけど、人間は二人集まったところでは集団とはいえない、ところが三人以上集まるともう集団なんです。三人集まろうが一億人集まろうが、要するにそれこそ共通な一般意志が必ずあるんです。それで、僕ら文学をやっててよく自分らで同人雑誌みたいなのをつくってやったりしてきましたから、それを例にとればいちばんいいんじゃないかとかんがえました。たとえば三人で同人雑誌をつくろうじゃないかと相談した。月に一万円ずつ出しあって、まず半年ぐらいそれを蓄積して雑誌を出して、定価をつけてある程度それを回収して、次にまた一万円ずつ積立をやって加えて、次の号を出そうというふうにしたらどうだって、お金の相談がまとまった。一万円は高すぎるっていう人もいる、一万円じゃ足りないから十万円にしようじゃないかっていう人もいる。でも基本的に納得したのが一万円だとすると、まあいいやと納得して一万円という取り決めができる。そこで一万円を積立てていく。その場合に、事情があって、一人が、病気になったとか、失業したとかいうことで、一万円月々払うのがきつくなるということはしばしば起こりうる。そうすると、その一万円を払えなくなった一人が、同人の集まりの時に、後払いっていいましょうか、お前たち、俺の分まで払っておいてくれないかというんで、後の二人がよろしい負担するっていっている間はまだ三人で同人雑誌は続くわけです。そういうふうにやっていたら、今度は後の二人がどうも俺たちもきつくなってお前の分まで払えなくなったからお前は同人をやめてくれないかっていうことになった。こういうこともしばしばあり得ます。つまり、月々の会費一万円というのは、その三人の共同意志で納得してつくったものなんですけど、それが履行できなくなると、その共同意志から脱落してしまう者が出るわけです。

これは一億人いたって同じであって、一億人のうちの一千万人が脱落したなら、ヘーゲルの云う、その共通意志ないしは共同意志というものから全体性を欠いてしまいます。そういうことはあるじゃないかというのがマルクスの考え方です。その当時でいえば労働者で、あまり金がなくて貧乏して食うか食わないかで生活している人たちは、いちばん共同意志から脱落しやすいことになります。そういう人たちが共同意志から外れているにもかかわらず共同意志のような恰好をとっているという疑問が当然生じるわけです。それで、そういう共同意志たる法を変えるかといったら変えないで、もとのままそれが通用してしまいます。しかし実質上、社会状態をみても、現にヘーゲルからマルクスの時代になっていった時にますますそこから脱落した人のほうが多くなっていきます。それなのに共同意志だって云っているのはおかしい、共同意志というのはしばしば、逆立ちしてしまうことになるのではないか、とマルクスはかんがえて、ヘーゲルの法が共同意志であるという考え方に異を唱えたわけです。

もうひとつマルクスが批判した点があります。それは国家ということです。ヘーゲルの考え方はとても独特な徹底した考え方で、その共同意志なる法は、つまり司法者としても、監視者としても、履行する機関としても、法の概念が成立するためには、是非とも絶対的に国家という概念が必要であるとヘーゲルは考えました。一般的に云えば国家というのはあってもなくてもいいわけだし、ある時だけ意識にのぼったりしますけど、それ以外は、直接の拘束性は感じなくて、日々生活しています。ヘーゲルの哲学の徹底性はそこにあるわけですけど、突き詰めていけば、法つまり共同意志というのは近代国家そのものだということになります。国家という概念と法という概念は不可分であるとヘーゲルはかんがえていたわけです。

また違う言い方をしますと、そういう共通意志たる法と国家とが不可分であるとかんがえた場合、法を監視するとか履行させるとか、そういう機関と不可分であるところでかんがえられた制度のあり方、政治の体制とか方向性を決めたものが憲法であるとかんがえるわけです。

この国家についての厳しい突き詰めた考え方はマルクスに受け継がれていきました。国家というのをそこまで突き詰めなくたって、市民生活はそんなに不自由しないのです。ときどき思い出せばいいんだよっていう程度でいいはずなんだけど、哲学として法とか国家とかを突き詰めると、結局そこまでいくしかないということになります。そして憲法もそこまで突き詰めれば、国家あるいは法的な制度、あるいは政治的な制度のあり方をだいたい決めていくものだという規定の仕方になります。そうすると、西洋近代的概念では、憲法はものすごく重要なものだというふうになります。

日本の憲法

しかしわれわれは、そんなふうに厳しいものとおもってふだん生活していません。現在みたいに憲法を改正しようじゃないかとか、憲法第九条は解釈によれば自衛隊は憲法に合致していると、総理大臣が云ったりすると、何云っているんだって、急に憲法を思い出したりするけど、ふだんは全然そんなことはかんがえなくてすんでいます。だけどわれわれの思い出し方というのは、たいしたことないのです。あんまり常識の範囲を出ないといいますか、これは憲法を守れっていう人たちも、改正しようという人たちもそうだけど、実に簡単にそういうことを云うわけです。つまりそういうのは、憲法を生み出した西欧の国家および法についての哲学にまで突き詰められた概念から云うと、実にいい加減な考え方なんです。そこはとても大きな問題だとおもいます。

つまり法律の言葉というのを、ものすごく軽くかんがえているので、日本だけって云ったらおかしいですけど、ヘーゲルの歴史的な分け方でいうと、アフリカとかアジアという旧世界ではそういう考え方がありえても、西欧だと絶対通用しない考え方です。憲法をぼくらが読む場合には大真面目に読むわけです。緊張したところで文学的な表現をしたときの言葉も法という概念のなかに入れて憲法を読むわけです。

そうすると、たとえば、ふたつすぐにこれはおかしいというのが出てきます。ひとつは天皇が国民統合の象徴だという項目です。それから先ほど云いました憲法九条は非戦非武装の項目ですけど、これをそのままにして平和憲法と云いながらも解釈によって自衛隊は合憲ですと、つまり国家の法律、国家の共同意志に合致する存在であるということは、自衛隊は国家の軍隊だということを意味します。それで海外派遣もしているし、人の国の内戦に介入して、もうすでに護憲とか平和憲法は実質は壊れています。それなのにまだ通用するとおもっているけど、本質的な法の言葉で云えばもう終わっています。そのくらい日本や、一般的にアジア的な世界、アフリカ的な世界での共同意志とか国家とかにたいする考察は甘いものです。つまり情緒的なものです。

法と倫理・道徳は関係ないとヘーゲルはきちっと云い切っています。ですが、日本やアジアやアフリカ的世界では、情緒的に法に倫理がはいったり、道徳が混ったりして、気分というか雰囲気ですまされてしまうところがあります。わたしたちが本質的な意味で憲法を論議しようとしてもまともな話にならないのです。日本国の憲法に対する解釈の仕方とか、改憲だとか云っている連中のその論議の仕方はもう全然通用しないとおもっています。だから第九条はとても重要なものだ、意地の悪い言い方をすると、戦後憲法でいいのはこれだけだよっていうのは、ずっと、ぼくなんかの主張でしたけど、どうも護憲だとか平和主義だと云っているやつと一緒におもわれたくないっていう気持ちはいまでもあります。守れよ云々じゃなくて、文学の言葉、あるいは法の本質的な言葉でこの九条を読まなくてはいけないとおもうのです。

それからもうひとつ問題があります。天皇は国民統合の象徴だという言い方です。この象徴っていう言葉もとても曖昧です。いちばん広い概念では、これは政治行為で、国民統合の象徴のための行為だという解釈の仕方もできます。それから象徴という言葉を、政治的なことに関与することをやってはいけないと解釈すれば、どんな行為でも天皇のばあい政治的と解釈することができますから、天皇は何も公的な振る舞いをできないのです。つまり象徴ということは、その時代時代でどういうふうにも解釈できるものです。ヘーゲル的に云わせればナンセンス中のナンセンスの条項だということになります。これが曖昧に通っているということがあります。そうするとこのふたつの条項というのはどう考えたって、日本人でなければこういう論議は通用せんよってという理解になります。

なぜこんな条項が入っているのかというと、純法律的にだけ申しあげますと、日本みたいに、法とか掟とかという考え方がすこぶる情緒的というか、情念的で、ヘーゲルの云うように法とは一般意志そのものであって、道徳とも道義とも関係ないというところまで含めた考え方は、日本人には不得手だし、そんなのはなかったのです。そういう伝統的な日本人の実感に叶う考え方と、見せ掛けでも体裁だけは日本だって明治以降近代国家ですから、西欧近代を模倣して立憲的な制度を持っている国家なんだという考え方と、それしか日本人にはないんです。実感の延長からいったらどうしてもそうなってしまいます。ぼくはそういう意味での日本人というのを信用していないです。つまり日本人で法的な言語をほんとうにつかえる人は法律学者にもいないとおもいます。護憲とか平和主義って云っている人も情念的で、戦争はいやだとか、人を殺すのはいやだとか、そういう意味で云っているので、ほんとうに法的に九条はとことんまで守りかつ主張するっていう意味で護憲と云っている人は日本にはいないとおもいます。ですから、戦後憲法で、天皇は国民統合の象徴だという項目が入っているのは、いわば、西欧近代の模倣によって成り立っている憲法概念と、それから日本の伝統的な掟の概念ですね、それがうまく象徴的につながりをもっている項目がどこかひとつないと成り立たなかったのです。

それ以前の明治憲法は、天皇は神聖で侵すべからずというのが、やはり伝統的な日本の考え方と西欧近代的な憲法の考え方と折衷できる唯一の項目だったのです。戦後になってその折衷案が、国民統合の象徴という項目で成り立ったのです。それが日本国憲法の、今でも問題になり得る、ふたつの項目、つまり非戦非武装項目と天皇制の項目が残っている所以だとおもいます。

歴史上でよく知られたことを例にとりますと、聖徳太子の「十七条の憲法」というのがあります。日本のいちばん最初の憲法といわれています。あれを見ますとすぐわかりますが、第一条が「和をもって貴しとなす」というのです。ほんとは和っていうのは和《やわ》らぎと読ませます。和合しあうことが貴いというのは、法の規定なのか、それとも倫理・道徳の規定なのか区別がつけられません。つまり、そこを区別するようには、日本における法の精神性は成り立っていなかったのです。ましてや法や倫理の規定性を哲学にまで徹底させて考えることなど成り立つはずはありませんでした。そういうことの最初の象徴が「十七条の憲法」です。それでは時代を追って、だんだん西欧なみの法的な言葉になってきたかというと、そんなことはないのです。北条氏の「御成敗式目」という鎌倉幕府の憲法にあたるものを例にとってみます。最初の条項は、「倹約は行われるべきこと」という規定です。それから、第二項は「群飲逸遊を制せられるべきこと」というのです。大勢で飲んで遊んだりするのを制限するということだとおもいます。室町時代でも、江戸時代の徳川幕府法をもってきても、基本は同じです。つまり日本国の法律、憲法に該当する国法は、ことごとく道徳倫理で、法制度の方向についてヘーゲルのようにとことんまでつきつめられた考え方をもってきますと、まるで比べものにならないのです。憲法は国家の方向性をさすものですからふだん大真面目にかんがえていなくても、生活するのに不自由はしません。ぼくも実感的にいってそうで、憲法を頭の上において生活していません。お前遅れているなんて他人に絶対云わないです。でも、遅れているというか、曖昧なことは確かで、ぼくでも本気になって憲法の規定に立ち向うときには、本質的に立ち向います。

法概念の拡張

近代的に道徳倫理と法を区別するという西欧的考え方をもっと徹底するにはどうしたらいいかかんがえてきました。法という概念をヘーゲル、マルクスよりもっと拡張しようとおもってきました。そこでぼく流の言い方をすれば、文学は言語の自己表出性と指示表出性とから成り立っていて、物語の起伏とか、物語の構成、根本主張というのは、言語の指示表出の延長線上に理解できます。それから、法の言葉に匹敵するとても緊張した言葉の使い方は、言語の自己表出という概念で云うことができます。もう少し手前で云えば、法と物語でできているのが文学だというところまで法という概念を拡張してしまうことができます。そうしますと、憲法などを本質的に理解することになるとおもいます。

ぼくらはふだんは日本は世界に冠たる経済大国で、とても進んだ先進的な資本主義なんだと云うと、だいたいのことは云えちゃいます。だけどほんとうに厳密にいいますと、その上に象徴天皇というのがいるんだよということを云わないと、日本国とは何か間違えます。そこまでわかって日本について物を云っているヨーロッパとかアメリカの認識は存在しません。存在しないのはなぜかといえば、こっちが存在させないからです。日本は高度の資本主義国だということでおよそいいのですが、その上に象徴天皇があることを云うべきです。象徴とは何かは法律の言葉として厳密な定義をつくらないとあいまいになります。政治行為に近い象徴行為だってありえますし、非政治的な儀礼行為としてもありえます。どこそこを儀礼訪問したという行為でも、ただ友好親善関係のために行ってても政治行為と解釈すればできるときもあります。どれも政治的な行為じゃないといえばそうだというふうに、曖昧なところですんでいます。しかし本当に日本国とは何なんだと云いたい場合には、そこまではっきりさせないと、駄目だということになるとおもいます。

法とか憲法とかを主体にしてかんがえますと、法を哲学にまでつきつめたヘーゲル、マルクス流の考えと、われわれの理解の今の場所とのギャップを埋めるためには、法的な言語というものを実証的な言葉じゃなくて、本質的な言葉として理解することが必要です。単純にかんがえて、日本が西欧的になればいいという人たちもいますけど、ぼくはそれに賛同しないのです。そんなところはちっとも問題になりません。西欧近代の法理解と道徳倫理と区別のつかないわれわれの伝統と実感と、どこでどういうふうにつき合わせれば解決したことになるのかということがとても重要だとおもいます。

マルクスの考え方で云えば、ヘーゲルの法哲学は、法を哲学にまでつきつめた最初のものでした。別の言葉でいえば、法を解剖したものだったのです。当時ドイツというのは、フランスとかその他欧州の南の方に位置している国に比べれば遅れていました。そのなかでヘーゲルの国家・法に対する哲学だけは進んだ国よりも逆に進んでいたのです。だからそういう意味で、全ヨーロッパの頭脳になりうるところまでヘーゲルは法とか国家という概念をつきつめてしまったというのがマルクスの解釈です。差し当たってのヨーロッパの課題は、ヘーゲルがつきつめた国家・法哲学を頭脳としてヨーロッパの先進的な社会の現実と接合することが革命的な課題だとマルクスはかんがえました。日本の場合には現在でも、法と道徳とを区別できないところで市民社会の倫理・道徳がかんがえられています。

その考えを逸脱させて拡大しますと、検察庁みたいなのと同じ考え方で、何行から何行まで、ちゃんと卑猥なことが書いてあるのは、実証的に確かだから、この作品は猥褻でわいせつ罪に価するという実証的な理解になります。これにたいして作品全体の流れで読んでいくと、何行から何行まで卑猥な意味のことが書いてあっても、卑猥とは読めないという理解を対抗させるのが、いわゆる文学裁判でした。法的な言語は本来は実証的な言語ではなく、本質的な言語として理解されるべきです。

いまおこっている問題で申しますと、サリン事件というのがあるでしょう。ジャーナリズムやテレビに登場する人士の理解はことごとく駄目だとおもいます。誰それがサリンをこういうふうにつくって、別の誰それがそれを地下鉄に持っていって、撒布した。そうしたらこれこれの人がこういうふうに亡くなった。それの特定ができなければ、なかなか有罪にならないとおもいます。現在の段階は警察庁自体が告発するとか、検挙して裁判所がそれを告発するというところ以前にある問題ですから、誰が犯罪人であるかは、全然何も特定すべきでないというのが本質的な法律の理解の仕方です。ところがテレビなどを見ていると、もうあいつに違いないとか、あいつは怪しいとか、無原則的前提になって出てきます。学者として出てくるゲストもまた同じで、これはかなわないなあというのがいまのところのぼくの感想で、いろんなことがはっきりしてきた時に、何か云ってみたいとおもっています。

これはもっと本質的なところまでいくと、どうしても道徳倫理、あるいは道徳倫理的な予想と、法的な違反とは、日本人の法概念では分離することができていないことになります。ヨーロッパの人たちは決してそんなことはかんがえないでしょう。利点としてでているのは法という概念を西欧近代でつくりあげたよりもっと拡張して、文学、芸術の言葉とか表現もその法の概念のなかに入れてしまえというモチーフとしては出ているとおもいます。弱点とすればいま云ったようなことがたくさんあります。たとえば、ロッキード事件でも、疑惑の段階でもう新聞・テレビは田中角栄を犯罪者として道徳的に非難するし、三浦和義という人の場合にも、奥さんを殺して保険金をとったとか、殺人者としてジャーナリズムは一斉に吠え立てたというふうになったのです。

つまり、実際にやったかやらないかという実証的なことと、法律がそれを処罰できるかできないかということとは違うことだということをよくよくかんがえるべきです。そこを何も云えない時からもうそういうふうに云っちゃうのは、ぼくに云わせると、間接的な法と道徳を混同したために起こしたマスコミの殺人であるとおもいます。つまり日本のジャーナリズムというのは、何回も殺人に等しいことをやっているし、後になって無罪ということになって、その人が被《こうむ》った損害をお前どうするんだって云いたい人はたくさんいるわけです。マスコミというのは政党とおなじで、間違った主張をやっても平気でまた新聞は続けてやっています。そういうのはものすごい問題なんで、ちょっと話にもならないのです。つまり法律というのはそれくらい、本質的な言語として厳しいものだとぼくはおもっています。

ヘーゲルの歴史哲学の概念にはいっていきます。どうしてアジア、アフリカの人間は、心情的な善悪の判断を、法的な論理的な善悪と区別できないのだろうかということになります。これはアフリカ的な国家でもアジア的な国家でも、大なり小なり倫理的国家であったり、宗教的国家であったりします。たとえばアフリカなんかで、小さな部族がより集まって部族連合国家みたいなのをつくります。その時にいちばん有力な部族の長がその国家の国王になるとします。たとえば飢饉とか災害が連続的に続いたとなると、これはやはり宗教的な神のたたりだとかんがえて、呪術、お祓《はら》いでそれを免れようということを部族社会でやります。それから国王はこういう災害をもたらしたいちばんの責任者ということになります。そうすると国王はどうなるかというと、もちろん退位させられる。場合によっては、殺害されることになります。王が宗教的な犠牲に供せられて、そのことで魔術的に災害を逃れるということになります。

こういう段階にある国家を仮にアフリカ的国家と申しあげますと、このアフリカ的国家の痕跡は、日本の初期の神話にもあるとぼくはおもっています。たとえば日本の古代法のなかに天つ罪と国つ罪というのがあります。天つ罪は、概していえば農耕に関する罪で、闇に乗じて田の畦《あぜ》をきって、水を自分の田圃《たんぼ》にだけ流しこんで、なにくわぬ顔をしているというようなことが天つ罪に該当します。それから国つ罪というのは、要するに呪術的な罪です。たとえば、いまで云えば身障者ですけど、生まれながらに白癬があるとか、目が片方で生まれてきたとか、腕がなしに生まれてきたというような、その頃の言葉で云えばシロヒトとかコクミとかと呼ばれるものに生まれたのは、親と子の罪だということになります。それを解消するには呪術以外ないとされます。

つまりこういう国つ罪の概念は、日本がアフリカ的な国家の段階にあった時の風俗習慣というか、道徳的違反とか、生まれながらの前世からの罪だとおもわれるとかいうことのひとつの現われだとおもいます。

神話のなかに自然の草木に風が吹いて、ヒューッと音をたてて枝が揺れたとすると、それが、草木が喋っている言葉なんだという記述があります。そういう考え方はやはり社会的な段階として云えばアフリカ的な段階です。つまり自分と外界の自然との間の区別がそれほどついていない。自分は動物と同じように自然のなかにまみれて住んでいて、自然の言葉を聞き分けることができるみたいな記述があると、ぼくはこれはアフリカ的段階にあった時の日本の神話的概念が残っていると解釈します。

もうひとつそういう解釈ができるところがあります。それは何かと云いますと、何々のみことが海部《あまべ》の部落へ行って、そこの娘さんと仲良くなって子どもを生んだみたいな記述が初期の神話のなかに出てきます。その時、妊娠して産小屋に入ってお産しようとしているところを、出掛けていた男の方が何なんだろうと覗いてみたら、その女性が本国における姿、つまりワニの姿で暴れまわって、子どもを生もうとしていた。それを見てびっくりして逃げ出そうとする。そうするとお姫様のほうは、お前見るな見るなというのに見たなというので本国へ帰ってしまう。それで生まれた子どもは産小屋の屋根がまだあまりできていない、覗き見なんかできるような時に生まれたので、名前を「うがやふきあえずのみこと」とつけた、それが神武天皇の祖先だという神話的記述があります。いまのわれわれの姓名に対する概念から云えば、そんな名前つけるわけないじゃないかということになります。これは神話の荒唐無稽さといいましょうか、神話だから出鱈目にこじつけたんだよとおもいたいわけです。だがほんとはそうでもないんです。つまりアフリカ的な社会の王国では、王様の系属に生まれると、生まれる時何でもいいんですが、たとえば嵐がこないうちに生まれたというんでもいいんですが、「嵐がきあえずのみこと」というふうにあだ名をつける命名法はしばしばあります。

それは民族学者や人類学者がよく調べています。つまりそれと同じだと理解すると、子ども騙《だま》しみたいな名前のつけ方は嘘だとはいえないのです。つまりそういう名前のつけ方の時代は、アフリカ的段階にあったとおもわれるのです。その段階にあるときは、日本神話のなかでも、なかなか空間的な指定ができない感じになります。そういう神話的記述はそこを明らかにしないことで神話以降の、つまり歴史以降の日本というのは、騎馬民族説からすると、大陸のほうからやってきたのが王族になったからということかもしれないし、また大陸の文明を受け取ったからということかもしれません。それは確定できないですが、いずれにしてもやや古い文明が発達してから神話を編纂したのはそういう人たちですから、場所の空間を特定しないで、しかしアフリカ的段階にあったときの云い伝えをちゃんと入れてあるんだとおもいます。

それから伝承によれば中世までそういう風習があったと云われています。いまで云うと長野県の諏訪地方に「たけみなかたのみこと」という神が神話のなかに出てきます。諏訪神社のあたりを根拠地としてその周辺を治めているわけですけど、それが天孫族の直系に、支配している国をあけ渡す形になります。その治めているところの祭りが諏訪神社のお祭りです。いま御柱祭と云われています。大きな木を切って、倒して、川にもっていくために山の上から引きずり下ろして、若者たちがそれに乗っかって、時々怪我人も出たりというお祭りです。その場合に、伝承によれば、占いで当った地方からそこに特定される人間、なんとなく素質がありそうな子どもを連れてきて、引き籠もらせて修行させて、ある程度超能力みたいのをつけさせた上で、磐座《いわくら》の上で相続式をやります。その子どもが現人神ということになります。それが諏訪地方を中心として支配している地方に巡行に出掛けていって、帰ってくると、しばしば密殺しちゃうという伝説があります。諏訪神社の神社史の伝説のなかにそれがあります。最初はそういう古来からの風習があって、知っている人を殺しちゃうのはむごいからというので、だんだん後になるにつれて、どこの人かわからない、放浪している子どもを捕まえてきて、それを籠もらせて修行させて、磐座で即位式をやるともう現人神になって、しまいには殺される。殺され王というのは覚悟の上で、お祭りと巡行の時だけ神様としてあがめまつって、お祭りがすんだら殺しちゃう風習があったと云われています。そういう風習が実際にあったというふうに見ても、伝承つまり痕跡があったと見ても、どちらでもいいんですけど、それはやはりアフリカ的段階に日本があったときのひとつの支配の遺り方なんだとおもいます。

この即位の方法は、いまに続いているチベットのダライ・ラマがたぶんそうでしょう。つまり占いをやって、どこそこの地方から探してくるということで、そこの地方でやや神がかりしやすいような素質の子どもを連れてきて、何カ月か籠もって、修練させて、超能力的なものを身につけさせて、それでダライ・ラマとして後継の現人神（活仏《いきぼとけ》）にするということだとおもいます。

つまりその風習は、日本固有ではありません。そういうアフリカ的段階にあれば、だいたいそういうのがあったと考えた方がいいのです。

アジア的段階は、それから少し進んだ段階にあって、ここでは、道徳的な憲法しかもてないけれども、国王がちゃんといて、専制政治を行っています。それで万事のことは国王の共同体が全部取り仕切ります。たとえば農耕に関することでも、アジアでは一般の農耕民はじぶんたちで灌漑治水はやらないで、国王の共同体が請け負うことになっています。だから国王が交替したり別の国王に滅ぼされると、農耕で栄えていたそういう古代的な都市は、忽ちのうちに廃墟と化してしまいます。アジアやオリエントではしばしばあることです。要するに国王が治水工事に関することを全部取り仕切ることになっています。そういうのがアジア的段階における国家の特徴なんだという考え方をします。

そしてそういう場合の租税は現物で取るのがアジア的段階における国家の大きな特徴です。現物で取り上げるというのは、日本でいえば、江戸時代末期までそうでした。明治時代になって初めて西欧の農業政策、農政学の学問が入ってきてやっと現物じゃなくて、市場で農産物を売り、そのお金で税金を納めてもいいことに改めたのです。明治までは日本は少なくともそういうアジア的専制の遺制がちゃんとのこっていました。アジア的な時代では、農政学者は、だいたいにおいて篤農家で、二宮尊徳みたいな人が云っていることは、要するに道徳的なことです。農家をやっているだけじゃ金なんかたまらない。だから少しでも夜なべをして、縄をなって草鞋《わらじ》を作ったりとか、それでお金を貯めるというようなことをしないと駄目だと農家に教えます。町でいえば、商家ではお客さんはこういうふうに丁寧に扱って、家を栄えるようにしたほうがいい。それには家はそれぞれの家訓に従って代々いったほうがいいぞということを教えます。石田梅岩《ばいがん》みたいな人がそうです。これは徳川時代末期まではそういう形で農家や商業の倫理が定められました。明治になってはじめて、一代目が留学して、西欧の農政学を学んできて、全体的な市場をつくって、農産物を売って、それでお金で税を納めてもいいというふうになったのです。

そういう段階が幕末まで続いていたと考えた方がかんがえやすいので、もう日本は近代的先進国なんだって、たしかにいったんですけど、いまでもふっきれていないところがあります。そういう意味で云うと、それは特徴なんだからしようがない、これがなくなるのは、もう一代とかそこらじゃちょっと間に合わないとかんがえるか、本質的な法の言葉と道徳・倫理とは違うということを区別できると、個人個人ががんばって主張するか、どちらかしかないとおもいます。それくらい道徳・倫理と法を区別するのが難しいところで、日本国というのは現在に至っているわけです。

段階という考え方

ぼくらがアフリカ的とかアジア的というとき、必ずしも空間概念じゃないのです。これは、アフリカへ行けば今もこういう人種がいますとか、西欧近代に比べれば遅れている地域ですとか、アジア地区に行きますとまだこういうところはたくさん残っていますとか、そういう意味がないことはないのですが、そういう意味だけで云っているのではなくて、普遍的な意味で使っています。時間的な概念でもあるわけです。西欧にもアジア的段階とかアフリカ的段階はもちろんありました。だけど速やかに通り過ぎたわけです。速やかに通り過ぎたことがいいか悪いか、ヨーロッパ人に云わせれば、また反省もいろいろあるわけでしょう。なぜ西欧人だけそこを速やかに通り過ぎて、東洋人は今でもまだ遺制として残しているのでしょう。アフリカ的段階は今だってアフリカの固有地ではあるわけです。

どうしてそうなっているのかということは大変難しい論議になります。そこらへんがつっかえているところです。日本はアフリカ的段階は速やかに過ぎたところです。今の区別で云えば、弥生人が、大陸の方から朝鮮経由とか、九州の方から、つまり中国南部から直接とか、北の方から日本海をまたいで直接とか、日本に入って来ました。農耕をもって来た人々です。それから南の方の島から島づたいにまた農耕に近いもの、焼き畑農耕、それから漁業みたいなものをもって入ってきた人たちもいるかもしれません。そこは確定的でないですが、かなり中国文明を身につけてて、かなりいろんなことを知って入って来たっていうことがあって、それ以降、日本はアフリカ的段階を離脱しやすくなったことは確かです。今ではわずかに神話のなかによく読めば、ああこれはアフリカ的段階の名残りだなっていうものが残っているとか、今でもアイヌ文化とか、琉球文化とかをよくよく追究しますと、アフリカ的段階の遺制とか言葉とか、かなりな程度残っています。そういう僅かに残っている部分から、ああ日本にもこういう段階があったんだなあと推測し、追究するわけです。大雑把に云えば、縄文的段階と云われているものはだいたいその段階じゃないかと見当をつけています。そこからアジア的段階に行くところでその人たちの主な産業的な働きは田畑の耕作をやり始めたことです。江戸時代から明治の終わりに近い頃まで日本は農業国でした。農業の有効パーセントが全体の経済的規模の半分以上あった時代です。まあ今では到底云えないので、第三次産業（流通・消費）の国家であるといったほうがいいのです。

日本で云えば聖徳太子の「十七条の憲法」というのは、国家らしい形ができて、位階勲等みたいなのができて、それからまたもっと進めば律令制っていう法制ができて、国家らしく整います。アフリカ的な国家では自然に対して、農耕よりもまだ自然の生き物を採って食べたりする方が多かったわけです。つまりそういう段階から現在の消費資本主義までできたってかんがえると、日本はなんとなくアジアのなかで、アジア的な段階の要素とか、アフリカ的段階の要素が痕跡しか残っていないとこまで来てしまったことになります。国家と密接に関わっている意味での国法とか、国家制度とかでいえば、まだまだアジア的な段階の遺制は残っていることになります。また一方では西欧の超近代的な先進国なみのところまで達している部分もあります。

そういう不可解な、不思議な国を面倒じゃなく理解するために、ヘーゲルの段階という考え方はとても理解しやすい考え方です。つまり日本人は、少しだけアフリカ的段階の様子を残して、アジア的段階から明治以降、西欧的段階へ突入し、それが近々、百数十年の間に、西欧の一番先端の未知のところまで産業経済的には駆け抜けてきました。そういう不可解で不可思議な国です。日本は何なんだっていうことで、ぼくらが納得するようなことを云っている人は、いないんです。日本の政治形態とか宗教形態とか、それから自然との関わり方で四季さまざまな自然があってそれを享受している、それが日本文化の特徴だと云ってしまうと、その日本文化は奈良朝から平安朝、まあそこまでで原型をとった日本という概念です。そんなことはあてになりゃしないのです。たとえば、沖縄の人たちは比較的多く、旧日本人的、縄文日本人的要素をもっています。またつい最近でもアイヌ人は異民族だとおもっている人たちもいます。つまり民族という概念は近代国家と対応する概念としてかんがえれば、民族を構成しないとぼくはおもっています。それで北方系だけじゃなく南方系とおもっています。それから沖縄の人もそうです。

ヘーゲルは、この段階的世界をかんがえ、未開・原始をアフリカ的段階とし、原始と古代のあいだをアジア的段階に分けました。アフリカ段階の次にアジア的段階、それから西欧的段階と。こういうふうにいくことを、ヘーゲルはある意味で疑いなくかんがえました。日本は今、アジア的段階を離脱し、西欧的段階を自由に拡張していきつつあるとかんがえると、なんとなく筋道がとおっているように受取れます。また実感にかなう気がします。しかし少し違います。そう簡単には云えない。なぜかというと、アフリカ的とかアジア的というのを、時間的概念としてだけ使っているからです。空間的概念として使っていないんです。なぜそれじゃ西欧はアジア的段階を早くなくしてしまったのか。アジア的段階をどうして通り過ぎてしまったのかを自分たちが問えなければしようがないわけです。またそう問えないと、本当に地域概念だけになってしまいます。地域概念だけじゃないいんです。地域概念がある時ともに時間概念になります。そのふたつの複合なんです。複合というのが「段階」の概念です。

やはりヘーゲルっていう人はすごい人だなとおもいます。ヘーゲルの論理学がいかにすぐれているかの証拠であるんですが、抽象的なこととしてアジア的段階とか、アフリカ的段階ということで、具象性の現実の様相もそのなかにくるめてしまいながら適確な現実の世界史の抽象になっているのです。それがあたってしまうという意味です。具体的な歴史叙述をこまごまと記述すると、くだらないことを云ったり、余計なことを云ったり、あたってないことを云ったりしてしまいます。ヘーゲルは平気でアフリカ的という段階に侮蔑的ですが、それでもあるひとつの段階では人類は殺すことと崇拝することとは同じだった。そういう意識のある段階も保っていたんだと云います。それは適確な言い方に属します。ヘーゲルのいうアフリカ的段階というのは人間はまだ自然にまみれて、自分と動物の生活とはあまり区別していないし、また自然が宗教にもなっていない段階だと云っています。そして抽象的に云っていることが、具体的なことについて、そんなに見当をはずしていないのです。アジア的な段階でアジア的専制はどうなるかというと、税金として貢ぎ物を現物でとるのです。日本もそうでした。それでいて灌漑用水の工事などは、専制君主が担当するのです。個々の農民は担当しません。これもアジア的ということの大きな特徴です。だから一旦王朝が滅びた場合は惨めなもので、都会がたちまち砂漠の廃墟になってしまうのです。中近東にいまでも都市の廃墟が史跡としてたくさん残っています。アフリカや南米でもそうです。それは当然そうなります。ひとつの王朝が栄え、それが滅びどこかにいって、違う王が入ってきたらもうそこに住めないのです。水を灌流させる王家が無く、個々の農民は用水を作る工事を自分たちで造らないからです。移動するよりないいんですね。そういうのはアジア的段階の特徴だということも説かれています。

日本なんか随分違うところがあります。それは数はたくさんの平地があってもひとつずつは狭い。平地というのは農耕を特徴とするアジアの特徴ですが、大陸だったら揚子江の沿岸などでいえばいいのですが、日本では、丘とか丘陵に囲まれて、ちょっとした平地があって、海があって、それで川があってというのが村落社会です。そうじゃなければ低い台高地です。この台高地は、日本列島のなかのアフリカです。アフリカ的な特徴をもっています。チベットなんかは高地農業ですね。アジア的な土地なんだけど、やっていることはアフリカ的段階たらざるを得ない。それは高地だからです。日本では、そういう台高地で狩猟なんかをする狩猟民がいて移動していましたけど、それは農耕民と混合して、川の流域の狭いところが村落になって農耕をやってきました。海が周りにあるというのも特異で、これがあるところはだいたいヘーゲルの概念でいえば、商業とか貿易が発達するところばかりなはずです。つまりカルタゴみたいな国家はそれがあったから、商業が発達して商業国家になったのです。

日本は小規模ですけど全部の要素をもっています。灌漑用水だって確かに朝廷が作っています。要するに溜め池です。『古事記』や『日本書紀』に出てくる依網《よさみ》の池とか、何々の池とかいうのがそれです。何々天皇は何々の池を掘らせたという記載は灌漑用水の溜め池を掘らせたということです。日本ではその程度ですみまして、水利社会とか水力社会とかいう必要はないのです。『風土記』などでは井戸を掘って農業用にしています。また山の斜面を堰《せ》き止めてそこを貯水池にする。

その三つで日本の朝廷の灌漑工事はすんでいます。だいたい交代する王朝なんて有るかないかわからないほどで、内戦でもやれば別ですが、古代初期にしか壬申《じんしん》の乱のようなものはありません。とても特異なアジア的国家です。だから今でも西欧文化の入り方も、これから西欧文化をつきつめてもっていく要素も、産業経済的にだけ云えばとてもあり得ることです。そんな段階に日本は突入しつつあるわけです。政治経済とか、社会経済からいくとどうしても、まだなかなかそういうことじゃなくて、アジア的な歴史をひきずっているんですが、産業経済から云えば、だいたい資本主義のもっとも高度な段階を最初に離脱していこうという可能性も日本はあります。人種としても混血ですし、日本語も混合語です。我々の常識的に習っているのを日本語だと思ったら大いに違います。これから解くよりしようがない現在の課題になっています。この問題のもとになっている認識をかんがえるとヘーゲルの歴史哲学の方法にかかわってきます。

ヘーゲルの論理学

ヘーゲルのかんがえた論理の学をどうとらえるか比喩をつかって云ってみます。たとえばここにマイクロホンがあって、ちゃんと録音できるようになっているとします。この部品とこれこれの部品でできていて、作用はこうで、音と電気作用が相互転換できるような装置が内蔵されているというふうに考えを組みたててマイクロホンの実体に接近します。テープにうつすことによって、マイクロホンを通じて喋言《しゃべ》られたことは、貯蔵されます。そういうふうに説明を組みたてて実体に迫るのが論理的説明だとぼくらは常識的におもっています。ヘーゲル以前の、つまりアリストテレスからヘーゲルまでの論理の組立て方は大なり小なり、その方法でした。部分を積みあげて全体とするわけです。国家についても法についても社会についても、論理的な考察はそういう組みたてでなされます。ヘーゲルはそれをまったくひっくりかえしてしまいました。

面白いところなんですが、論理学は、何の前提もなしにいきなり対象にぶつかって、この対象は何だっていうことをいってしまうところが基本だというのがヘーゲルの方法です。もちろんヘーゲルだってさまざまの規定をしてはいます。つまり国法とは何かとか憲法とは何かということを規定しています。しかし規定の積み上げが論理学だと、そうおもってもらいたくないのです。こんな規定することは本当は余計なことで、人が今までやっているからそういうふうにもっていくけど、自分がおもっていることは全然そんなことじゃない、こんな規定なんかどうでもよくて、ただ対象の根本へ根本へいって、もう対象そのものの本質をむき出しにしたいわけです。ヘーゲルにはよく「有」と日本人が訳している概念があります。「在る」ってことは、こういうことだというところから出発する以外に、何の前提もなしに出発して、このなかに本質がいつも含まれています。もしこちら側に意識あるいは自我というのがあって、ここに対象があってというところから入れば精神現象の学になります。論理学もそういうものだと云いたいところですが、それはもう結果論だからそういう言い方はしたくないのです。論理学で云うと、もっと根本のところに本質的なものがある。こういうふうにいう以前にもう何かがあったというふうになります。「在る」があれば、もう対象であろうと、自我であろうと、そんなことは区別なしに、もうそれ自体がはじめに前提として「あるもの」だということになります。「あるもの」としての存在を前提にして、前提から規定を設けていくのではなくて、前提からどんどんどんどん前提となった概念を消していっちゃうことがヘーゲルの論理学の究極の目的になります。

簡単に云うと、個人があってここに対象があって、自我と対象が交錯していくうちに、自我の方が発達していき、対象も複雑さに向って展開してゆく、それで精神現象学的に国家になり、それから法ができるようになってゆく。このように自然の学の方に突っ込んでいったり、倫理学ができたりというふうになります。人間がいて、ものが回りにあるというところから出発するからそうなるのですが、何も前提をとらなかったら、そこに何かがあるということだけで、人間もなにかがあるなかにはいっていって、それを何か無規定に前提としようじゃないかということになるのです。それでそういうのを無規定に前提としていきながら、その無規定という規定さえもどんどんとっちゃえということになります。そうすると、今ある人間と今ある世界との対話は全部精神の学になってきます。

そうじゃなくて、それ以前に、ヘーゲルには無限あるいは絶対の本質があって、神という呼び方をしています。要するに神とそれから人間がありうべき存在としてどんどん本質的なほうへ向ってその人間という概念をどんどん無前提にとっていっちゃうと、無限に本質に近づいていっちゃう。無規定のうちに何かに近づいていける。そういう本質と神との対話のところにいけば、論理学は究極のところまでいったということになります。それがヘーゲルの本質的な考え方です。

ですから、要するにぼくたちが論理とか、理屈とかで云えばこうだと云っているものを全部ひっくりかえしたのです。規定は使わざるを得ないのですが、本当はこんなことはやりたくもないんだといつも否定性を用いているのが論理学におけるヘーゲルそのものです。これが根本になって、どんどんどんどん無規定に遡って、無限の人間と対話する言葉によってそこまでいっちゃうことが、論理学の究極の点だという言い方をすればヘーゲルの論理学の概念は受けとれることになります。

ここでいえば、アフリカ的とかアジア的とかいう歴史的規定があるでしょう。これがただの歴史の事実に沿った規定だったら、本質的に云えばただの歴史学になってしまいます。たとえばいま流行のアナール派のような個々具体的に、家具の歴史はどうだとか、病院機構の歴史はどうだとかいう具体的な歴史の概念になってしまいます。しかしヘーゲル的な観点ではまったく正反対です。そんな事実はどうでもいい、本質的にそして無規定的にただ見てっていったら、そういうところでも、論理学の基本をちゃんと摑めているとか、人間の本質はみんな摑めているとか、世界の生成は全部摑めているというふうになるところへいくのが目的なんだ、というのがヘーゲルの論理学の根本です。普通の歴史の学に対して逆立しているものです。ヘーゲルはアフリカ的ということを云いますが、アフリカの事実の歴史とは意味が違うんです。普通の歴史学ではアフリカ社会についての専門家とか、アフリカ神話についての専門家はいっぱいいます。そんな人たちとヘーゲルが違うのは、ヘーゲルがアフリカ的というのは、時間の規定にも空間の規定にも、「段階」の概念が全部入っていまして、それが普遍性へ向う志向になっています。つまり事実の歴史を包括しながら正確に世界の時空の差延が云えているのです。それが逆立して云われていますから、論理が旧来の論理学を壊すことになっています。抽象的なことをいいながら事実の歴史のそれぞれが含まれているという普遍性を獲得しています。具体的な事実やその理解としてみれば、不完全なところ、誤認、不都合な論理と倫理がありましょうが、そんなことはそれほど意味のないことです。ヘーゲル自身もどうでもいいよっていうに違いないとおもいます。ヘーゲルがやろうとしたことは本質概念のところにいこういこうとする論理学を、そういう歴史概念に当てはめる結果、両方からひっぱりあいをすることになります。あくまでも具体性がなければ歴史的なケースの学は成り立たないよっていうのが歴史学の概念だとすれば、反対に抽象的にいかないと歴史学なんて成り立たないというヘーゲルの論理学の概念とがちょうど緊張して引き合っているところで、あのアフリカ的とかアジア的とかいう概念をヘーゲルは使っているのが根拠になっているとおもいます。ぼくはこれはいまでも学ぶに値するとおもいます。同時代で云えばヘーゲル一人を一方におき、ルソーからスピノザまで全部反対側にもってきても秤の傾きが不利な重さになることにはならないほど大きい存在だとおもいます。自分で理解して、たくさんの根本的なところを手に入れましたが、その中心はおおよそ云えたんじゃないかとおもいます。

時間をオーバーして、申しわけないですが、チャンスがありましたら、勉強ということも含めまして、またつづきをお話する機会があるとおもいます。今日はこれで。

（一九九五年四月九日）

フーコーについて

全方位的な思想

　ここでは、じぶんがどこを目がけてフーコーを読んできたか、フーコーって何なんだ、どんな意味があるかということを申しあげてみます。歴史家は歴史家なりに、歴史の方法としてのフーコーをとりだしますし、哲学者は固有の読み方でフーコーを読んでいます。人によって、分野によって、さまざまなフーコーの場所がえられます。

　じぶんがフーコーには重要な意味があるなと最初おもったのは、この人がマルクス主義的な方法とまったくちがったやり方で、権力の問題とか国家の問題を扱っているところでした。現在の思想は大なり小なりマルクス主義から枝葉が出たものか、あるいはマルクス主義を崩壊の過程としてとらえて、そこからでてくる問題を思想の意味としてとらえるもので、マルクス主義という大きな枠組みの外には、なかなか出られないのが実情だとおもいます。最初にフーコーの『言葉と物』を読んだときおどろいたのは、マルクス主義あるいはマルクスの考え方の枠組みのなかにない方法で、だいたいマルクス主義が手をのばしているあらゆる分野に適用できるまったく独立した方法がここにあるとおもえたところです。フーコーとはじぶんにとって何であるかをいうとすれば、結局そこが中心になってきます。

フーコーのことばでいいますと、マルクスの思想は、十九世紀における知識あるいは叡知の分布でいえば、十九世紀的な知の配置のなかにすっぽりとはまってしまうという言い方で象徴されます。そういう言い方はとても新鮮で、まだマルクスの思想に宗派の残像をみていたじぶんには、びっくりするものでした。つまりそんなことをはっきりいいきる思想はなくて、大なり小なり、みんなマルクスあるいはマルクス主義の裾野で分散して修正の道路をつくっている思想が現代思想の主流を占めているわけです。それとまったく別の場所に立っている思想や方法はたくさんあるわけですが、たいていは、マルクス主義が提起しているきわめてきわどい問題、たとえば国家論とか、権力論にはぜんぜん手を触れられないのです。だけどフーコーの方法は、それができますし、また自分でもやっています。ですから、それは、いまもマルクスあるいはマルクス主義がつっこんでいけるあらゆる分野に、おなじようにつっこんでいける総合的な方法として、最後の人だろうと遠くから見えていたことになります。

フーコー以降の思想は、そういう意味では分断されて、破片になってしまっています。つまり、ある分野については専門で、よくつっこんであるけれど、全般的な分野にはおよばないし、ましてマルクス主義が提起しているきわどい国家論とか権力論についてはまったく適用できないとか、あるいは適用できるんだけど、ごく一般的に、社会現象・歴史現象というようなものについて適用できないとか、いずれにせよ、それ以降の現代思想は、ある意味でみんなかけらで、総合的にどの分野でも、現代が提起する問題に適用できるという方法は、もうないといっていいとおもいます。逆にいえば、依然としていまでもマルクスあるいはマルクス主義の方法が、ある程度の有効性をもっているように見えているのはそのためだとおもいます。そういう意味あいでフーコーは、全方位的に対応できる思想の最後のものだといえるんじゃないかとおもいます。

ヘーゲルとの接点

前回、ヘーゲルについて国家論を中心にしてお話したので、それと接続できたほうがわかりやすいし、お話としても筋が通るとおもいますから、ヘーゲルあるいはマルクスの方法と、接続点といっても断絶点といってもいいのですが、連結する境界線がどこで見つけられるかということからはじめてみます。ヘーゲル、マルクスの国家論のいちばんの特徴は、国家と社会との重なりあいを分離して考えるべきだという方法をはじめてとったということのようにおもいます。つまり、国家というのは幻想の共同体であって、市民社会の上に、法律を介して、制度的に、かぶさっているように見えます。でもほんとうをいえば、国家は国家であり、市民社会は市民社会です。われわれは市民社会のなかで二重生活をしていて、職業をもって生活を営んだり行動したりしていますが、上のほうに制度としての国家があって、そこからの規制を受けたり、またある面では、国家をはみだして市民社会は存在しているというイメージになります。ヘーゲル、マルクス系統の国家論がつくったイメージです。とても重要な考え方で、マルクスの考え方をもっと極端にいいますと、われわれが日常生活したり行動したりしている市民社会は、いつも国家よりも少しはみだしていて、国家より大きいものなんだということです。つまり、ぜんぜん別に扱えるものだし、また扱うべきなんだということです。

国家が市民社会に規制をおよぼす場合には、たとえば法律を介して規制をおよぼすわけです。それからまた、職域的に国家が市民社会に対して影響をおよぼしている分野もあります。たとえばとても簡単にかんがえて、郵便局なんていうのは国家が経営していて、それは市民社会の生活のまっただなかに存在しています。葉書を買ったり、貯金をしたり、おろしたりしているわけです。そのように、ある種の経営体は、国家が市民社会のなかに出店をもっていて、それでやっています。あとは、こういうことをしたら三カ月以上の懲役だとか、十万円以上の罰金だとかいうような、そういう法律を設けて、市民社会の生活に影響をおよぼしているし、また規制したりしています。国家のやり方は法律を介して市民社会を規制するか、そうでなければ、国家の経営する経営体を市民社会のなかに設けて、そこでふつうの企業体とおなじように取り引き、売買をしているというやり方をして市民社会に関与しているといえます。

いわゆる社会主義国家なるものがあります。たとえば中国とか、北朝鮮という場合には、国家が一〇〇%、市民社会を規制しているといえばいちばんはっきりしたイメージがわきます。それでは、日本とかアメリカといういわゆる先進の資本主義国家といわれているものはどうなのかというと、だいたい二〇%とか三〇%くらい、法律で国家が市民社会に対して干渉しているとかんがえるといいとおもいます。だから、そのちがいは、パーセントのちがいにすぎないといえばそういうことができます。

　そういう規制のしかたをして、はじめて国家というのは、われわれが日常生活している市民社会に対して、どう関係をもっているのかというイメージが描けます。その考え方は、いまではほぼ常識に近い考え方になっていますが、いまでもそうかんがえていない人たちもいます。たとえば、いまニュース種になっているオウム真理教が考える国家というのは、そういうふうにかんがえていないとおもいます。つまり、一〇〇％、市民社会を規制しているというのではなくて、生活をしている社会も全部すっぽりとはまってしまうし、もっといえば、そのなかに住んでいる人たちの心のなかまですっぽり包んでいるものを国家だとかんがえているとおもいます。アジア的な国家の考え方は、大なり小なりそうだとおもいます。日本でも、第二次大戦あるいは太平洋戦争中までは、国家は、国土はもちろん国民の足の裏まで包括したイメージでかんがえられていました。つまり、社会生活の場面とか、職場の場面とか、あるいは農業でいえば土地とか、そういうものを全部ひっくるめて、漠然と日本国家というイメージを抱いていたとおもいます。

　そのころ、ぼくらの父親とか父親の父親ぐらいの代までの人だったら、土地は国家のものとか、上御《かみご》一人《いちにん》のものだという言い方で、全部国家に包括されていて、自分で私有している土地の証書は持っているんだけど、心のなかでは、自分のものだというふうにおもっていないわけです。それは国家から与えられたものだぐらいにかんがえているというのが、一般的だったとおもいます。もっと極端な人は、国民といいますか、社会に住んでいる日本人も、天皇陛下の子どもでとか、国家の子どもでとか、つまり人間まで全部含めて、国家のものとか、あるいは国家を支配する人のものというふうに感じていたわけです。

戦後のさまざまな変革のなかで、日本における国家の考え方も変わってきました。いまは、ヘーゲル、マルクス流の国家は法律を介して市民社会に干渉している存在なんだ、だから国家というのは、政府というのにほぼ等しい意味あいで、ぼくらは使っているとおもいます。いちばんわかりやすいのは、たとえば公害裁判みたいなのがあって、公害病の障害の補償を求めるために、国家を対手どって裁判を提起するとか、訴訟を起こすというふうな言い方の場合の、その国家というのとほぼ等しい意味あいで国家ということばを使っているのが、いまのぼくらの使い方だとおもいます。

でも、心情まで含めていうと、東洋人は、なかなかそこまで徹底できないで、理屈ではそうなんだけど、なんとなく市民社会の生活のやり方そのものも国家のなかに包括して漠然とかんがえているとおもいます。それはまた現在のオウム真理教みたいな事件が起こると、テレビとか報道機関なんかに出てくる、頭では、国家というのは上のほうにあって、われわれの社会を規制しているけど、それは市民社会とはまったくちがうものだというふうな、理屈はわかっているし、いってているような、それ相当の、自分では知識人だとおもっている連中が、全部、ぼくらが見ていると、国家の機関のひとつである警察がめちゃくちゃな捜索方法をしても、それはいいんだという前提でしか発言していないことになっています。それはなぜかというと、国家というのを、国民を全部包括している存在のように解釈しているからだとおもいます。つまり、そういう解釈を心の問題としては逃れられていないからだとおもいます。それが現在の日本人の実情というものです。これはぼくにとって、とてもびっくりし、また落胆したことでした。オウム真理教事件、サリン事件みたいな、きわどい事件が起こると、そういうことがみんな露出してきちゃうわけです。

国家と市民社会

ヘーゲル、マルクス流の考え方は、国家と市民社会とをはっきり分離してしまう認識に到達したわけです。この認識の仕方からフーコーのところへなんとか接続しなきゃいけないのですが（笑）、どういうことがいえるかというと、ヘーゲル、マルクス流の考え方をおしすすめますと、国家というのは、一種の観念の共同体としてそれ自体の歴史をもっていて、どういう歴史になるかということは、人びとが社会生活をやっている市民社会のあり方としての歴史と切り離して考えることができる、そういう考え方が成り立つことになります。ぼくらはそういう考え方をもっています。国家と社会、つまりわれわれが生活している市民社会というものとの関係は、ひとつの幅があります。国家と市民社会とはまったく関係ないというのが一方の極端であって、やはり国家と市民社会とは密接な関係をもって、それぞれの歴史を歩んでいるというのをもう一方の極端としますと、そのふたつの極のあいだに国家と市民社会の関係は横たわっているというふうに理解します。それで、いってみれば、市民社会のほうが国家よりも大きい存在になっているというイメージをもっています。ですから、日本の市民社会は高度に発達した資本主義社会ですから、とても高度に発達した産業をもっているし、それに職業としてみんな従事しています。しかし、古代さながらの国家が、その頭の上にのっかって、それで市民社会といろんな意味あいで関係したり、規制したりということもありうることが極端な場合にはいえるわけです。

それから、反対の極端の場合には、国家というのはあってもなきがごとくであって、市民社会の生活、職業、それから産業が、ある民族国家をおしすすめていくいちばんの要因で、国家は、それに都合がいいようにあとからくっついていくというイメージをもってもいいわけです。つまり、産業社会あるいは市民社会のほうが、文明とか民族国家の枠組みをどんどんおしすすめている要因になっていて、国家はそのあとをわずかの規制力をもってくっついていくだけだというイメージもまた可能です。

ですから、日本という国はどんな国なんだというふうに、外国人からたずねられたときに、日本はとても発達した産業と発達した職業形態をもったとても高度な社会なんだという答え方をするとしますと、それでいいわけですが、忘れていけないことは、憲法によって規定された象徴天皇をもった国家ということもいっしょにいれないと、日本とはどういう国なんだということを言ったことにならないのです。

いまの現状は、市民社会の経済的中心である産業の発達のしかたが、日本国全体をリードしているというかたちのほうが、いちじるしく前面に出てきています。これは日本国だけじゃなくて、アメリカでもヨーロッパでもおなじです。つまり、産業社会の発達度というのが、先走ってというか、先へ行っちゃって、国家はそのあとからくっついていくというかたちにますますなっていくのが現状です。ですから、産業自体は世界性をもっていますから、いわゆる多国籍企業みたいに、自由に世界じゅう、商品もはねまわりますし、お金もまた、利益のありそうなところに、どこの国へでも集中していっちゃうというような、産業分野だけ見れば、だいたい国家の枠組みははずれそうになっているのが現状です。国家は、それに対して、なんとかして国家という枠組みをもちたいというふうにおもっていて、それの国際的競りあいみたいなのが、たとえば日米貿易摩擦のようなかたちで出てくるわけです。つまり市民社会みたいなのだけがあるとすれば、なんの規制も摩擦もいらないので、産業のおもむくままに交通すればいいわけですけど、国家の観念は発達していないものですから、国境を開くとか、国家を開くという方法をとらないまま、国家単位で自分の地域の産業を有利にしたいというようなことが働いて、法律なんかを設けて、いきおい摩擦が起こり、そういう矛盾がそうとう激しくなっているのが、いまの国家と社会の国際的な状況だとおもいます。

国家以前の法・宗教

国家というのは、それ自体の歴史をもっているという考え方は、ヘーゲルとかマルクスの観点からどうしても出てくるのです。そうすると、国家の以前に何があったのかというと、いろんな言い方ができますけど、国家の前には法というものがあった、法の前に何があったのかというと、宗教があった、そういう歴史の経緯を辿っていきますと、一種の発展の経路の分岐点になる概念が成り立ちます。つまり、国家が国家として成立しない以前の場合の法というのは、古代の村なら村の集団性といいますか、地域性といいますか、その枠組みをつくっていた村の掟が国家の代わりをしていたということができます。人間の集団性のなかで、部族という概念がありますが、部族という概念のところまでは、枠組みをつくったり、生活を規制したりする掟というのがあります。それは国家とは違います。国家の代役はしていますが。

何が違うかというと、国家には条件があるのです。国家が、ヘーゲル、マルクス流にいえば、それ自体が独立したひとつの枠組みの世界をつくっているかどうかということが、国家になっているか、あるいは国家以前の法にしかすぎないかということのわかれ道です。それで、国家が国家として閉じてて、人びとが生活している社会とは別問題なんだということをいちばんはっきり象徴させるのは何かといったら、それは武装力です。つまり、村落でも、ほかの村と争いになったときには、武装して争うみたいなことはあるわけですけど、国家というのと何が違うかというと、そういうやり方と、ぜんぜん別の次元で、政府が政府自体として動かせる武装力を持つようになったときに、国家ができる糸口がいちばん得られることになります。

法律あるいは掟という段階から、それが発達していって国家形態になるいちばんの象徴をどこで見ればいいかといったら、村を治めている首脳部とか長老とかが自分たちの命令で動くような武装力を持とうじゃないかとかんがえて、そういうものをつくったときが、村の共同体とは違った、閉じられた首脳部の共同体ができたということを意味しまして、これが国家の兆候だというふうになります。

そうすると、村々の掟というのは、たちまちのうちに国家の長老会議の掟とか武装力でものをいわせるというような関係づけとか、命令のうちに包括されていくということになります。ですから、逆にいうと、国家以前の国家とおなじ役割は、法律あるいは掟がしていたということです。

次に、掟の以前にその代わりをしていたのは何かといえば、宗教だということになります。それは、村のなかに、かならず神がかりができる人がいまして、その人が、神がかりで、こうせいああせいというように、村の人たちに命令する。それは、宗教的な神がかりの御託宣なんですけど、それ自体が法律の代わりになります。

そうすると、国家の以前には法があり、法の以前にはその代わりは宗教などの戒律だということです。つまり、神がかりの人の御託宣が、神のことばとして、村々を規制していくとか、村々を支配していくというようなことの代用をします。そうすると国家というのは、そういう歴史を辿って、いまの民族国家になってきたんだということができます。それで、いまの国家は、近代国家以降にできた、いわば民族国家といわれているものなので、現代でも、それはこわれていない。市民社会の産業経済の要求から国家の枠組みがこわれそうになってはいますけれども、依然としてこわれてなくて、日本国は日本国の政府をもち、アメリカ国はアメリカ国の政府をもちといって、国家の枠組みを守ろうとしているとかんがえることができます。

宗教とイデオロギー

いまの普通の言い方からすると、国家の以前に法律があり、法律の以前に宗教があり、そんなふうに制度の歴史を考えると、宗教のかたちというのは、人を規制するものとしては、もう段階として終わってしまった。それにもかかわらず、現在、宗教は宗派としてありますし、新しくまた宗教をつくろうなんていう人もあります。それは新宗教といったり新・新宗教といったりしてますけど、そういうのはどんな意味があるんだということになりそうです。日本国は市民社会の中核に高度な産業を発達させて、高度な社会生活をしています。それにもかかわらず宗教がまだあったり、新しく出てくるものもあるのはどうしてでしょうか。

もうひとつ、それと裏腹なことですけど、政治理念とか、思想とか、イデオロギーというのがあります。社会あるいは産業は資本主義の自由競争でなければいけないというイデオロギーをもつ人もいますし、社会主義で、貧富の差のない平等な社会でなきゃいけない、そのためには、国家がそれを規制しなきゃいけないという考え方の人が、いまもいます。そうすると、それでは、なにゆえに理念とか思想とか、つまり本来的には社会生活のなかで出てくるはずのものが、どうして、一種の規制するイデオロギーとして出てくるか。このイデオロギー性というのはかならず宗教的なかたちをとるのです。つまり、本来ならばイデオロギーというのは、ぜんぜん宗教性とか党派性というのと関係なく出てくるはずなんだけど、イデオロギーに固執すれば、どこかで宗教性をもつことになります。つまり、こうしてはいけないとか、こうするから悪いとかいう場合に、一種の信念とか主義という宗教性の形態でイデオロギーがいまでもかならず出てきます。自分も規制しますし他人も規制しようとします。そういうふうに、本来はイデオロギーは、社会生活に便利な、あるいは社会生活を自由にのびのびとさせるものとして発生したにもかかわらず、いまでも宗教的なかたちをどこかでもっています。宗教を信ずる人は、宗教だけやってればいいし、自分の心のなかを平安にしたり、静かにとぎすましたりというようなことだけやっていればいいのに、サリンをつくってみたり、武器をつくってみたりという余計なことをするわけです。つまり、宗教がなにか社会全体を規制しようみたいなイデオロギーふうに出てきます。そうじゃなければ、お寺でお葬式をしてるか、観光でお金をとっているかということになって、それは死んだ宗教として、いまも存在しています。

ほんとうに、自由な宗教になりうる要素は、浄土系の宗教には、あります。つまり、本願寺系統の宗教は浄土系統なんですけど、浄土系統の宗教は、一度宗教をこわすやり方を教祖がやっていますから、いちばん自由であるべきかたちをとれるわけなんです。しかし、実際にはとっていません。どういうかたちをとったらいちばん現在にあうように理想的かといったら、僧侶は、昼間は、市民社会の職業に従事する。サラリーマンになったたって商売人になったたってなんでもいいですけど、昼間はちゃんと市民社会の一市民とおなじようにして生活の資をえて、それで――ぼくはそういう言い方をしますけど――二十五時間目になったら、はじめて宗教をやればいいわけです。つまり、自分の宗教の修行とか、お経を読むとか、お葬式に行くとか、そういうようなのは、二十五時間目でやる、あるいは職業の休みの日、つまり土、日の日にそれをやるというふうにすれば、現在の市民社会における宗教家のあり方として、いちばん理想的なわけです。ですから、本願寺系統の人も、お寺なんかやめて、そういうふうにサラリーマンになって、まだそれでも宗教をやりたかったら、二十五時間目でやればいいということになります。

なぜそんなことをいいたいかというと、現代の社会では、そのこと自体が即座に実効性がないことに従事している人は、みんなそうやっているんです。趣味で詩を書いてる人は、だいたい二十五時間目で、みんな寝静まったころ、書いて、発表したりというふうにやっています。それで食おうとおもえば食えるよというふうになれば、またそれは便利ですから、そうやって生活しますけども、そうじゃないかぎりは、だいたいみんなそうしているわけです。

お坊さんだっておなじで、こんなもの役に立ちませんから、それでも、人間のなかに宗教心というのはあるわけで、宗教心とは何かといったら、自分を超えたいという願望です。自分を超えたい、自分の心は自分の心以上のものになんとかしてなりたいというのが宗教のはじまりですから、そういうものが自分の心には役に立つけど、実際の用には役に立ちませんというのが本筋です。そうだったら、そんな生き方をすべきものだとおもいます。ところが本願寺系統のお坊さんでもやっていません。やはりお寺のなかにいて、お寺を守ってというふうになっているわけです。宗教がどう生きるかみたいなことを、むかしの教祖は考えたんです。でも、もういまになってかんがえるのいやになって（笑）、お葬式と観光だけやろうということになっているわけです。

知の考古学

フーコーは知の考古学という言い方をします。つまり、知識に関連して出てくるものごとは、考古学的に蓄積されて、層となって現在にいたるもので、その考古学的な面がどこにあたるかを見つけることが重要になります。それが見つけられれば、ヘーゲル、マルクス流の、宗教、法から国家に移る段階的な考え方と接触点をもちうるわけです。段階的な考え方はたいへん抽象的で、また同時に普遍的だというふたつの条件をもたないと成り立ちません。ヘーゲルの法哲学は一所懸命それを見つけ出したということになります。

フーコーの方法はそうでなく、知恵にかかわることはすべて段階ではなくて、考古学的な遺物とおなじように、層になって次々に重なってきて現在にいたるものだとかんがえました。これがたぶんやさしくいいなおしたフーコーの基本的な考え方です。そうすると、ヘーゲル、マルクス流の段階的な考え方と知恵の広がりが層をなして、目に見えない積み重なりの層になって現在にいたるという知恵の考古学的な層は、どうやって見つけだせばいいかといえば、接触させる層と層の境界面を見つけるのがいちばんいいことになります。

いま日本の僧侶の話をしましたから、宗教が法になる契機を、日本の宗教を具体的な例としてとってみます。鎌倉時代に法然とか親鸞がはじめた浄土系の宗教が、はじめて宗教と法との切り口を明確にしたとおもいます。それを明確にしたところを取り出せれば、段階ではなくて、考古学的な層の移り変わりだといえることになります。

それ以前の仏教の専門家であるお坊さんの修行は、精神を統一して、人間以上のある境地をつくりあげていくというのが主な修行で、その修行は、初歩の段階から高度な段階まで、つまりヨガでいえば、チャクラという精神の集中点をだんだん高次の段階にすすめてゆくものです。東洋は、そんなことばかりかんがえてきたんです。文明なんかつくらないで、乞食みたいなかっこうをして、坐って、身体のどこに精神を集中すればどういうイメージができるかというのを、何千年もかかって、考え行なってきたんです(笑)。それはばかばかしいといえばばかばかしいんだけど、何千年もかかって考えだし、実現したことですから、やはり根拠はあるわけです。精神の集中点というのはいくつか仏教できまっているわけで、それをどんどんすすめていきますと、しまいに、頭のてっぺんまで精神の集中点がやってきて、そこでイメージが出てくれば、もう修行はおわりということになります。つまりそれで修行して達成したということになって、お弟子さんに教えてとか、宮廷で病人に祈禱してとかいうことをやってきたのが、鎌倉時代までの仏教のあり方です。

ですから、みなさんもご存じのように、京都とか奈良とかへいくと、お坊さんの木彫の像があるでしょう。そうすると、鑑真でもだれでもいいですけど、その木像はたいてい頭のここらへんがふくらんでいるようにつくられています。つまり、内観ですから、身体のなかに精神を集中するから、外に対してむかう感覚はあまり使わないんです。内観ばかりやっていて、頭のてっぺんがふくらんじゃうわけです。だから高僧の木像というのを見ると、たいてい頭がふくらんでつくってあります。それは、何を意味するかというと、ここまで修行がすんだんだということを意味します。そういうのが仏教の修行です。そうなるとどういうことができるかというと、だいたい死がつくれる、死ぬということが人工的につくれるわけです。修練によって死がつくれるというふうになります。そうすると、死がイメージとしてただつくれるだけじゃなくて、死のなかに、あるいは死の世界のなかに自分がいるというかたち、手ざわりもあるし、ものが見えるし、まわりも見えるしというかたちで、自分がそのなかにいるのとおなじようにして、死の世界のイメージがつくれるわけです。そうすると、こんなにはっきり、こんなに具体的なんだから、やはり死後の世界はあるということになります。そして、死後の世界を修練することで、見たり体験したりできるとすれば、現実のこの生の世界を体験することとおなじになります。そこまで修行すれば、生も無常であるとおもえば死も無常で、この世界もあの世の世界も、おなじだよという境地に到達します。それが仏教における悟りということになるとおもいます。悟りのあとをどうするかということは宗派によってちがいますけど、仏教の修行は、悟りにいたることを前提といたします。頭のてっぺんまでできた人は、たいてい何々大師ということになっています。つまり、最澄は、伝教大師、空海は、弘法大師ということになるわけです。つまり、そこまでやったということです。それが高僧、名僧だということになっていて、そこまでやった人は弟子を感化したり、人格的に人を感化したりということができるということになります。

おなじことを麻原彰晃もできたっていっていますから、修行者としては偉いんだよとおもったほうがいいとおもいます。のっけから、犯罪者だとか異常者だとかで片づけたらまちがいだとおもいます。つまり、仏教の修行者としては、かなりな人だとおもったほうが、見当をはずさないとおもいます。だから、ジャーナリズム、つまりマスコミがいっているのは、とんでもないことだというふうにぼくはおもっています。彼らは彼らの価値観から、テレビ俳優は偉いし、テレビの女性アナウンサーは美人だ、憧れの的だ、テレビキャスターというのはインテリ中のインテリだと自分ではおもっているかもしれませんが、でも、そんなに真にうけるとまちがっちゃうとおもいます。

仏教の修行は——法然も親鸞もほんとにまじめな人ですから——へその下からはじまって、瞑想して、頭のてっぺんまでいくのに十年も十五年も費やしてという修行はむずかしいことで、凡人にはできないから、ことばで南無阿弥陀仏といえば浄土へいけるという、教義をつくり出しました。もちろん旧仏教の名僧からは、由々しい邪教のごとく批判されたわけです。

法然も親鸞も、旧仏教の修行はしているのです。若いときに、比叡山でさんざんそういう修行をやって、自分で知っているわけです。それをやめちゃったわけです。明恵《みょうえ》のような名僧は修行の上にまた修行を積んでいった人ですが、法然というのは、偉いすぐれた人だとおもっていたけど、こんなことをいいだしたというのは、仏教を誤るものだみたいに批判しはじめました。要するに宗教は、心の修練の問題なのに、南無阿弥陀仏といえば、自分が浄土へいけるみたいなことをいうのは、ことばだけでいいということでとんでもないと批判をします。また比叡山の貞慶《じょうけい》（註・正しくは「興福寺奏状」の筆者）たちから訴えられたりして、めちゃくちゃに弾圧されます。でも、彼らはそこで何をしたかというと、仏教がやる宗教的修練というのには、意味がないんじゃないか、つまり、そういう、生死を克服するイメージをつくるということには意味がないんじゃないか、せいぜいあっても、その人にとって意味があるだけなんじゃないかということに気がつくわけです。その場合に、法然、親鸞は、ことばで南無阿弥陀仏といえばいいんだというふうにいいます。それはどういうことを意味するかというと、信仰の問題、宗教的な問題は、倫理の問題、つまり善悪の問題に移し変えなきゃだめだということをはじめて自分たちが見つけだしたわけです。いちばん極端な言い方ではっきりいっているのは、「善人なほもて往生をとぐ、いはんや悪人をや」ということです。親鸞にもありますし、法然やその弟子たちにもそれに類したことばがあります。それは何を意味するかというと、信仰の問題は倫理の問題だ、要するに世間一般、社会に通用している善悪の基準とは違う、浄土というものの規模における善悪があって、それをかりに普遍的な——ぼくはそういうことばを使うわけですけど——善悪だという言い方をすれば、それでは普遍的善悪とは何なのかとか、あるいはそれを信じられる方向にいくべきだというふうに、宗教の問題を移し変えていったのです。つまり、信仰を高度にするために修練するという、それまでの仏教における修練のしかたというのを全否定するわけです。全否定していって、しかも人間社会における、常識的な意味あいの善悪の問題よりはるかに規模の大きな善悪にどういうふうに組みかえるかということが信仰の問題なんだというふうにおきかえたわけです。

親鸞のことばでいいますと、悪人のほうが善人よりも往生しやすいんだという言い方をして、善悪の規模が浄土といいますか、信仰が到達すべき地点にあるところの倫理的な善悪、つまり普遍的な善悪は、もっと大きな善悪なんだといっているのです。つまり、人間というのは、何かの機縁——つまり、モメントということですね——がなければ、ひとりの人間だって殺すことはできないという言い方をしています。つまり、機縁がなければ人間というのはひとりの人間でさえ殺すことはできない。だけど、機縁があれば、殺したくなくても、百人、千人殺すことだってありうるんだよと、親鸞はそういう言い方をしています。いちばんわかりやすいのは、戦争みたいな、国と国の戦争だから、おまえ、出征しろと政府からいわれて、ついさきごろの太平洋戦争のとき、そういうふうにしたわけですけども、そうやって、その場面で、殺したくないなとおもいながらだって、鉄砲を撃ったりすれば、やはり百人、千人殺したことになっちゃうわけです。つまり人間の社会がつくりだす善悪の基準の成り立ち方のあやうさというものと、それからもっと大規模な、本来ならば信仰が到達すべき境地をかんがえると、それに該当するところの普遍的倫理、普遍的善悪というものに到達しようとすることが宗教の問題であって、それに到達するためには、真心からの信心でもって南無阿弥陀仏とことばでいえば、それで浄土へいけるんだという言い方をしたんです。

法然と親鸞とは、いくらかニュアンスが違いまして、親鸞の場合には、なにかいいことをしようとおもったり、坊さんがやるような修行をしようとおもったら、それはもうだめだ、往生できないという言い方をします。法然はそこまでは云わないで、助行といいますか、それを助けるものとしては、ほかの修行をしたっていいし、いい行ないをするということを心がけてもいいけれど、それは助行にしかならない。本行は、ことばで念仏すればいいといいます。親鸞なんか、もっと極端にいいますと、ほんとは一回唱えればいい。一念義と申しますけど、一念義に近い考え方をとっています。人間はいつ死ぬかもわからんから、一回以上念仏を唱えるという機会をもっているならば、自然に唱えたらいいんだという考え方です。そこで普遍的倫理というのをめざしたわけです。

宗教と普遍的倫理

そうすると、ふたつの切り口があるわけで、ひとつはね、普遍的倫理というのがもしありうるとすれば、それは法というもの——法律でもいいですけど——に即座に接触する接触面じゃないかということです。そうすると、市民社会でいい行ないをしたとか、それは悪い行ないだといっているあいだは、ただの市民社会の掟にすぎないんだけども、そのいい悪いという問題を普遍的な善悪というところまですすめていきますと、それは市民社会の具体的な生活のなかでいっているよりも、もう少し高度に頭の上におかれた問題になって、これはすぐに、法あるいは法律の条文というようなかたちでつくれる、といえるとおもいます。信ずるという精神の状態、信ずる境地を高めていって、悟りに到達するという仏教的信仰の問題は、やはり普遍的な倫理の問題に移し変えられる。そうすると、信仰の問題をそこの平面で切るならば、それは法ということにつながっていく契機があります。宗教のあらゆるあり方というのを、普遍的倫理というような面で切る切り方を見つけだせれば、それは、フーコーのいう考古学的な面ということになりうるんだとおもいます。

つまり、そういうふうにかんがえれば、フーコーの考え方は、ヘーゲル、マルクス流の段階論的な考え方と接点をもてるというふうにおもわれます。たとえば日本の浄土系統の元祖に源信という人がいまして、比叡山の横川《よかわ》というところに僧堂をくんで、そこで修行したりして、はじめて『往生要集』という、浄土系統の法文をあつめた本をつくりました。源信の『往生要集』から、法然の『選択《せんちゃく》本願念仏集』へ歴史的に移っていく場合に、浄土系統の思想はどこが変化したかっていうような辿り方をすると、それは浄土系統の歴史というものを解明する辿り方になります。それを解明する辿り方をやると、考古学的な面は出てこないわけです。だけど歴史的に厳密なといいますか、たとえば源信の『往生要集』では、臨終のときに唱える念仏にとくに重きをおいて、仏像から五色のひもを出して臨終の間際になったら、その五色のひもをつかまえながら念仏を唱えると、そのまんま浄土へ往生できるんだというのが、源信の考え方のなかにあります。実際的に、それを臨終の人々に施しています。それに対して、法然なんかは、ことばだけ念仏を唱えればいい。ことさら臨終のときの念仏に重きをおく必要はないんだというふうにいいだしたわけです。親鸞になると、もっと移り変わりがありまして、人間というのはいつどういう死に方をするか、だれにもわからない。病気次第によっては、口もきけない臨終だってありうるわけだから、真心から、自分は浄土へいけるというふうに信じて、一回唱えれば、それだっていいんだよっていう言い方になります。

考古学的な層と段階

源信から親鸞まで、浄土系統が辿った歴史的な経緯は辿ることはできます。しかし、そういう辿り方をしても、考古学的な層は露わに出てきません。それに対して、段階という考え方をヘーゲルは編みだしているとおもいます。どういう考え方かというと、歴史的経緯であるとともに、不連続な結節点というものが歴史のなかにあります。それが段階です。だから段階という考え方は、抽象的であると同時に、進展する歴史だという要素を兼ねそなえた考え方です。それによって歴史というものをひとつの総体として把握していくことができるというのが、ヘーゲル、マルクス系統の考え方です。フーコーの考え方でいえば浄土系統の歴史的な経緯は、どうすれば考古学的な切り口になるかといえば、普遍的な倫理という面で信仰問題を切れば、考古学的な層となりうるということだとおもいます。そうしたら、その上に法的な権威が積み重なってということになっていって、国家の問題にいたりつくことになります。

重要なことは、そういう考古学的な層という考え方は、かならずしも歴史的な段階とも、それから歴史的な発展とも、おなじでないということです。つまり、フーコーの考え方が必然的に招きよせる問題は、歴史主義を断ち切る必然が出てくることです。どうしてかというと、法というものと国家のあいだの法から国家へ転移する場合の切り口をかんがえたらどうなってくるかという問題になっていくからです。そうすると、これも具体例がありますから、云ってみます。日本国でいちばん古い、憲法という名前がつけられているのは聖徳太子の「十七条の憲法」です。「十七条の憲法」の第一条は、「和をもって貴しとなす」。あるいは「やわらぎをもって貴しとなす」ということです。つまり和解的であること、人と仲よくするということでしょう。しかしこれは、法であるだろうか、それとも倫理であろうかということになります。そうすると、これは憲法といっているけど、ほんとうは倫理と法との混合したもの、あるいは中間物にすぎないんじゃないかということです。そうすると、「和をもって貴しとなす」というのは、一種の普遍的な倫理であるとともに、また、農民社会を規制することばでもあるという意味で、法としての性格をもって、普遍的倫理を超えようとする、そういうふたつの要素をもっているんじゃないかとおもえます。

「十七条の憲法」のなかに、ただ一カ所だけ、農繁期に農民に賦役を課してはいけないという項目があります。ややこれは法律に近いんです。つまり倫理あるいは普遍的倫理のねもとにある宗教というよりも、これは完全な法律に近い部分です。「十七条の憲法」は農民社会を律する倫理であるか、普遍化しようとする宗教的要素をもっている倫理をめざしている条項であるか、ほんとの法律であるかは、あまり区別のつかないものです。これが日本国憲法のはじまりでもあります。

ぼくの理解のしかたでは、たとえば聖徳太子の「十七条の憲法」をとってきますと、国家は農繁期のとき農民を使っちゃいかんぞというような条項だけで憲法が成り立っていれば、それは国家の形成にすぐに接続されるわけです。この条項はすくなくとも農民社会のあり方と、国家のあり方とをヘーゲル、マルクス的にいえば分離できています。ところで、武家時代になって、鎌倉幕府には「貞永式目」という武家の法度があります。鎌倉時代になって、朝廷に政権はなく武家が政府になりますが、その武家を規定する式目を見ても、ちっとも法になりません。武家社会を規制する道徳であるか、それを超えて、普遍的な道徳原理であるのか、それとも、国家的道徳的な規範であるのか、いずれにせよ道徳律を全部削りとって、ちゃんと法になっているかというと、依然として、「十七条の憲法」とそんなに変わりばえはしないことが判ります。徳川時代には武家諸法度みたいのがありますが、そういうのを見ると原理が儒教的になっただけで、やはり道徳律というものが払拭できてないんです。純粋に法律的なことになっていません。つまり西欧的な意味で法国家というふうにいえないとこがネックになっています。

そのため幕府は日本国の国家、つまり政府を形成している中心で、中間に武家層とか、領主層があって、小さな国、アメリカでいえばワシントン州とかニューヨーク州とかいっているのとおなじものを幕府の下に作っている。それと別な層が農民社会として分離しているというようにならないものですから、依然として、日本国における国家というのは土地は領主さまから授かったものだとか、徳川家から授かったものであるとかいう観念をどうしても農民が払拭しないのです。それで、心のなかまでいえば、国家といったら、自分たちを全部包み込んだものだという観念を拭きはらうことができません。

宗教というものと、道徳、それから法、国家というものと、その切れ目切れ目の、段階的な層は見つかるかもしれないけど、考古学的な層を見つけようとすると、とても困難です。ですから、式目とか武家諸法度とかいうものがどこで国法になっていくのかということをかんがえていくと、どうしても国法といえるものをつくりあげることができないことになります。

それでは、国軍というのがあったかということになります。幕府自体は、諸藩の兵は、九州とか東北とかの藩が幕府に反抗するかもしれないという懸念をいつでももっているような、つまり国軍としての統一性がなくて、旗本は幕府をとりまいている親衛隊みたいな機能しかなくて、国軍とはとうていいえない。藩の武力であるのか、幕府の武力であるのかというのは、とてもあいまいなことになっています。そうすると、法的な規定が、国家になってゆく境界面がひとつの考古学的な切り口だと考えるとすれば、武家諸法度とか式目とか、そういうもののなかから、法に近いものだけをピックアップして、そのほかのものは全部捨ててしまうというようなことをやるほかありません。そうするとそれがかろうじて考古学的な層をつくりうることになります。それをやらなければ、どうしても、日本における法から国家へと移っていく考古学的な層を設定することができません。そうすると、追求したうえで、何が法として成り立ちうるか、何が法としては成り立たないかということを分けることが、法の歴史の研究者の眼目になるんだろうとおもいます。

ぼくらが話に聞いている、鎌倉幕府の私法、公法、両方含めた掟のなかで、これは法になりそうだなとおもえるのは、たとえば武家層で、男の武士のほうがいろんな理由をつけて、妻を離縁する、もう家へ帰れといえば、三下り半で離縁が成立しちゃうというふうにいわれていますが、もう少し詳しい人がいうことは、それはたしかにそうなんだけど、その場合に、今度は、離縁される奥方のほうが、武家のところへ嫁入りしてくるときに、自分が簞笥長持のなかに持ってきた衣類とかいろんな小道具とかをいっしょに生活しているあいだに亭主が質にいれたとか、使ってなくしたということがあって、奉行所に訴えると、逆に三下り半は無効になって、その亭主のほうが百叩きになってしまうみたいな、そういう慣例があったといわれます。そうすると、それはいかにも法律らしいんです。つまり、その手の項目は、一見、つまんない生活の些細なところがわりあいに多いとおもいますけど、そういうのだけピックアップしていくと、法律らしいものになりうるとおもいます。国家の法律になりうるかどうかは、もう少しそれを普遍化した条項にしなければならないでしょうが、そういうものをピックアップしといて、普遍化していったら、どういう規定になるかということを考えて、そういう規定だけを集めて、それをかんがえたうえで、法律が国家へむかう、普遍的な、考古学的な面というのがつくれるとおもいます。しかしそれは、ほんとうに、一所懸命考えてというか、調べてつくらないとできないわけです。それが日本国の

吉本隆明〈未収録〉講演集 2

月報 2
二〇一五年一月

*

吉本さんのこと（下）　渡辺京二
自註〈吉本隆明とその時代〉　齋藤愼爾

筑摩書房

吉本さんのこと（下）

渡辺京二

ずいぶんと叱られた。記憶とは都合がいいもので、どういったことで叱られたか、ほとんど忘れてしまっている。だが今では、要するに君は誠実さが足りないと叱られたのだという気がする。叱られても吉本家通いをやめなかったのは、根本的にはやさしくして戴けたからだと思う。それに奥様がよくして下さった。あるときなど、叱られている私を見兼ねて吉本さんに、あなたの近親憎悪は見たくないと庇って下さったこともあった。奥様についてはもうひとつ忘れられぬことがある。吉本さんが講談社から頼まれてマルクスの評伝を書いておられた頃のこと、渡辺さん、うちの吉本はマルクス主義者になっちゃいそうよと言われた。これはいかにもおかしかった。

長女の多子さんは小学校へあがる前後だったと思うが、私が行くと必ず自分が描いた絵を見せてくれた。奥様が「この子は面喰いだからね」と言われたところを見ると、その頃の私は多子さんのお気に入りだったらしい。吉本さんの多子さんへのやさしさにはびっくりした。私にも当時多子さんより少し歳下の長女がいて、自分ではやさしい父親のつもりだったが、吉本さんのやさしさにはとても敵わないと思った。

むろん叱られてばかりいた訳ではなく、いろいろと教えて下さった。ジャーナリズムに出て行くことを禁欲する必要はない。注文があればどんどん書くとよい。しかし、いつでも元へ戻れることが大事だ。往相と還相の両面をわきまえておればいいのだ。往相還相という言葉を初めて知った。もう親鸞に親しんでおられたのだ。あなた（「君」と言われたことは一度もない）の書き出しは、ああでもないこうでもないと言い過ぎる、もっとストレートに主題を衝くべきだ等々。もっとも、ああでもないこうでもないは橋川文三さん譲りで、いまでは私のスタイルになってしまった。

いま思えば、吉本さんは私を信用して下さってもいたのだ。東京タイムズのある人と組んで「試行」派の新聞を出せとおっしゃったこともあった。私はそれを受ける自信がなかった。先ではサルトルのように政治の分野でも行動する、まだそれが出来ぬのは、日本にはヨーロッパのような政治思想の蓄積がないからだと言われた。そういうときがこの人にもあったのだ。

そのうち「読書新聞事件」が起った。さるライターが書いたコラムが皇室を侮辱するものだと、右翼団体が謝罪を要求したのである。このとき吉本さんは、同意見のライターを募って社に乗りこみ、絶対謝罪するなと強硬に申し入れた。右翼からパンチを入れられたら、絶対こちらも入れ返さねばならぬと私に言われた。吉本家を訪ねた際、私自身の態度を問われた。むろん反対しています。反対ですだけじゃだめだよ。口先だけでは駄目と吉本さんは言っているのだ。だが社は結局謝罪することになった。問題のコラムが身体的欠陥をあげつらう書きかただったので最後まで守り切れぬという編集局長の判断だった。私は辞表を出した。これによって自分を正しさの方に確保しようとしたのではない。結局は口先の反対しか出来ぬ自分、腹というものの据っていない自分を裁いたのである。

吉本さんは辞職することはなかったんですよとおっしゃって、新たな就職の心配までして下さった。だが、吉本さんにそんな労までとってもらうつもりはなく、しばらくして仕事はみつかった。『月刊さかん』という雑誌の編集で、創刊号から四号まで出した。「さかん」とは「左官」。左官を対象とする文化雑誌を出したいという人があって、その人の依頼で一人で編集・製作した。左官たちとのつきあいは短かったが楽しかった。「協同組合」の専務理事さんからは、あとで私が熊本へ引揚げると決心したとき、事務局に入って東京に残りなさいと勧められた。

もう生きるのに精一杯、それに編集者としての関係もなくなって、吉本家を訪ねるのも希になった。それでも引越しのときは手伝いに行ったし、ばななさんが生まれたときは、お祝いにダックスフントの縫いぐるみを持っていった。熊本へ帰るとき挨拶に行ったら、そうですか、帰りますかとだけ言われたことをいまでも憶えている。

一九六五年春に熊本へ帰ったあと、吉本さんとのご縁は切れた。その前年、私は山本周五郎ばかり読んでいた。これまでの生涯を一切見直すつもりだった。その気分は熊本へ帰って以後の自分のありかたも規定したと思う。

吉本さんとは一九七五、六年頃、『北一輝』執筆のため佐渡を訪れ、帰りに東京へ立ち寄った際、一〇年ぶりにお目にかかった。宮下和夫さんが連れて行って下さったのである。吉本さんは「よう」と、珍しい奴が来たという感じだった。いくらか不信がまじっていたかも知れない。でも私はひたすら師にお会いできたという一心だったから、すぐにお気持ちがとけたようだった。一時間ばかりの間、吉本さんはもっぱら谷川雁について、あの人は最初から社長で、社員も小使いもやったことがないんですよなどと話された。ははあ、私がまだ雁の影響下にあると思っておいでなのだな。でも私は何も言わず、にこにこして話を聞いていた。わかってます、わかってますと心中で言いながら。

一九八〇年代の初め、小倉の金栄堂が主催した講演を友人たちと聞きに行った。講演が始まると隣りの石牟礼道子さんがコックリし出したのには冷汗が出た。何しろ最前列だったのだ。終って石牟礼さんと二人で挨拶に行くと、一緒に食事でもどうですかと誘われた。ほかに連れがあったのでお断わりしたのが残念だったが、吉本さんが石牟礼さんにとても優しく接されたのが印象に残った。

その次にして最後の出会いはそれから二、三年のちのこと、ではなかったか。天草訪問のあと熊本市に寄られた。付き添っていた吉田公彦氏は谷川兄弟の末弟で、私も石牟礼さんも古い知り合いだったから、四人で寿司屋へ行った。このときも吉本さんは石牟礼さんへ好意をはっきり示された。公彦さんが出した『エディター』という月刊誌に、この二人は『歳時記』というタイトルで、並んでエッセイを書いていたことがあった。だから吉本さんは石牟礼さんの文章の質についてよく認識されていたのだろう。当時吉本さんは文学者の反核集会なるものを厳しく批判していた。私が例の調子で石牟礼さんを指し、この人反核集会へ行ったんですよとからかうと、吉本さんは石牟礼さんは行っていいんですとおっしゃった。うーんと私は唸る思いだった。この人の人間の識別はやはり凄いと思った。

私の暮しのことを心配されていたと見え、よければ自分の顔が利く大学に職を斡旋しようとおっしゃった。私はすでに福岡の予備校へ通っていて、生涯初めて生活が安定したところだった。いま生涯で最高の給与をもらってますからと断わると、苦笑なさった。私はいつもこんなふうに冗談めいた口しか、この人にきけぬのだった。この人への敬意を口にするなど、羞しくて出来ることではなかった。

その後私は、亡くなるまでこの人を遠望しているだけだった。新しい著作も読まなくなっていた。吉本さんと私とでは、どこに考えの違いがあるのだろうと思うこともあった。所詮は近代というものの受けとりかた、世界の必然的な展開過程について理解が異っているのかとも考えた。しかし、吉本さんにとっても近代は一義的ではなかったようである。倫理的な価値づけを極力排する人であったのに、ご本人には倫理的としか言いようのない感受性が、それも核心の部分に居据っていた。とにかく頭のよさの点でも、論理的構築力の点でも、視座の据えかたの点でも、到底及び難い人である。それはわかっているが、吉本さん自身、自分の志向をうまく言えていないところはあったろう。

小川哲生さんが自分が編纂した吉本さんの講演集『宮沢賢治の世界』（筑摩書房）を最近贈って下さった。懐しい声を聴く思いで読んでいたら、愕然とするような言葉に出会った。吉本さんはまず、「雨ニモマケズ」という詩を知ったとき、「自分もこの人とおなじような人になれるんじゃないか」と夢みたと語り、続けてこう言っている。「この夢を、自分なりにたどって、そして自分なりの勉強も含めて今までやってきましたけれど、宮沢賢治って人はとんでもない人で、なんといいますか格違いで、こんな人にぼくもなれるとおもったこと自体がお話にならない、馬鹿げた青春のいたずらだっておもっています。宮沢賢治の思索や所業をおもうと、自分の行ないとか、やることがどんどん落ちていくばかりだっていう体験をして現在に至っております」。

これは二〇〇九年九月、つまり亡くなる二年半前に語られた言葉だ。ところが吉本さんはすでに一九八九年にもおなじようなことを語っているのである。「『じぶんも宮沢賢治とおなじになれるし、おなじ関心のもち方というのが、わかるようにおもう』とかんがえていたのは十代の後半のときだけで、だんだん堕落していきました」。これとおなじような言葉は一九九六年の講演でも口にされている。「だんだん堕落して、だんだんダメになって」。

もちろんこれは賢治のようになりたいという夢について言われた言葉であって、その限定をとり払って一般化すると間違うだろう。しかし、「堕落」というのはただごとではない。吉本さんこそ私とは格違いの人である。特に文学作品の感受の鋭さ深さ、ということは人間を含めての全存在の感受のウソのなさと深さという点で、私とは格が違うのである。その吉本さんの晩年の言葉であるゆえに私は粛然たらざるを得ない。あれだけの業績を残し、あれだけウソのない生涯を送った人にしてこの言があるとすれば、私ごときは夢々おのれの拙なさを忘れることがあってはなるまい。

（評論家）

自註〈吉本隆明とその時代〉

齋藤愼爾

「けふから　ぼくらは泣かない／きのふまでのように
もう世界は／うつくしくもなくなつたから」（「涙が涸れる」）

「われわれはみんなゴーゴリーの『外套』から出てきた」と言ったのは、ドストエフスキーであったか。それに倣い、「私たち六〇年安保闘争世代は、みんな〈吉本隆明〉から出てきた」と言ってみたい衝迫がある。物心ついた頃から（といおうか、物心もつかぬ頃からといった方がいいのか迷うが）、私は〈吉本隆明とその時代〉と称される時空間にどっぷりと浸りきってきたように思う。

そのことをもって吉本さんについては何でも書けると誤解されては困る。長居したことが桎梏となり、栞に相応う私的備忘録でもと思案するも、数日間、書きあぐねている。順序立てて説明すれば、最初は地方で学生生活をおくる読者として、ついで編集者として謦咳に接するまで距離を縮めることになったものの、それで吉本さんの文学や思想に対する理解を深化させることが出来たわけでもない。そのうち一九六四年の暮、吉本さんの〈信頼〉という詩篇の三連、終わりの四行に打ちのめされることになる。

「ところでたれも耐えなかった／わたしたちは背きあった／時よ時代よ／何故かわたしは耐えている／もうすこし何がどこでましであるのか／世界の視えない地図のなかに／わたしはわたしの信頼をさがす／〈身を殺して霊魂をころし得ぬ者どもを懼るな／身と霊魂とをゲヘナにて滅し得る者をおそれよ〉／ところでそれはない／わた

しの思想と生活のちょうど中間のあたりで／身をすりよせて肩を組みあっているもののなかに／いちばんそれがない（後略）」。周囲を見ても四行に該当する者は私を措いていない。栞の執筆に逡巡するわけである。

吉本さんの境涯を改めて「近現代史」で追尋してみる。生まれたのは一九二四年（大正十三）。大正デモクラシーの残照が山の端を染める頃、社会不安が増殖した時代である。超国家主義にむかって傾斜していく日々は、まさに〈戦前〉である。吉本さんが生き、八十七年の生を終えた時代は、〈戦前〉〈戦中〉そして今に続く〈戦後〉である。戦争に無縁な時代はなかった。内村剛介氏は「戦争を語ることはほとんど半ば吉本を語ることである」（「戦争と吉本隆明」）と書いたが、逆も真なり、吉本さんを語ることは殆ど半ば戦争を語ることであろう。

才能が余すところなく開花するためには、〈時〉〈地〉〈人〉の磁場が必要といわれる。〈時の磁場〉では、吉本さんは関東大震災が起きた翌年の生まれだ。地震を「地新」と把え、新たな世の到来を望む機運が盛り上がっていた。大正文壇は終焉をみたものの、新しい文学世代が登場、アヴァンギャルド芸術運動の影響下に、社会主義文学と近代主義の昭和文学が展開する趨勢にあった。

〈地の磁場〉では、吉本さんが幼少期を過ごすのは東京の下町。月島、佃島に住む。

そして〈人の磁場〉では小学校の四年生ぐらいから工業学校の四年になるまで通った学習塾の教師今氏乙治氏との出会いがある。太平洋戦争の始まった翌春、「生れてはじめて東京をはなれ、やっと雪解けをむかえたばかりの山間の盆地の街」山形の米沢へ。米沢高等工業学校へ入学。東北の「きびしく、暗鬱で、素朴」な風土はやがて賢治や太宰治の文学へと導かれていく。東京工業大学電気化学科時代の遠山啓氏、編集者岩淵五郎氏との邂逅。

吉本さんのクロニクル（年代抄）に精神史的な私の時間を重ねると、吉本さんの〈戦中〉は〈六〇年安保闘争〉にあたる。安保闘争を闘ったとき、出会ったのが詩篇「首都へ」である。「われわれが闘おうといったとき／逃亡した戦士よ／われわれは傷つきかれらは生き残った／怪しくゆがんだ空のさびしい雲が／倒れる間際にみえた（後略）」が、私の革命綱領であった。「戦中派」の吉本さんと安保世代が心情的に通底しえたという実感を持った瞬間である。安保闘争の「敗北」「挫折」は、大東亜戦争の「敗北」「挫折」と同じものとして受けとめられた。

敗北後、虚無の荒野をさまよった吉本さんの内的遍歴は、初期の『固有時との対話』や『転位のための十篇』に結実している。「暗い時間のほとり」を彷徨する「固有時」を経て、やがて吉本さんは歴史の場へ、行動の世界へと「転位」していく。

『吉本隆明――論争のクロニクル』（添田馨）が編まれるほど、吉本さんは多くの作家、評論家、詩人らと激烈な論争を繰りひろげている。この時代に吉本さんの読者になった人は、吉本さんの論争における筆鋒に共感する人もいるが、喧嘩早いと忌避するむきもいる。江藤淳氏は〈エリアンおまえは此の世に生きられない　おまえはあんまり暗い〉を引きながら、「私の引用した詩的散文の底に流れているのは、こういう人間のうちからほとばしり出て来る暗い呪詛の旋律である。詩人は何故に、何を呪うかについてきわめて明晰である。彼は自分の存在を呪い、世界を呪い、自分を存在させたものを呪う。彼は最初から幻滅している。戦争がこのような心情の持主に対して今更なにをつけ加えるというのか。〈戦争体験〉などという条件的なものが、彼の認識をどれほど深めたであろうか。彼はむしろ戦争のなかで、自分の認識が一々実証されていくのに苦い快哉を叫んだにちがいないのである。この呪詛はきわめて個人的な呪詛であって、すくなくとも時代的な呪詛などではない（後略）」と書き、吉本理解に躓くことになる。

私は吉本さんのこの呪詛に修羅の復讐といったものを感知する。個人的な呪詛であるとともに、時代的な呪詛であるとも思う。吉本さんは詩的散文「エリアンの手記と詩」を収録した理由を「あとがき」で明記している。江藤氏は何故にそれを無視したのであろうか。

「世の中には、生れたときから革命的な芸術家のような貌をしているのが、たくさんいて白々しくて仕方がないので、何としても初期の作品を収録したかった」として、「エリアンの手記と詩」と「異神」を敢えて収録したのである。しかも作品のエピグラフには、「もし誇るべくんば我が弱き所にて誇らん」という「コリント後書十一の三〇」が附されているのだ。吉本さんが政治青年とは異なる含羞の魂を持った心優しき詩人であることが了解されよう。

吉本さんは、一九五〇年代から〈戦後〉六十七年間にわたり、政治、文学、経済、哲学、宗教など、多様な分野を横断する総合的批評家として旺盛な表現活動を行ってきた。マルクス主義（スターリニズム）を基本理念とした国家・ソビエト連邦も一九九一年に崩壊、既に二十三年経過したが、そこに至るまでも、それ以後も、マルクス主義の核心部分をすべての分野にわたって完全に批判し切れた人間は、吉本さんを除いてはいなかった。吉本さんは既成左翼と訣別して登場した新左翼を含めたすべてのマルクス主義左翼党派を否定しているが、「自分自身では、〈新・新左翼〉と自己定義しています」（『わが転向』）と述べている。永久革命家であった。

政治形態の究極的なヴィジョンを、吉本さんははっきりと思い描いている。「革命ということの極限をかんがえると、抑圧するものと抑圧されるものとが廃棄されることだ……こんなふうにいうためには政府（国家）はいつでも労働者や一般大衆の無記名投票でリコールできるようになっていること、そして労働者や民衆の異議申し立てをいつでも弾圧できる国軍や警察をもたないことがかならず必要な前提になければならない」（『甦るヴェイユ』）。ラジカルで現在も有効であろう。

いま吉本さんを追悼する言葉が氾濫している。発信者の殆どが戦後的正統思想人、〈新しい思想〉に身をやつす所詮は知識の往相にあるものたちだ。吉本さんから影響を受けたと自認し、公言もしてきた「団塊の世代」の某々などが最も危うい。それにアカデミズムの腐臭まみれの学者たち。早い段階で追悼文を発表した東京大学大学院教授（当時）・姜尚中氏の一文などひどいものだった。「空前の原発事故を目撃しても、科学によって科学の限界を超えられると嘯《うそぶ》いた吉本に、かつての教祖の面影はどこにもなかった。（中略）この意味でも教祖の思想的な命脈は尽きていたのである。心からご冥福を祈りたい。合掌」（「朝日新聞」二〇一二・三・二七）。こんな男が教授を務める東京大学大学院とは、どんな大学院なのか。結びの箇所にこの男の小心さ、下劣さが如実にあらわれている。「心から」だって？　精神の荒廃ぶりには戦慄を覚える。合掌。

渡辺京二氏は、「吉本隆明氏はまだ歴史として叙述しうるような思想家ではない。今日のわれわれの思想的水位にとって、まだ歴史的レヴェルにおいて客観化することができないような思想家として存在し続けている」と畏怖する。私は日沼倫太郎氏が深沢七郎氏に述べた頌辞を吉本さんへのそれとして二十年以上も借用している。「もはや二度とは現われないであろう稀有な精神。〈神〉は稀にこういう人物を地上におくることがある。だからこそ奇蹟は存在する。ことわっておくがこの言葉を、私は仇やおろそかで口にしているのでない」。

法的なありさまといっていいのです。

近代日本の原罪

明治の近代日本になって、伊藤博文が西欧へいって、ドイツの憲法などを勉強して、日本国の天皇をどう規定したらいいのかいろいろかんがえて、明治憲法をつくります。明治憲法はのっけから三番目ぐらいに天皇は神聖にして侵すべからずという項目を設けます。これは日本の市民社会で守るべき道徳なのか、それとも法律なのか、それとも市民社会における道徳を普遍化したものがこの条項になっているのかかんがえると、なかなか問題になってきます。しかし知恵をしぼったのは確かだし、また、明治維新というのがひとつの革命であることにはちがいないとおもえるのは、そのほかの条項を見ると、だいたい、ヨーロッパの国の憲法の条項らしきものが全部そろっていることです。ただ、一カ所、天皇規定にちょっと付随することがあります。統帥権といいましょうか、軍隊を動かす権限だけは直接天皇にあるということです。これは問題になるところです。これは、道徳であるのか、それとも宗教であるのか、あるいは国家を規定する法律なのか、市民社会だけを規定するのか、ちょっと区別しがたい項目であることにまちがいありません。だけどほかの項目は、だいたい、西欧の近代国家における憲法とおなじような条項がちゃんとつくられています。国の法律なのですが、ただの道徳的な規定なのかすこぶるあいまいであるという項目をどうしても一カ条のせておくことで、古来からの日本の憲法が、聖徳太子以来、道徳だか法だかわからないようなものとしてつくられてきたことと接続点を設けている条項が天皇規定にのこされているわけです。伊藤博文がヨーロッパへいって、むこうの憲法を勉強してきて、これとおなじようにつくろうじゃないかということで明治憲法はつくられました。そういうつくり方をしないで、鎌倉幕府とか、各藩がもっている藩法のような道徳律に近い伝統の国法をよくよく検討して、明治維新の為政者たちが、そこから道徳的要素が比較的少ない項目だけを集約し、それを普遍的な要素として拡大したらこういうかたちになるというふうに憲法をつくったとしたら、たぶん、なかなかふさわしい日本の憲法が、自発的、自立的にできたことになるでしょう。けれど、てっとりばやく、留学して、むこうの憲法を全部さらってきて、それをうまく按配して、それで古来からの日本の憲法というものの考え方も、どこかでいれて調和してというやり方で、天皇は神聖にして侵すべからずという条項を入れたとおもいます。

日本も近代国家の仲間入りをしたわけですから、国軍の規定がいちばん重要なのですが、国軍は直接天皇が統帥するという条項をこしらえました。これもまた神聖天皇の規定に付随するようなとても重要な項目です。この問題はいまだに片がついていないわけで、いまの戦後憲法だって、象徴というかたちで、天皇条項がくっついていて、あいまいでしようがないとおもう人もいるでしょう。また、これがあってちょうどいいんだとおもう人もいるでしょう。また、こんなものはないほうがいいという人もいるでしょう。少数でしょうけど、ウルトラナショナルな人もいて、むかしの明治憲法の神聖天皇にしたほうがいいという人もいるでしょう。どんな考え方をしても神聖にして侵すべからずから象徴天皇になって、いまも残っているこの一項目は、日本国の伝統的な国法の考え方を象徴しているものです。それは同時に日本人が、農家の人から漁業の人も、それから都会で働いている人も、学者みたいな知識人も、全部がそのあいまいさをいまだにもっている、そしてひきずっている、自分の鏡みたいなものです。これは、いまでも重要な課題としてかんがえなきゃいけないことです。これを抜きにして平和憲法を守れなんていっている連中がいますが、平和憲法を守るということは、この象徴規定を守ることを同時に意味します。ほんとに厳密にそれはかんがえないといけないということになるわけです。だけど、あいまいなことですましているというのが、ぴんからきりまでといいましょうか、あるいは右から左までご同様であるというのが、いまの状況です。

そうすると、フーコーの切り口というものと、それからヘーゲル、マルクス流の段階的な考え方とを合致させるためには、幕末から明治にいたる革命の過程で、武家諸法度みたいなもの、それから各藩のもっている藩法というのは多少ちがいますけど、その藩法のなかから、法律らしい法律という項目をピックアップしていって、それを普遍化したらどういう規定になるかということを、精神まで含めて内在的に考えていってつくれば、国民の憲法らしい憲法ができたにちがいないんです。それをしなかったし、できなかったというのが、近代以後の日本国の、一種の原罪みたいなものだとおもいます。これは原罪とかんがえない考え方もあります。つまり、西洋化イコール近代化というふうにかんがえるなら、たしかに原罪です。しかし、西欧化イコール近代化というふうにかんがえないとしたらどうなるか、もし東洋的あり方というものを基準にしたらどうなんだとか、要するに日本国という特殊性というのを、せいぜい段階的に分解して、日本というのはアジア的要素とアフリカ的要素の大きな混合物だとおもいますけど、そういうもののもつ特有のものとかんがえ、各地域はそれぞれ特有であるとかんがえたらどうなるか。さまざまな論議がありますから、それは一概に規定することはできないとおもいます。さまざまな考え方がありうるとおもいますけど、さまざまな問題点がそこにあるということは確実です。とても簡単に、西欧化イコール近代化というふうにかんがえる人は、天皇は神聖にして侵すべからずとか、天皇は国民統合の象徴だとかいう項目を信じていて、天皇が死んだときには、皇居の前へいって、伏し拝んだりする人もいるという、それは土人だっていう人もいます。土人だって日本人なわけで、そのうちになんとかなるさとおもう以外にない、それはいまの日本の知的な風景のなかに、しかもかなりな程度、みなさんが信じている風景のなかに、依然としてあるというふうにぼくはおもいます。

これは、なかなか複雑な問題で、そんな簡単にかたづけてもらっても困るし、いっそ、神聖天皇にしようじゃないかというのも困ります。それから、平和憲法を擁護しようといいながら、天皇は国民統合の象徴だというのを残してしまうという考え方も困るとぼくはおもいます。つまり、それらは全部困ります。どういう論議をしたって、どこか当惑しちゃうということになってしまいます。ぼくらは、九条は世界でいちばんすすんだ憲法の条項だから残しておいたほうがいい。それから天皇は国民統合の象徴だというのは、とっちゃったほうがいいというと、だれも賛成してくれないのです。要するに、あいつはとんでもないやつだとおもわれているか、あいつは偏屈でしようがないんだとおもわれているか、どっちかだとおもいます。それくらい、みなさんもいろいろかんがえられて、ご自分のかんがえはこうだっていうのをもたれたほうがいいとおもいます。これは統一しようとすると、なかなかできません。国民投票すれば、どっちかにきまるとおもいますけど、そのくらいむずかしい問題です。しかし、このむずかしさ、あいまいさは、われわれがひきずっているもので、けっして、自分とは無関係ではありません。ぼくらも国民統合の象徴だというのはとっちゃったほうがいいとおもっていますけど、おまえは、戦後五十年における自分の考え方の首尾一貫性というのを自分で信じられるかというふうになると、ぼくは戦争のときは、神聖天皇に賛成だとおもっていたのです。つまり、そのときも天皇機関説とか、天皇は立憲君主だとかいろいろ考え方がありましたけど、自分がいちばん、これならば命を捨てる名目が立つなというふうに、同胞のためとか、肉親のためとか、いろいろかんがえるわけです。なにかかんがえて、つっかえ棒をしないと、なかなかそう簡単に人間は死ねるものでありませんから、いろいろかんがえて、宗教的な天皇、つまり神聖天皇が自分が人間より以上なところへ位いするつっかえ棒にいちばんなりやすいなというのがぼくらの考え方でした。それで戦争に負けたって、急に考え方の転換ができないので、当初はぼくは、なんらかの意味で、天皇の規定は残っていたほうがいいとおもっていて、国民統合の象徴という項目に対して、肯定的でありました。だけど、自分なりにいろいろ勉強していくうちに、これはやはりだめなんだなとおもうようになったのです。そういうふうに五十年かかって、そのつど自分なりにいろいろかんがえてきて、その考え方は進歩したと主観的にはおもえるのですが、しかし、首尾一貫しているかといわれると、首尾はちっとも一貫していないということになります。

ですから、おまえ、これとっちゃうといって、けろっとできるかといったら、そうでもないんです。やはり自分なりに、なんかが残るんです。ことばではなかなか云えないけれども、なんかが残るということがあります。それくらいどんな考え方をしても、きっと残るというふうにぼくにはおもえます。

だから、もし憲法を、それぞれが自分でつくってみろということになれば、やっぱりなんとかしていまの日本の社会の現状と、自分の考え方の現状と、それから自分の考え方を普遍化していった場合にはこれはどうなるかということをかんがえあわせたうえで、きちっとやれば、現状にあう、そして自分の考え方にもあう憲法の条項がつくれるとおもいます。またそれぞれにまかせるのではなくて、それぞれの人が自分で自分の憲法案をもったほうがぼくはいいとおもいます。何のためにそんなことをするのかといったら、フーコー的にいえば、法が国家になっていく場合に、普遍的な切り口というのはどうなるのかを、現行の憲法は不完全なもので、伝統的な道徳と区別できないような要素もはいっていますから、そういうのを全部のぞいて、国家の憲法としては、どういうふうに普遍化したらいいかというふうに自分でかんがえて、そういう考え方をつくりだすために、土台になるからやってみたほうがいいとおもうのです。

それからもうひとつは、もっと未来のことをかんがえれば、民族国家は、消滅にむかいます。消滅にむかうということは、疑いのないことです。国家が消滅にむかうときには、どういうことが切り口になるかということもついでにかんがえられたほうがいいとおもいます。それに対して、ぼくは自分なりにかんがえてきました。まず、はじめのかんがえは、国民がリコール権をもつことだというふうにいってきました。つまり半分国家を開いたほうがいい。国民に対して半分開けたほうがいい。国家――ぼくがいう国家というのは、政府にほぼ等しいんですけど――というのは、国民の過半数が無記名投票で反対だといったら、政府は変わらなきゃいけないという条項を、憲法の項目のなかにいれることができれば、それは国家が開かれていくきっかけになるというふうに、ぼくはかんがえています。イメージだけでいえば、あとのことまで自分のイメージでかんがえています。だから、自分なりにいうことができますけど、それはみなさんがそれぞれにかんがえられたほうがいいです。つまり、西欧並の国家というためには、どの条項をどうしたらいいんだとか、そういうふうにかんがえていって、そのあげくに、西欧も含めて世界における国家というのはだいたい解体にむかうというのは、歴史の経路ですから、その場合には、どの項目を変えたらいいんだというのを自分でかんがえて、その項目をひとつくわえれば、それは未来性があるということになります。それの参考になるのは、ヨーロッパだけです。ヨーロッパというのは、ヨーロッパ共同体としてふるまっている箇所があります。そうすると、たぶん、憲法じゃないところで、各国に、この項目についてはヨーロッパで協力するとか、同一化するとかいう法律に類したものがあるとおもいます。それは参考になるとおもいます。つまり、やはり共同体にむかって一歩踏み出して、少し先のほうへいこうとしているところがありますから、そういうのも参考にしたうえで、日本国の国家というのは、西欧並の国家にするためには、憲法はどうなっていけばいいのかというのと、それを普遍化していったらどうなるか、そしてそれが消滅にむかうという歴史の方向性を忠実に辿るには、どういう項目を設けたらいいかというようなことは、みなさんが個々にかんがえをもっていたほうがいいようにおもいます。いまのより進歩的な、たとえば平和憲法を守るとかいうと、天皇は国民統合の象徴というのを残すということを意味するわけです。だから、そんなのちっとも理想でもなんでもないのです。だから、どういう項目であろうと、自分だったらこうだということをほんとに無意識のなかまで、あるいは伝統的なものも含めて、自分なりにつくっておられて、そのうえで、欲をいうならば、国家がこれから未来にむかってこわれていくためには、どういう項目をくわえたらいいか、あるいはどの項目は保存したほうがいいかというようなことも、ご自分でかんがえておられたらいいんじゃないかとおもいます。

マルクス主義系統の枠外の人

フーコーは、そんなことばかり云っていたのかというと、そうではないんです。ぼくはただ、フーコーの考え方、つまり考古学的な層を見つけるということは――どういったらいいでしょうね。これは弁証法でもないし、それから段階論でもないけれど、たとえば宗教家が宗教的な教養としてしかもっていなかったであろうような要素、つまり自分でありながら、自分以上のものをめざすというようなことを失わないで、しかもそれが科学的というか、普遍的でありうるようにかんがえるにはどうかんがえたらいいかということを一所懸命フーコーはかんがえた人です。マルクス主義あるいはマルクス主義の解体の過程で出てきたいろんな考え方の枠外にはじめて出られた人だとぼくはおもいます。マルクス主義が提起した問題を自分のやり方でできるという方法をはじめてつくった人です。それが重要なことだとぼくはおもっています。科学の対象である自然物を扱って、だれが分析したっておなじものじゃないか、そういう方法こそが普遍的だというのは、対象を限定しているんですよ。対象を科学的に限定するから、普遍的な、だれがやってもまちがいない方法ができてきたのが科学なんです。だけど、科学というのがもっと発達していくならば、やはり心理的領域、精神現象の領域まではいって、それで普遍性がありながらかつ妥当性があるという方法を見つけていくということになるわけです。ぼくは、フーコーが考古学的方法としてはじめてそれをつくった人だとおもいます。だからフーコーを読んでいきますと、さまざまな読み方がありますし、さまざまな方面での業績がありますけど、何はともあれ、何が問題なんだといったら、考古学的な切り口を見つけられさえすれば、歴史というのは、いわゆる歴史をていねいに辿らなくたって、包括できるということになるとおもいます。もしかすると、未来性をつくり出すことも可能なんだということをフーコーは、マルクス主義系統の枠外ではじめてできた人だとおもいます。だから、ものすごく大きな存在だというのが、ぼくの理解のしかたです。

残念なことに、ぼくは、戦後五十年の経路のなかで、マルクス主義とあまりいいたくないもんだから、マルクス主義者とマルクス者というのはちがうんだとかいいながら、でも、やはりマルクス系統の修正過程とか分散過程のなかに、ぼく自身がはいってしまうとおもいます。そのところからフーコーを見て、何が自分に有効性をもつかというふうな読み方をするわけです。現存する思想のなかで、マルクス主義系統が分散し修正し解体したもの以外の思想はあまりないんですが、あっても、まことに貧しいというのが現在の世界の思想の状況だとおもいます。だから、フーコーの方法は、そのなかで、もっとも有効性と未来性のある方法だとおもいますし、またみなさんがマルクス主義なんていうのに一度も洗礼をうけたことはないという人だったら、なおさらいいから、フーコーの方法を追究されたらよろしいんじゃないかとおもいます。これで一応終わらせていただきます。

（一九九五年七月九日）

II

甦えるヴェイユ①

幼年時代のヴェイユ

戯曲（クロード・ダルヴィ『シモーヌ・ヴェイユ 1909–1943』）に沿って、ヴェイユについて解説するというのが、僕が承った役目です。この戯曲は、ヴェイユの主な生涯の問題点が全部尽くしてある、たいへんよくできた戯曲だと思います。それに沿って、ヴェイユの生涯をお話しします。

ヴェイユは、ユダヤ系のお医者さんの家に生まれ、兄さんが一人います。兄さんは、僕らにはそっちのほうが親しいんですが、アンドレ・ヴェイユといって、代数関数論など、今世紀で指折りの数学の大家です。ヴェイユは、子どものときに兄さんと比べられて、じぶんの凡庸さにほとほと嫌気がさして死にたくなったと書いています。それくらい今世紀四人か五人指を折ればその中に入るたいへんな数学者です。

ヴェイユは乳児のときに育ちが悪く、シモーヌ・ペルトマンという人が書いた伝記を見ると、生後六カ月ごろ、母親が虫垂炎の発作で、授乳ができなくなり、栄養補給ができなくなった。それで虚弱体質になってしまった。それから、生後十一カ月ごろ、おばあさんの手で離乳をしますが、母親と同じ虫垂炎の発作があったり手術をしたりして、離乳がうまくいかなかった。生後十六カ月目で哺乳瓶しか口にできなくて、そのほかの食べ方、たとえば白湯《さゆ》で食べるというような食べ方は全然受けつけないで、哺乳瓶に大きな穴を開けて食事をとる。だいたい二十二カ月目まで病気がちだったと書いてあります。

さらに二歳のとき、アデノイドにかかっています。そして三歳半のとき、虫垂炎の発作を起こして手術をしたけど、なかなか回復できなかった。お医者さんからは回復が不可能だと云われたりした。そういう育ち方をしています。

このことは何に影響するかですが、僕らの考え方では、一つは思春期の在り方に影響するだろう。もう一つは晩年の在り方に大きな影響を与えたに違いないと思います。そのほかの点では、頭のいい子だったという以外に特筆するところは幼少期にはありません。しかし、これはとても重大なことのように僕には思えます。思春期まで、兄さんと比べられてほとほと弱ってしまう、じぶんが天才的でない、凡庸だということにたいへんコンプレックスを抱くみたいなことはあったにしろ、格別なことはないと思います。

そして、いろんなことを考えています。ただ戯曲の中では、じぶんは兄に比べられて、頭がよくない、平凡だということにコンプレックスを感じたけど、別にそれをじぶんの生涯の成功と結びつけて考えたのではなくて、だんだんと思いを追い詰めていくうち、誰だって能力はそんなに問題でなくて、努力を重ねればだいたいじぶんの望みどおりのことはできるものだと思えるようになったということを強調しています。そこらへんのところはふつう誰でも体験する体験とそれほど違った思春期を持っているわけではありません。

ラジカルな社会主義者だった学生時代

学生時代にはすでにラジカルな社会思想を身につけていて、いつでも取り巻きの男性の学生を二、三人連れて学校の中をのし歩いていたと、シモーヌ・ド・ボーヴォワールの『娘時代』に書いてあります。ボーヴォワールはもう少しおもしろいことを書いていて、じぶんと出遇ったとき、いま貧困で飢えているやつを解放するということ以外に課題なんか世界には何もないんだとヴェイユが云った。ボーヴォワールが、いやそうじゃない、人間の実存性というのはいままで考えられていたよりももっと深く追求するに値する問題だと思っていると云うと、あんたは飢えたことがないような顔をしていると云われてしまったと書いています。つまり、たいへんラジカルで、屈折のない学生時代を送っている。これもそれ以外に特別なことはないと思います。

その延長線で、教師の資格をえて、女子中学校の哲学の教師になるのですが、教師になったころには、社会活動も始めていて、たとえば失業者のデモなどに加わったりしてたいへんラジカルな振る舞いをします。また、それ相当の政治論文を書いています。アナキスティックなマルクス主義というか、アナルコ・サンジカリスムというか、そういう立場に立って大いに文筆でも活動し、実際でも運動して、文部省などから顰蹙《ひんしゅく》を買っているという時代を経過します。それが、教師時代のヴェイユの姿で、そこまではごく普通のラジカルな若い女性というところでヴェイユのイメージが決まっていくと思います。

ただ、だんだん突き詰めていくうちに、ヴェイユらしい考え方が出てきます。ヴェイユらしい考え方というのは何かというと、いちばん大きな問題、それは生涯のうちでもいちばん大きな問題のひとつですが、当時のスターリン体制下のソビエトは少しも労働者の国家ではないじゃないかと疑問を生ずるのです。あれは官僚が支配している国家で、ちっとも労働者の国家ではないということが、ヴェイユの大きな疑問点になります。この疑問点はさまざまな角度から、さまざまなイデオロギー、理念から出されているし、いまでも出されますが、ヴェイユは、あれは官僚的な国家であるだけで、ちっとも労働者の国家ではない、労働者はただ官僚にいいように引きずられているだけだと理解します。

ヴェイユがそこで批判の観点として本質的に突き詰めていったことは何かというと、社会主義的な思想はどのように突き詰めていっても、究極的には精神労働をする人間と肉体労働をする人間という区別だけは永久になくならないんじゃないか。それがなくならないかぎり、労働者の解放はありえないんじゃないかというのが、ヴェイユの生涯突っかかった大きな問題です。つまり、ソビエトは官僚国家だというのを、片方は理念と頭脳だけで労働者の方向づけをしようとするし、片方は肉体労働を主体として生活していく以外にないわけで、その区別がどこまでもつきまとうかぎり、労働者は解放されたとは云えないと考えます。肉体労働と精神労働の区別があるかぎり、どんな社会がきて、どういう体制をとってもだめなんじゃないかということが、ヴェイユの基本的な観点になってきます。

トロツキーとの論争

そういうことでいちばん目立ったことでは、トロツキーがスターリン体制から弾き出されて国外へ亡命していくとき、フランスに立ち寄ります。そのときヴェイユの家を宿泊所として提供します。そこでトロツキーとヴェイユが論争します。ヴェイユはその論争のときの要旨をメモに書き留めており、どういう論争をしたか現在分かるのですが、それを見ると、やはり同じ問題です。ヴェイユは、ソビエトなんてちっとも労働者の国家ではない、あれは官僚国家にすぎなくて、労働者は従属しているだけじゃないかという観点を打ち出します。

それに対してトロツキーは何と答えたかというと、それは違う、労働者がじぶんたちの合意でソビエトの政府の存在を承認しているかぎり、ソビエトの政府は労働者を代表する国家だと云えるんだ。だからヴェイユのようにファナティックに、労働者は解放されていないという観点は成り立たない、あんたの考え方はすこぶる反動的だと云います。

ところがヴェイユは、そうじゃないんだ、ソビエトは全然お話にならない国家で、労働者がちっとも解放されていないというのは自明のことなんだと主張します。ヴェイユの主張の根柢にあるのは、肉体を使って労働する労働と頭だけ使って労働するという人間の労働の仕方の区別があるかぎり、いくら何と云ったって労働者の解放にはなっていないということで、あれはただの官僚独裁国家だと主張するのです。

ここのトロツキーの観点はすこぶる危なっかしいのです。ヴェイユはそのとき皮肉を云って、そんなことを云ったら資本主義国家だって、労働者は黙って資本主義の政府を承認しているじゃないか、それなら資本主義だって労働者の国家だということになるじゃないかと反論します。この反論にはトロツキーがほとほと参って、お前は本当に反動的なやつだと云って、論争は終わりになります。しかし、ここは重大な問題であって、僕らがいま考えると、トロツキーというのはそういうところが甘いから、スターリンにしてやられることになったと思います。

「国家を開く」

ところで、ヴェイユの観点ですが、精神労働（事務労働でもいいんですが）と肉体を働かせてやる労働との区別がどこまでいってもあるかぎり、精神労働をするほうが頭脳になって、肉体労働をする人たちが手足になるということはどんな社会になろうと避けがたいというのがヴェイユの考え方の基本です。それは妥当だろうか、その考え方はいいことかどうかということになります。

いまのところ僕のその問題に対する解き方は、もちろんヴェイユとは違います。僕はどう解くかというと、国家で云えば、ソビエトであろうとどこであろうと、仮りに政府をつくっているのは官僚で、労働者は肉体労働をやっているという国家であっても、国家自体が開かれていれば、まず過渡的にはそれでよろしいんじゃないかという解決の仕方をします。だからヴェイユのように、肉体労働と精神労働との区別があるかぎりは、どんな社会がきたって、絶対に肉体労働をするやつは従属し、頭脳で労働するやつは上に立って支配することになるんだという観点までは僕らは現在のところいっていなくて、国家なら国家を開くことができれば、過渡的にはそれで成り立っていくんじゃないか、労働者の解放ということは云えるんじゃないかと考えます。

「国家を開く」というのはどういうことかというと、ソビエトでも資本主義国でも同じですが、要するに国家を労働者も含めた一般大衆、われわれみたいに普通の人の過半数なら過半数、三分の二なら三分の二の直接投票でリコールすることができる。

つまり、直接投票で三分の二以上が政府に対して不信だとなったら、その政府は替わらなくてはいけないという法的な規定を設ければ、かろうじて労働者の国家でなくても、一般大衆の国家でなくても、官僚が事務的には支配している国家であっても、それは労働者あるいは大衆の国家だと云えるんじゃないか。議会ということではなくて、そのことだけは一般大衆の無記名の直接投票で、たとえば三分の二以上の人たちが、この政府は気に食わない、取っ替えたほうがいいとなったら、その政府はやめなくてはならないという法律規定を一つ設けておけば、だいたいにおいて過渡的には大衆・労働者の解放された国家と云えるんじゃないかと僕らは現在までのところでは考えています。

たとえば、一昨年あたりからソビエトとか東欧で共産党の国家権力がどんどんずり落ちています。あんなのは当たり前のことであって、要するに大衆からリコールされているということを意味します。ソビエト、つまりレーニン、スターリン以降の国家が三分の二以上の無記名直接投票で承認されなかったら、政府は替わらなければいけないという規定が初めからあれば、一昨年あたりから東欧・ソ連でもめているようなことは、とうの昔に実現していますし。そうしていないから騒ぎになって、いま共産党が国家からずり落ちてしまう事態になっているということです。これは現在ほかの社会主義国でも同じであって、その規定がなければ、どこかでいつかそういう目に遭うだろうと思います。

僕らの到達している、いま考えているところまでで云うと、僕はそういう解決の仕方・考え方というのはありうるし、ヴェイユもそういう考え方をとってもいいはずだったと思いますが、ヴェイユはほとんど絶望的に、頭脳労働と肉体労働との区別があるかぎり、どんなふうに理想的な社会を思い描いても、平等な社会は実現されないとだんだん考えていきます。それがヴェイユの考え方の、またヴェイユの生涯の転換点の非常に大きなポイントです。

実際に肉体労働者になる

ヴェイユはそういう観点から自己主張していきますが、彼女なりに徹底的にじぶんの考え方を突き詰めていると云えるのはどういうことかというと、ヴェイユは女子中学の先生をしているとき、女子の工員として工場で働きたいという発想をとります。僕らは推理的に、ロシア・マルクス主義を中心とする政治的な動向に対して絶望したためにそういう考え方をとったと思っていましたが、そうじゃなくて、ヴェイユの書いたものを読むと、じぶんはずっと前から工場で働く体験をしたいと考えていた、もしこれが実現しなかったらじぶんは死んでしまうと思っていたと云っています。

文字どおり工員として工場に雇われます。アルストンという電機会社の工場に勤めたり、ルノーの自動車工場に勤めたりというふうにして、ただの工員として肉体労働に従事するという勤め方をします。いってみれば、ヴェイユは頭脳労働者であるじぶん、あるいは頭脳的なじぶんと、肉体を使って労働するじぶんという両端をじぶんの一身の中で総合したいという考え方が強くあったと思います。結果的には、それをまずやってみる、やってしまおうということだったと思います。

僕らがヴェイユという人の思想、生涯を考えてきて、すごいねと思うのは、何はともあれやってしまうんだからねということです。飛び切り優秀な政治思想家であり哲学者であるヴェイユが、わざわざ肉体労働を体験するために、工場の女子の工員になってみることはないじゃないか、頭脳労働に従事する者、あるいは社会革命を主張する人たちと、実際に社会で肉体を働かせている労働者の人たちとがいかに懸け隔たっているか、また懸け隔てざるをえないかは頭で考えればすぐ分かるじゃないかと思えるのですが、ヴェイユはじぶんの一身の中で両方を総合体験したいという観点から、工場に女子の工員として雇われて労働します。

それは、ものすごくきつい労働です。一刻の猶予もならないし、製品が失敗したりノルマを果たせなければすぐに上役から叱られるし、たいへん過酷な労働に従事して、ほとほとへたばってしまいます。同時にヴェイユは、先ほど乳幼児のときに病弱ということを申しあげましたが、そういうことと関連すると思いますが、頭炎といって、鼻骨と顔の表面の皮膚との間に菌がたまって化膿すると頭が痛くなったりということがあって、ヴェイユはしょっちゅう頭が痛いことに悩まされます。疲労したりするとなおさらそうで、疲労と頭痛でへとへとになる工場体験をやります。

工場体験によってえた覚醒

その工場体験をやって、ヴェイユはヴェイユなりの考えに決着をつけます。ひとつは、ロシア革命の指導者であるレーニンでもトロツキーでもそうですが、革命だ革命だと云っている政治運動家は一度も工場で働いた体験はないだろう。それを全然分からないで主張しているにすぎないんだということです。

しかし僕らが、ヴェイユの工場体験の中でいちばんヴェイユならではと思える体験は何かというと、ヴェイユは工場体験をしたことを知り合いの人に手紙を出して云っていますが、一寸のゆとりもない肉体労働をして、へとへとに疲れてしまう状態を毎日続けている。こういう体験をする前は、さぞかし反抗心が募って、ますますラジカルな社会革命の思想を身につけていくと思っていたけど、じぶんが体験してみると、そうじゃないことが分かる。こういう体験をしてみると、受け身になって、過酷な条件でも何でもとにかく承認して、べつだん反抗するわけでもないし、文句を云うわけでもなく、これに慣れてしまう。つまり、奴隷的な状態というのは反抗心を募らせるものだと一途に考えていたけど、実際に体験してみると、それを承認して慣れてしまうことが人間にはあるんだということが初めて分かった、という手紙を出しています。

この目覚め方、体験の会得の仕方は、もちろんラジカルな社会変革の思想から云うと、ついに現実に妥協してだめになってしまったじゃないかと云うかもしれませんが、そうではなくて、あらゆる体験の中にある内在性というか、内面的な体験性があるんだということをヴェイユは初めて会得した。いままでじぶんはプライドを持っていたけど、そんなプライドなんか全然お話にならない、それはひどい目に遭ったことのないやつの知的なプライドであって、本当に体験してみると、人間のプライドというのはそんな簡単じゃないということが初めて分かったと云っています。

もう一つ云っていることがあります。これはじぶんの女子中学に勤めていたときの学生さんに宛てた手紙ですが、人間は頭脳だけではなくて、肉体的に不器用だということがどんなにたいへんなのかをじぶんは初めて体験した。だからあなたも勉強ばかりしないで、親を説得して、スポーツをしたり山登りをしたりして遊んで、身体を丈夫にしたり、反射神経を大切にしたりしたほうがいいですよと云っています。

これもなかなかたいへんな目覚め方だと僕には思えます。一見するとつまらないことだし、そんなことはわかりきっていると云いそうな気がしますが、本当はそうではなくて、ヴェイユにとっては、また一般的に云って、知識でもって何かしようという人にとってはとても重要なことのように思います。身体が生まれつき丈夫であるということではなくて、進んで身体を丈夫にするということが、単に健康だという意味合いだけではなくて、いろんな意味でとても重要なことなんだ。ヴェイユはじぶんが不器用で、さんざん上役に叱られたり、同僚にいたわられたり、逆に意地悪されたりという体験をしたので、その体験を通じて、そういうことを学生さんに手紙で云っています。

僕はヴェイユの工場体験の目覚め方の中で、その三つのこと、つまり革命思想なんて本当に肉体労働をしたことのないやつが云っている馬鹿話だという覚醒の仕方と、身体を丈夫にしたほうがいいですよという覚醒の仕方、それから人間は肉体労働でぎゅうぎゅうな目に遭わされたら、黙ってそれに耐えるというあり方もあるということが初めてわかったという覚醒の仕方はたいへん重要なことだと思います。つまり、ヴェイユの工場体験で重要なのはその三つのことに要約されるんじゃないでしょうか。

それはかつてラジカルな学生であり、ラジカルなインテリゲンチャであったときのヴェイユが考えもしなかったくらい、じぶんの思想、考え方に厚みを加えたということを意味します。また逆に云うと、そういう覚醒の仕方をすれば、一途に屈折なしに、社会を変えれば全部がよくなるみたいな考え方を持てなくなったということを意味します。

日本的な転向との相違点——思想の徹底性

ですから日本の言葉で云えば、これは一種の転向だといえます。ただ、日本人の転向というのは、戦争以前から戦争中を経過して戦後にかけてあるし、現在、ロシアおよび東欧をはじめとする社会主義圏で共産党の政権が国家からずり落ちてしまったということを契機にして、さまざまなかたちで陰に陽に起こりつつあるわけですが、転向という言葉を使えば、ヴェイユの転向と日本の転向と何が違うかというと、要するに日本の転向の仕方というのは大なり小なり心理の問題なんです。一朝《いっちょう》目覚めて、ちょっと発想の仕方を変えたら、ああいままで考えたことはつまんねえことだったとなってしまうみたいな、サイコロジーの問題だというところが多分にあります。

ヴェイユにはそんなことは絶対ないんです。初期のラジカルな社会主義者のところから、工場体験を経て、さまざまな屈折を加えますが、その中で妥協とかごまかしというのは僕らが見ているかぎりひとつもしていないで、必然的に突き詰めて徹底的にじぶんでやってみる。何も大インテリが工場に行って女子の工員になる必要はないので、そんなことをしたって何もうるところはないと思えるんですが、それをとにかくやってしまって、じぶんの体験として身に着ける。そうしておいて、じぶんの考え方を少しずつ修正したり、厚みを加えたりする。その考えの変え方は、日本のサイコロジーにすぎない転向の仕方とはまるで違います。

日本の場合、戦争前にはスターリンの云うとおりのマルクス主義をマルクス主義だと思ってやってきて、戦争になったら軍国主義・ファシズムになって、戦後になったらまたマルクス主義だとか社会主義だとか云いだしてというふうに、有為転変を経る。いってみれば大部分は心理の問題です。やさしい言葉で云えば、気の持ちようにすぎない。ですから、ころころ変わってしまう。現在だって、たとえば東欧とかソ連とか、共産党の政権・国家がずり落ちたということは歴史において二十世紀最大の事件の一つで、ものすごく重要なことですが、日本の社会主義的な思想を持っているやつは、あきれてものも云えねえよというほど、けろりとしているだけです。これではいつまでたっても同じですよ。時代がきたら、またころりと変わるに決まっています。そういうことを考えても、ヴェイユの生き方は徹底的なもので、徹底的に突き詰めていくのです。

ファシズムを国家社会主義と考えると、スターリン主義というのは社会国家主義です。僕はその視点を重要視しますが、国家を開くことができない社会改革の思想というのは全部だめです。いくらやっても時代によって変わるだけで、国家社会主義に変わってみたり、社会国家主義に変わってみたりというだけです。つまり、どのように国家を開くか、それがない社会改良の思想というのは全部だめだと思います。

ヴェイユはそういう観点ではなくて、精神労働あるいは頭脳労働と肉体労働をしている人の区別・差別はいつまでたっても変わらないという視点で、平等社会というのは絶望的にできないんだよなと考えていきます。その観点を持って見ても、充分によく現在の世界の社会主義の状態がなぜだめかを見分けることができます。僕はじぶんの観点から云えば、国家を開く装置がないから全然だめだよと思います。開く装置を考えない社会改良の思想というのは全部だめだと僕には思えます。ファシズムと、スターリン主義というか、社会国家主義と、くるくる循環するだけです。

皆さんはもしかすると違うふうに考えていて、ファシズムは悪いやつで、スターリン主義とかロシア・マルクス主義はいい思想だと思っているかもしれないけど、そんなことは嘘であって、ファシズムだって、僕は戦中派だから日本の軍国主義をよく知っていますが、皆いいことしか云わないんですよ。なるほど、これはいいことだよな、ちっとも悪いことじゃないよなということしか、軍国主義だってファシズムだって云わないんです。つまり、いいことばかり云っているから、その思想は正しいというものではないし、悪いことを云うかと思うと、そんなことはないんです。ファシズムだっていいことしか云っていません。要するに、原理・原則的にだめだったらだめだという以外にないと思います。

ヴェイユの観点を貫いていけば、やはりマルクスの観点になっていくのです。マルクスと当時の社会改良運動をやっていた連中との対立点は最後には決まってきます。お前はインテリで理屈ばかりこねているけど、社会改良なんかやったことないじゃないかとマルクスは云われる。それに対してマルクスは、愚か者が栄えたためしはねえんだと言い返す。それがマルクスと当時の社会運動とのギャップです。ヴェイユで云えば、頭脳労働と肉体労働を主体とした運動家との違いはそこなんです。結局、突き詰めていけば、お前は何もしないで理屈ばかりこねているじゃないかと片方は云うし、愚かなやつが栄えたためしはねえんだとマルクスはテーブルを叩く。それが対立点です。ヴェイユが云った対立点も結局はそこです。それを逃れる方法はないんじゃないかというのがヴェイユの観点です。

僕はそうではありません。要するに、国家を開く装置があれば過渡的には大丈夫なんじゃないかと思っています。それからヴェイユ自身も工場体験の中で何をしたかというと、もちろん頭脳労働と肉体労働とをじぶんの中で総合したいということがあったと思いますが、もう一つは労働者に、文学的なというか、ギリシアの古典劇を易しくしたり、啓蒙活動みたいなことをしています。啓蒙活動と云えばつまらないことになるんですが、ヴェイユは実際的には開くということをしているのです。

つまり、頭脳労働と肉体労働の差がある。それをどうやったら開けるかといったら、過渡的に云えばこれしかないわけで、頭脳労働の人はいつでもじぶんを肉体労働に移行できるし、肉体労働の人もいつでも頭脳労働のほうにいけますというふうに、道を閉ざさない。頭脳労働は頭脳労働だけとしないで、分業化してもいいんですが、どこかで開いておいて、肉体労働の人も頭脳労働をやることができるし、頭脳労働の人も肉体労働をやることができる。両者がどこかで開いておくというのが唯一可能な観点だと僕には思えます。

ヴェイユは、実際問題としてはそういうことをしているんです。工場体験の中で、じぶんの体験だけではなくて、わずかではありますが、啓蒙活動みたいな、労働者に知識的なものを開いていくということをしています。一所懸命考えて、一所懸命やるだけのことをやっているということになると思います。ヴェイユはそこらへんまで考えてきたときに、じぶんなりの屈折点に立っていきます。

スペイン内乱に参加

ヴェイユは、晩年、宗教的な考え方になりますが、その中間でもし云うことがあるとすれば、ひとつはスペインの内乱に参加しています。スペインの内乱とは何かというと、スペインの進歩的な中央政府に対して、モロッコにいた軍部、フランコ将軍が反乱を起こして、内戦が始まる。ヴェイユはアナキズム系、あるいはアナルコ・サンジカリスムの系統の組織に加わって、スペインの内乱に参加していきます。

このスペインの内乱は歴史の中でどういうところが重要かというと、いくつかあるんですが、要するに進歩的な中央政府があって、労働者や農民がそれに味方するかたちで戦線を組み、片方、フランコ将軍のほうは貴族階級とかカトリックの宗教勢力などをバックにして反乱を起こす。それに対して、ヨーロッパ中の大なり小なり社会主義的な思想を持ったインテリゲンチャが、スペインの中央政府を援護する戦線に義勇軍として参加していきます。ヴェイユは、CNT（労働国民連合）、これはアナキズム系のPOUMという組織の中にあるわけですが、そこの一員として参加していきます。

これは何が重要かというと、ヴェイユもそう云っていますが、このスペインの内乱について妥当なことを公表した考え方がふたつあります。ひとつはベルナノスというカトリックの神父さんの思想家で、本来的にフランコ将軍側に立っているインテリです。このベルナノスがスペイン戦争に対して発言していて、これは『月下の大墓地』というベルナノス選集の中にありますが、かなり妥当なことを云っています。もうひとつは皆さんもご存じのジョージ・オーウェルの『カタロニア讃歌』です。そのふたつがスペイン戦争について妥当なことを云っています。『カタロニア讃歌』は政府軍側・進歩的な義勇軍側に立っているし、ベルナノスは保守的な側に立って書いているんですが、両方で云っているのは、ひとつは戦争ということです。

もうひとつはっきり云っているのは、スペインの内乱でどういうことがあったかというと、フランスの国境に近いところ、カタロニアとかアラゴンといった地方における政府軍側に立った勢力は、これを機会に、農民運動および労働者運動の勢力が都市や農村を制圧して、革命を成就するんだという考え方をとりました。共産党勢力はそう考えないで、むしろいまある中央政府を擁護して、反フランコであればいいんだと考えて、そういう戦時戦略をとったのです。だから、共産党およびそれに属するところにだけ武器を供与して、革命を志したカタロニア地方、アラゴン地方の労働者および農民の運動の勢力に対してはしだいに弾圧していった。いわゆるスターリン体制下の勢力とそれ以外の勢力とはそこでみごとに分離・分裂してしまいました。

そういうことがひとつとても重要で、『カタロニア讃歌』を見ると、スペインの外では、この内乱を革命だと云っているやつはだれもいなかった。しかし、スペインの国内では、これは革命以外の何ものでもないと皆思っていた。それほどスペインの中にいる者と外にいる者、あるいはソビエトのスターリン体制下の進歩派と中の革命派とは違っていたんだ。だから外からスペインの内乱を、これは革命なんだと考えたり評判を立てたりしたやつは一人もいないんだけど、中では、これは革命以外の何ものでもないと思う以外のやつなんかいなかったんだと云っています。それくらいスペインの内乱というのはアンチ・フランコだけではなくて、世界中の進歩的・社会革命的思想が真っぷたつに分かれる最初の兆候を示したのです。

ヴェイユもベルナノスもそうですが、どういうことを主体に考えたかというと、ヴェイユはアナキズム系の義勇軍に参加していますが、それは必ずしもスペインの中でいい振る舞いをしなかったと、ベルナノスへの手紙で書いています。つまり、人間というのはだれからも罰せられずに人を殺すことができる機会になると、人を殺すものだということがとてもよく分かったと云っています。たとえばカトリックのお坊さんが義勇軍側の捕虜になった。それが射殺されたり、釈放するから行きなさいと行かせておいて、後ろから銃で撃ち殺したりしているのをじぶんはちゃんと見た。要するに、義勇軍側・進歩派側の内部告発をヴェイユはやっています。ベルナノスは逆に、フランコ政権側のいろんな残虐行為、でたらめなやり方を、『月下の大墓地』の中で告発しています。じぶんらの本来的に党派的に云えば味方である勢力のだめさ加減を告発しているのです。

戦争とは何か

ここでヴェイユは、戦争に対して徹底的に突き詰めています。戦争とは何かということにたいしていちばん突き詰めて考えたのはヴェイユだと思います。これはいろんな要素があります。ヴェイユが女性だったということもあるでしょうし、ヴェイユなりの考え方というのがいろいろあると思いますが、戦争とは何なのかということに対して徹底的に突き詰めたのはヴェイユが初めてです。マルクスもエンゲルスもレーニンも、革命的な戦争でありさえすれば戦争もやむをえないということで、戦争に対する突き詰めた考察はしないでやめています。ヴェイユはそこをスペインの内乱に加わった体験も含めて徹底的に突き詰めていきます。

戦争とは何かといったら、ひとつの国と敵対する国との利害の衝突とか政治的・経済的な衝突の延長線上で行なわれる武器をとった殺し合い、争いとは考えなかったのです。ヴェイユは最後にどう考えたかというと、ひとつの国と違う国とが利害相対立するとかひとつの国民性と違う国民性との利害が相合わなかったときに争いが起こる。あるいは、革命戦争は善・正義で、非正義の戦争もあるというのが毛沢東の考え方ですが、そのような考え方は全部いい加減なもので、本当を云うと、革命戦争というかたちをとろうと何をとろうと、戦争というのはその国の政府をつくっている支配層と、ふだんは肉体労働をやっていて、戦争になれば鉄砲を担いで戦闘に従事しなければならない人間との対立なんだというところに到達します。

つまり、戦争というのは現象的にどういうかたちをとろうと、国家対国家の争いのように見えようと、国連対非国連の争いのように見えようと、そんなことは全部見かけ倒しであって、そのときの支配層と被支配層とのあいだの争いだということになるということがヴェイユが突き詰めていった最後の到達点だと思います。ここまでの突き詰め方をはっきりとやったのはヴェイユが初めてだと思います。

宗教体験が思想に与えた影響

ヴェイユはここまで到達したところで、宗教的な体験を契機にして、宗教的な考え方に入っていきます。それはどういう体験を経ているかというと、おおよそふたつに分けることができます。

ひとつは社会政治思想・革命思想というところから、なぜ宗教的なところへ入っていったのか。これは、ヴェイユには絶えず強烈な頭痛がつきまとったわけで、肉体的な苦痛から神を見たという体験へつながっていきます。ヴェイユは工場体験をやって、くたびれて身体を壊し、休暇をとっているあいだに旅行をしますが、その旅行の中で、カトリックの修道院で修道女と同じような行事に加わっているとき、肉体的な苦痛から精神だけが離脱したという体験をします。肉体的な苦痛の外へ精神が出ていって、そこへキリストがやってきてじぶんを抱擁するのを現に見たという体験をします。それはものすごく強い体験で、その体験を契機にして、キリストの宗教というのは本当にあって、苦痛というものを主要な生存の要素としているような人たち（奴隷という言葉を使っていますが）、奴隷にとって重要な宗教だと初めて思うようになったと云っています。

こういう体験がヴェイユにはもうひとつあって、アメリカで見知らぬ男が見知らぬところへ、いい体験をさせてあげようと云って連れていってくれて、その男の人と一緒に何日か過ごした。それはどこであるかよく分からないんだけど、そのときのじぶんの体験はちょうど神、キリストと一緒にいるような体験だったと云っています。それがヴェイユを宗教的な体験のほうに持っていった重要な考え方のひとつになっています。

もうひとつは一種の自己抹殺、じぶんが生きているのはものすごくだめなことなんだ、もっと普遍的に云えば、人間が生きているのはだめなことなんだという考え方に到達します。もっと個人的に云えば、じぶんが生きているのは天と地を汚しているようなものだ。じぶんがいなければ、もしかすると神のつくったものとつくられたものとが和解する、話し合うことができるかもしれないけど、じぶんみたいなのがいると、それは曇ってしまう、じぶんなんかいないほうがいいんだみたいな、一種の自己抹殺の考え方になっていきます。

その考え方は、ヴェイユの基本的な神学といえば神学です。自然および人間の世界をつくった神がもしあるとすれば、神は人間および自然の外側に存在している。もし外側に存在している神を実在だと考えるなら、それがつくった人間の世界とは全部、実在の影にすぎないと考える以外にない。だから神を実在すると考えるなら、人間の存在は影にすぎないと考える以外にないとなっていって、神の存在と人間の存在、生というのはいわば二律背反で相矛盾するんだみたいな考え方をだんだんとっていきます。

もうひとつ云えることは、これは終始初期からこだわっていることですが、労働、特に肉体労働ですが、人間は神がつくった被造物世界に存在するかぎり、労働することは絶対必須条件なんだ。また、人間は労働することによって、宇宙、あるいは神の世界に触れることができるので、神の世界に触れる唯一の手段は人間が労働すること以外にないんだという考え方をとります。

この労働という考え方には二重性があって、労働するということは自然・環境に対して何か働きかけて手を加えることなので、単に働くとか働いて賃金をとることだけではない。人間のすべての行為はどんな行為でも自然に対して働きかけるということだ。だから働いて生活をするとか何かをつくるということと一緒に、人間のじぶんの環境に対する働きかけは皆、労働と考えていいんだ。つまり、ヴェイユの中では、労働という概念に二重性があります。

その二重性の中のひとつ、つまり対象・周囲の世界に対して働きかけることは皆、労働なんだという考え方を突き詰めていって、宇宙の存在に如実に触れるには労働する以外にないんだという考え方をとっていきます。その労働という概念が、内面的な考え、つまり宗教的なものに転化していってしまいます。ですから、ヴェイユの労働という概念は初期の革命思想のときから肉体労働という考え方は変わらないのですが、肉体労働という考え方が持つ二重性が独りでにヴェイユを内向的にしていく、つまり労働を精神的なものにしていく要素になったと思います。

そのことと、じぶんは存在しないほうがいいんだ、存在しないということが神の世界へ移行する唯一の方法なんだ。また別の言葉で云えば、ヴェイユは、人間が神の世界に行くにはふたつの方法がある。ひとつは死ぬということだ。もうひとつは労働することで、向こうの世界に触れることができる。そのふたつが道なんだと云っています。

そういう考え方になると、これは日本の中世の宗教家も同じですが、向こうの世界、ヴェイユの云う神の世界ですが、そちらがこの生きている世界よりも重要なんだという考え方にどうしても移っていってしまいます。ヴェイユも同じで、じぶんは存在しないほうがいい、人間は死と労働ということ以外に神に触れることはできない、また労働というのはそういう意味から云えば、毎日の死みたいなものだという考え方になっていきます。

これは日本の中世の宗教家で云うと、たとえばいちばん極端なのは顕性房という人ですが、要するに、ヴェイユの云う神の世界、仏教で云えば浄土ですが、俺は一日も早くあの世の浄土の世界へ行きたくてしようがなくて、一日命が延びたらがっかりするんだという言い方をしています。それも同じで、こちらの世界よりもあちらの世界のほうが重要だ、そちらの世界が主体だとなってしまっているのですが、ヴェイユの宗教的な突き詰め方はそれにとてもよく似ています。つまり、日本の中世のお坊さんの浄土思想ととてもよく似ています。向こうが主であって、生きているというのはむなしいことで、一日も早く死にたくてしようがない、一日命が延びたら嫌で嫌で、つらくてしようがないんだという考え方です。

ヴェイユの考え方もそれに似たところがあります。自己消去というか、自己抹殺というか、じぶんはいないほうがいいんだという考え方に傾いていって、だんだん宗教的な体験の中に入っていきます。晩年のヴェイユは宗教思想的な考え方をどんどん突き詰めて、独特の神学・宗教思想に到達していきます。

最後のヴェイユ

ちょうど第二次大戦が始まる前後のころ、フランスでもそうですが、ユダヤ人に対する迫害がナチス・ドイツを中心に始まっていって、ヴェイユはそれを避けるためにアメリカへ両親と一緒に亡命します。本当はドイツ軍占領下のフランスに入っていって、抵抗運動・地下運動をするのがヴェイユの理想だったんですが、アメリカに移って、ロンドンに亡命していた自由フランス政府に対して、そういう任務に就かせてくれとさかんに強調します。しかし、就かせてくれないということで、自由フランス政府の下働きをするのが最後のヴェイユのやったことになります。

ヴェイユは看護婦さんの義勇部隊をつくって第一線に活動するという計画書を立て、これを実行させてくれと云うんだけど、あまりに病的な計画だとして退けられて、ヴェイユがそこで最後に与えられた仕事は、戦争が終わった後で、フランスはどういうかたちをとればいいか、あるいはどのようになるだろうかということについての考察です。ヴェイユはそれに不満でしようがなかったのですが、ヴェイユの考えは過激だということで採用されないで、そういうことに終始します。

ヴェイユの最期は、結核性の病気になるのですが、じぶんで絶食して死んだと云われたりしています。ヴェイユはそこで生涯を終えますが、本当を云うと、その時代、つまり第二次大戦中までの時代ですと、ヴェイユの思想がいる場所は世界史的に見て、どこにもなかったと云っていいくらいです。どこにもないくらいのところに到達したヴェイユは、傍から野次馬的に云えば、何もしなくていいから勉強していればいいじゃないかということになると思うのですが、ヴェイユは何かしたくて仕方がなくて、ドイツ占領下のフランスに入って地下運動をしたいと終始一貫考えます。そんなことをしても、ヴェイユが持っている思想ではない思想に加担したことになる以外にないので、そんなことをする必要はないのですが、そこがヴェイユの特徴で、やってしまうんだからねというか、そこまで考えてしまうんだからねということになります。

最期は食べたり栄養をとることを拒絶して亡くなったとされています。この生涯は、第二次大戦終了前後のところまででは、この世界中に存在する場所がないというくらいのところまで突き詰めていったのですが、現在だったらまだヴェイユの考え方が生きる余地があると思うし、ヴェイユが指摘した考え方が社会思想としても宗教思想としても生きて、そこから現在、あるいはこれから後の世界を捉まえていく捉まえ方のある鍵を提供しているということになりうると思います。

いろんな考え方がありますが、大なり小なりどうすることもできないというか、どうしようもない考え方ということになるわけですが、ヴェイユの考え方は現在、あるいはこれから以降の世界の移り変わりに対して、ある取っ掛かりを与えることができるんじゃないかと考えます。そして、必ずしもヴェイユが考えたところと同じでないかもしれませんが、僕らもそれを一所懸命考えたいわけで、そういうことが見つかっていかないと、どうしようもないよなと思えてなりません。だからそこらへんでヴェイユが現在の段階では甦えってくる余地があり、また兆しがあるんだと考えたほうがいいんじゃないかと思います。これからヴェイユの考え方が再び、いままでよりももっと突き詰めて追求され、考えられていくことがとても必要なんじゃないかと思われます。

その意味合いで、僕らはじぶんの書物には『甦えるヴェイユ』という名前をくっつけましたが、本当に「甦えるヴェイユ」と云えるものが、ヴェイユの生涯の考え方の転移の中にあると僕には思えます。今日これから上演される劇も、そのことをとてもよく表現しているんじゃないかと思います。これで僕の前座を終わりにしたいと思います。

（一九九二年十二月十九日）

甦えるヴェイユ②

古典劇の理解の仕方

昨日もヴェイユの話をしたのですが、そのあと上演された芝居を見せてもらいました。どういう印象を持ったかを申しあげますと、日本でいえば能の舞台みたいなもので、僕は言葉が分かりませんから、能と同じでセリフはあらかじめ調べていかなければ分からないのですが、何となく感じだけはよく伝わってくる気がしました。もうひとつは、ヴェイユという人は、やはりこういうやり方しかできないのではないかという感じがします。かなりドラマチックな生涯ですからドラマ仕立てにすることはできるのですが、そうすると、ヴェイユという存在の特異性がだんだん薄れてしまう気がしますし、卑俗化されてしまう気がして、やはり物語化することができない感じがしていますので、やっぱりあれでいいのかなというのが僕の感想です。

ヴェイユ自身がギリシアの古典劇にわりに詳しい人で、独特の考え方を持っています。あまり動かないほうがいいという考え方を持っていて、たとえばシェークスピアの戯曲の中で、いいのは『リア王』だけだと書いているのがあります。あとはそんなによくないと云っています。そういう意味で、ドラマに関して厳しく特異な考え方を持っていました。

『リア王』は何がいいのかよく分からないので、ヴェイユはどういうつもりで云っているのか分かりませんが、一般的に古典的で原型的なドラマは、たいてい主人公がいて、それがいろいろな意味で艱難辛苦にあい、にっちもさっちもいかないところに乗りあげます。そこでどんでん返しが起きます。幸福になるとか、あるいは悲劇のまま終わるというふうに、クライマックスに向かってさまざまな起伏がありますが、結局そこへ到達してあとは一気に終わりまで持っていかれるのが説話伝承のパターンです。

ヴェイユはギリシアの古典劇でもそういう説話的な理解の仕方をしていますし、たぶん『リア王』がいいという意味もそういうことだと思います。つまり、説話性あるいは神話性でもいいのですが、それに耐えること。これだったら耐えるという意味だということかもしれません。よく分かりませんが、たいへん特異な厳しい考え方を持っている人です。たぶん今日も上演されると思いますが、そのやり方はもしかするとヴェイユを主人公とした一種の古典的な形式のドラマと考えると、それがいいやり方で、あれ以外のやり方はできないかもしれないという感想を持ちました。

昨日と同じ話をするのはいやだと思ったのですが、ヴェイユの考え方を少し先のほうまで延長していったらどうなるか。昨日の続きでもないのですが、昨日とは少し違うニュアンスでお話をしたいと思います。昨日申しあげたとおり、ヴェイユの考え方の生涯のポイントは三つくらいあって、ひとつは革命思想がどういうものなのか。もうひとつが、やはり工場体験に付随するわけですが、労働とはどういうことなのかということ。そしてもうひとつは宗教です。これはキリスト教的な宗教ですが、宗教的な意識がどうなのか。その三つがヴェイユの生涯の思想のポイントだと思います。

革命思想の契機

日本の思想と違って、初めは革命思想を持っていたのがだんだん宗教思想に変わったという意味合いはないので、当初の革命思想は、多少の変形をしながら全部引きずっていきます。思想というのは点ではないということです。その時々の点が思想ではなくて、幅が思想なのだという考え方だと思います。また、それが妥当な考え方だと思います。明日ころりと何かが変わってしまったというよりも、当初持っているじぶんの思想を全部引きずって、どこに集約点を持っていったかということになると思います。

ヴェイユは工場体験をしたくて文部省に休暇届を出して、女子の工員として働きに出ます。そのときは、重工業の基礎になっている現代技術と、それにまつわる現代社会の諸相、現代文化の姿の関連性について研究したいから休暇をくれという申請書を出します。何を申しあげたいかというと、重工業の基礎になる現代技術という言い方をしているのです。

皆さんはご承知だと思いますが、現在のフランスの社会も日本の社会もそうですが、一般的に先進的な社会は工業を中心にした社会ではないのです。だいたい流通業やサービス業・医療・教育という産業を主体にした社会に移っています。そこが重要なことで、重工業が課題になった時代がすぎていったということ、その課題を迎えたということと、ヴェイユが若いころ突っ込んでいった社会主義的思想とは、パラレルな関係にあります。

社会主義的思想とは何かというと、工業化が社会の課題になったときの思想が社会主義思想です。その終焉とともに、ロシアで発明されたロシア的なマルクス主義が、たぶん終焉していきます。つまり、日本やアメリカ、フランスなどの先進諸国では、ロシア・マルクス主義を主体とする社会主義思想は終わってしまいます。終わってしまった兆候は、ここ数年のソ連・東欧のもめ事に象徴的に表われています。社会主義思想とは何かを産業の観点から云いますと、工業化社会、特に重工業にどうやって持っていくかを課題とした思想といえます。ヴェイユが当面したのも、まさにそういうことです。

それでは、スターリンはなぜ失敗したかということですが、重工業化・工業化を推進したいがために、農業・農民を人工的に動かそうとしました。土地に根を張って農業をやっている農民たちを、ここらへんは農業の区画だからこっちに移住させてということを人工的にやったのです。それで農民から猛烈な反撃を食らって、それに対して農民を弾圧して大量に虐殺しました。なぜかというと、工業化を企画化・計画化して速やかに高度に進めようがために、農民を勝手に、計画的に動かそうとして、たいへんな失敗と反撃を食らったのです。

工場体験で得たもの

農業などの土地に根づいた産業は非常に生え抜きで、政府首脳部が計画すれば九州の農民を北海道に持ってくるとか、北海道の農民を九州に持ってくるというのはそんなに人工的にできるものではないし、土地に対する執着は簡単なものではないから、それをやろうとしたのはスターリンのいちばんの失敗だと思います。ヴェイユが、どれが理想的な社会主義思想かと考えたときの課題は、重工業の基礎になる現代技術の問題が、どういうふうにして職場や社会のいろいろなところでなされているか。それをじぶんはテーマにするのだという申請をして工場に入っていったのです。

工場でヴェイユはじぶんなりにいろいろな体験をしますが、昨日も申しあげましたが、ヴェイユの考え方の基本は農業と工業ということではなくて、肉体労働と精神労働はどこまでもつきまとうのではないかということです。これがつきまとっているかぎり、精神労働・頭脳労働をする人たちが上に立っていろいろ命令したり企画を決めたりし、肉体を動かして働く人たちはそれに従属して従うという構図はいつまでも終わらないのではないか。そういう人たちの従属はいつまでも続くのではないかというのが、ヴェイユが工場体験から究極的に摑《つか》んできたものです。それはヴェイユにとって生涯変わることがありませんでした。

ところで、そのことを現在に延長したらどうなるか。たとえば日本の社会をモデルにしますと、農業をやっている人は九％くらい、工業をやっている人は三〇％前後だと思います。あとの半分以上は、サービス業や流通業・医療関係や教育関係で働いています。そうしますと、どういうことが云えるかというと、サービス業・流通業が産業の大部分を占めた社会では、頭脳労働と肉体労働の境界が非常に曖昧になるし、ある意味でそれは区別がついて、片方は従属し片方は威張るということにならないで、一人の人間の中で頭脳労働と肉体労働が混合する。まさにヴェイユが工場体験で理想として描いた社会が、いま実現しているのではないかといえそうです。

精神労働と肉体労働

第三次産業といわれますが、流通業・サービス業に従事する人たちは、肉体労働も頭脳労働も両方やっているはずです。それが大部分になったのですから、そういう社会では、ヴェイユが心配した頭脳労働と肉体労働をする人が分かれてしまって、頭脳労働をやる人が威張って肉体労働をする人がそれに従うという構図は壊れてしまったといえます。僕はそう思います。アメリカや日本、フランスなどだけをとってくれば、そうなっていると思います。

しかし、そうは問屋が卸さないことがあります。それはどういうことかというと、日本でも相当切実な問題になっています。フランスだともっと切実でしょう。肉体労働に携わる人は、だいたい外国人の労働者です。日本だと東南アジアやフィリピン・中近東など、そういうところから出稼ぎに来る人たちが肉体労働をやります。その代わり日本の労働者の大部分は、肉体労働もしますが肉体労働と頭脳労働が一緒に混合したようなところに従事します。両方とも純粋な肉体労働は、外国人の出稼ぎ労働者がやるというかたちになりつつあります。日本でもそうなりつつありますが、もちろん西欧でも大きな問題になっていて、じぶんの国の労働者の職場が奪われるから、反対だから追い払ってしまえという右翼的な人もいますし、そんなばかなことはない、人間はみんな同じなのだからどんどん受け入れるべきだという左翼的な人もいて、大もめにもめています。日本の場合も、潜在的にはたいへんいろいろな問題が生じてきて、もう少したつと社会問題や政治問題になるのではないかと思います。

確かに、先進的に進んでしまった一国をとってくればそういうふうになっていますが、肉体労働は東南アジアやフィリピンの人たちが代わりにやるということで、いっこうに構図は変わらないということになります。そういう意味では、ヴェイユが重工業を基礎とした社会の時代に考えたこと、頭脳労働と肉体労働の乖離は変わらないという考え方は、先進国の一国だけをとってくれば、それはそうでもない。大部分の人たちは頭脳労働と肉体労働の両方が入った労働に移りつつある。その補いはどこがつけるのかといったら、外国の労働者が補いをつけることになっています。

世界的な規模でいえば、依然としてヴェイユが考えた問題の解決はついていないと思いますし、一国だけでいえば、先進的な国ではヴェイユが考えたような危惧がある程度は解消してしまったことになると思います。ヴェイユの工場体験を通じて出てきた問題の延長線上における現在の実態だと云うことができます。それをどうやって解決するかという問題やどういうことが起こるかという問題は、これからのことになります。

もう少し規模を大きくすれば、先進的な国や先進的な地域は、どんどん高度な産業に移ります。

農業や漁業のように自然を対手にする産業はどんどん減っていって、その趨勢は止められないと思います。そうすると、世界全体でいえば、たとえばアジア地域やアフリカ地域の人たちが、農業や自然対手の産業に携わって世界中の食料をそこで供給し、先にいってしまった先進的な国では、農業はだんだんやる人が少なくなり、産業はだんだんサービス業や流通業などの第三次的な産業に移ってしまう。そういう不均衡は世界的な規模でも起こるだろうと思われますし、現に起こりつつあるともいえます。起こりつつあるものだから、先進諸国から資金を融通してもそれを返す目当てはないような状態で、世界的な規模でも、地域別にそういう不均衡が生じてきつつあります。

実質上それをどうするかはこれからきっと大きな課題になります。ヴェイユが工場で体験した精神労働と肉体労働、あるいは頭脳労働と肉体労働の区別は変わらないのではないか。どこまでいっても変わらなくて、平等にならないのではないかと考えていましたが、その考え方は、もっと規模を大きくして一国規模ではなく世界的に考えれば、いまもこれからも変わらずあると思います。それを解決する方途はなかなかなくて、先進的な地域に入ったところから無償で提供したり贈与するかたちをとる以外、この不均衡を破ることができないと思います。それほど世界的な規模で大問題になってきつつあります。

昨日申しあげたのですが、僕らは、ヴェイユが考えたような考え方をとらないで、国家は開けばいいんだという考え方をしています。開かなければいくらやってもだめだし、国家というのは開く以外にないのだと考えてきました。開くというのは、国家対国家の関係でいえば国境を開いてしまうことです。国内的な意味で国家を開くのは何かといったら、政府をつくっている頭脳的な部分が、直接無記名投票で大多数が反対だといったら政府は辞めなければならないという法律条項をひとつつくるということです。それをつくれば、国家は国民に対して開くことができます。

それは議会を経てではなくて、そのことだけに関していえば、無記名の国民投票で不信任になったら政府が辞めなければいけないという法律条項をつくれば、国家は開けます。それをどこまでやれるかが問題だと僕は考えてきました。しかしヴェイユはそうではなくて、頭脳労働と肉体労働との区別、差別を解消しないかぎり、どんなに理想的なことを政府がやろうとしても、絶対に支配と被支配、あるいは云うことを聞いて動かされる者と動かす者との区別・差別はなくなるわけがないと考えたのです。その問題は、いまも新しい国際的な大きな規模で依然としてあるので、どういうふうに解決するかは、これからあとに起こってくる問題です。

九割以上の人が中流意識を持つ日本

もうひとつ、ヴェイユが考えたことの延長で、現在云えることがあります。それは何かといいますと、アメリカや日本、フランスといった先進的なところでは、日本の場合をとりますと、九二年度で九一%の国民はじぶんは中流だという中流意識を持っています。つまり、九一%の人はじぶんを中流だと思っているのです。二年くらい前だったら八六%くらいでした。アメリカはたぶん八十何パーセント、九〇%近いパーセントがそういうふうになりますし、フランスは七十何パーセント。いずれにせよ、データをとると半分以上はじぶんたちは中流の生活をして中流意識を持っているというふうになっています。

中流意識ということは、その社会の中枢をじぶんは占めていると思うし、じぶんの生活は中くらいなので、特によくもないけど特に悪くもないから、社会の中枢の部分を占めているということです。文化的にも生活的にもそうだと思っている人が、日本の場合は九一％います。そうしたら、二〇世紀が終わる前後には日本の場合にはだいたい九九％の人が、中流意識を持っていることになります。それはいったい何を意味するのでしょうか。九九％の人が中流意識を持っていたなら、ヴェイユが一所懸命考えたことは全部解決してしまうことに等しいのではないかと云えば、云えそうです。

逆に云いますと、九九％の人がじぶんは中流だと思っている社会は、少し気味が悪いということになるかもしれません。そこは考えどころです。いずれにしろ、九九％の人たちが中流意識を持っている社会がやってくるということは自明で、近い将来にあるだろうと思われますが、そのときにはヴェイユが一所懸命考えた考え方がもう一度甦えるかもしれないと思います。

九九％の人が中流意識を持つというのはまことにおめでたいことで、この社会に文句はないという意味にも受け取れますし、冗談じゃないよ、九九％の人が中流意識を持つのは、ちょっと不気味でどこかおかしいのではないかとも思います。それは人間がおかしいのではなくて社会自体がおかしいのだということになるかもしれません。いずれともいま決しがたいのですが、その三通りのことになると思います。そのときには、ヴェイユが考えたことが本気で問題になるかもしれません。

僕らはきっとおだぶつだけど、皆さんはそういう現場に立ち遇わなければいけないでしょう。そのときにどう考えますか。まことにめでたい社会だと思うか、それとも不気味でおっかない社会だと思うか。それとも、人間のほうは思う必要がなくて社会がおかしいのだから、社会を病院に入れたらいいのではないですかとなるのか分かりません。とにかく、そこのところになったら相当真剣に考えなければいけない事態がやってくると思います。

ロシアで、レーニンから始まってスターリンみたいなのがやってきてというような、ヴェイユが相当苦労してそれに敵対して、それは間違っているとか嘘なんだと、ちっとも困っている人が解放されていない国家なんだとさかんに文句をつけていますが、そういう考え方自体が、すでに九九％が中流になったところに立ち遇うことはできないだろうと、僕には思えます。

そこのところで臨床的に立ち遇える考えがつくられる以外にないし、真剣に考える以外にないと思います。ヴェイユはいろいろなことを考えていますが、そのときにヴェイユの考えたいろいろなポイントを持ってきますと、ヴェイユというのはまことに見事な考え方をしています。ですから、全体像がどうということで、全体像は時代の刻印・制約を負わざるをえないでしょうが、ポイント、ポイントでヴェイユが考えて、これは正しいと思うものにたいしても一所懸命に異論を唱え、一所懸命考えてきたポイント、ポイントがあります。それはたぶん、僕の理解の仕方では、九九％の人がじぶんは中流であるといっている社会になったときに、どうしたらいいんだということの処方箋に、充分ヴェイユの考え方は耐えるのではないかと、僕には思われます。

そういうことが、ヴェイユが一所懸命考え、死にものぐるいで考えていったことのたいへん大きな意味だと僕には思えます。そこがとても重要で、いずれにせよ、十年なり十五年のうちにきちんと検討して捕まえていくと、そういうときに処方箋をつくれる考えをヴェイユは出していると思います。それはなかなか見事なもので、たいへんな力量のある思想家だったと思います。

ヴェイユの宗教思想

ヴェイユのもうひとつのポイントを持ってきますと、宗教思想です。ヴェイユの宗教思想はどういうところまで手が届いていたかということです。もちろん正統なカトリックの神学からいえば、きっとヴェイユの神についての考え方は異端だと思いますし、ヴェイユ自体もカトリックに入信してどこかの教会に属することは生涯しなかった人ですが、しいて系譜づければ、一種のカトリック系の思想になると思います。

ヴェイユの思想は、ある意味では非常に病的だといえます。現世の人間よりも神の世界のほうが重要なのだ。神の世界に比べれば、人間の世界などはそこから投影される影みたいなものなのだという考え方をとるわけで、そこで一種の転倒が起こります。人間は死の関門か労働の関門を通らないかぎり、神の世界に手を触れることはできないという考え方をとっていくので、ここらへんのところではヴェイユの宗教思想は病的になるのです。

じぶんでは、飛躍的な信仰というのはあまりとらないで、理性が納得しない信仰の仕方はしないと云っていますが、突き詰めていきますと、一種病的な考え方になっていきます。それは極端に突き詰めています。ただ、昨日も申しあげたのですが、ヴェイユが見事だと思えることはふたつあります。

ひとつはやはり、信仰についての一種の逆説に到達しているところです。ここに神を信じている人と神を信じていない人がいたとすると、どちらが神に近いかといったら、神を信じていない人のほうが神に近いのだとヴェイユは云っています。この逆説に到達するのはたいへんな力量です。

日本で云いますと、中世の親鸞というお坊さんがそういう逆説に到達しています。いまの言葉で云えば、「善人だって天国に行けるのだから、ましてや悪人は行けるのだ」と親鸞は云っています。それは一種の逆説です。そこへ到達するには善悪の問題と倫理の問題、それから何を信じるかという信仰の問題とを極限まで突き詰めていかないと、そういう逆説には到達しないと思います。

ヴェイユは徹底的にそれを突き詰めていますから、そういう逆説に到達します。僕はヨーロッパの宗教家を知らないのですが、日本の宗教家で優秀な人、たとえば親鸞もそうですが一遍もそういう言い方をしています。

一遍は一種の病気で病人ですから、人間は執着のあるものは全部捨ててしまって、無一物で生きて、家も持たなければ妻子も持たない、そういう生き方をする。執着があるものを全部捨ててしまえば、現世にいるまま来世（仏教で云えば浄土ですが）に行ける。現世を即浄土にするためには、執着あるものは全部捨ててしまえばいいという考え方をとります。もちろんじぶんはそれを実行して諸国を放浪して歩きますが、少し病気なのです。ただ、一遍は病気ですが、やはり一種の逆説に到達します。いちばん優れた信仰者は、妻子も持ち家も持ち、もちろん財産も持ちながら念仏浄土を信じることができる人だ。二番目に優れているのが、そこまでいかなくても、妻子を持って物質的な執着を持たないで、妻子だけを愛して念仏浄土を考えることができれば、それは中くらいの優れた信仰者だといえる。ただ、じぶんは優秀ではなく（仏教語では下根《げこん》というのですが）じぶんは下根だから、俺みたいなのが何か物を持っていると念仏浄土に近づけないから、じぶんは無執着で全部捨ててしまうのだと云っています。じぶんはだめだからそういうことをせざるをえないのだと云っているのです。

それも一種の逆説です。逆説のところまで、信仰とか、ヴェイユでは神の国、仏教で云えば浄土を考え詰めて考えると、ヴェイユは病気で病人だと思いますが、やはり一種の逆説に到達しているといえます。そこらへんまでだったら宗教思想としてたいへんな思想だと思いますが、半分は病人だと思って、真似しようとしても真似できないし、真似するのはお断りだよとなるのですが、ヴェイユが云っていることでわれわれを安心させたり、ある意味で内省させたり、あるいはある意味で鋭く突き刺したりを含めて、ヴェイユはそういうことを云っています。一般的にはたいへん安心させ、人々に安心を強いることです。

ヴェイユはこういうことを云っています。人間のやる仕事というのがあって、仕事のうち特に優れた仕事をやった人は、千年か二千年ある人間の歴史の中で、そういう人たちはそういう人たちなりの仕事の跡と名前はちゃんと歴史として残されている。しかし本当をいえば、それよりももっと向こうに、まるで深淵を隔てるように、もっと向こうの彼方に一種の無名の領域がある。

その無名の領域こそが、第一級の人たちが行く領域なのだ。それは無名であるがために、偶然、名前が残されることがあるかもしれないが、たいていは匿名で、だれがそういう人なのか分からないようにできている。しかし、人々が第一級の仕事を残していくと思っている人たちのはるか向こうに、深淵を隔てて、本当の意味の第一級の人たちが行く領域がある。それは無名・匿名だから、だれにも分からない。分かったとしても、偶然分かったくらいのものだ、という言い方をしています。それが、たぶんヴェイユの突き詰めた宗教思想のいちばん極限だと思います。

そこまで云った人は、少なくても僕が知っている宗教家ではいません。逆説でしか真理を云うことができないと云った宗教思想家はいます。たとえば親鸞もそういう逆説で、「善人すら浄土に行けるのだから、悪人だとなおさら行けるのだ」と云っています。同時に、じぶんは妙技があって、何か名を売りたくて人士を好むなりと云っています。人の師匠みたいな顔をするのを好んでいるのだという言い方で自己反省している和讃があります。親鸞でもそういうことは云っていますが、ヴェイユは、一級だとか偉大だと思われている人たちが本当の偉大ではない。その向こう側に本当に第一級のものがある。それは匿名で分からないのだという言い方をしています。

ヴェイユの思想は未来に耐えうるか

そのことは、われわれをたいへん慰めるものです。それは宗教や宗派の信仰者を慰めるものではなく、万人を慰めるものです。万人、だれでもの生き方を慰安するところがあります。それが、たぶんヴェイユが到達したいちばん極北にある到達点です。そういう到達の仕方をした人は、僕が知っているかぎりはいません。僕は信仰はありませんが、きっと信仰がある人はもっと違う受け止め方で感銘を受けるのではないかと思います。僕は、そういう言い方があるということは、とても癒されるところがあると思います。そこが、ヴェイユの偉大さのひとつの極限です。

ヴェイユを資質的に考えますと、僕なりの考え方でいけば、乳幼児のときの育ち方が相当惨憺たるものですから、やはり最後は惨憺たる、拒食症的なところに入って死んでしまうのです。自己抹殺の願望が非常に強い人で、個人的に、資質的にいったらたいへん悲劇的な人だったといえると思います。普通の人よりもはるかに悲劇的な人だったといえると思いますが、それは資質なので、その資質をどういうふうに越えていくかが人間の意味だとすれば、ヴェイユはじぶんの資質をどんどん越えていくところまで行った人だと思います。つまり、人間はここまで徹底的にはできないのではないかというくらい徹底したところまで行っていると思います。

これはまだ現在だけではなくて、これからの未来性がヴェイユの思想の中にあると考えられるとすれば、いま僕が申しあげた革命思想に関する部分と宗教思想に関する部分は、これから非常に生々しいかたちで生き返ってくると思います。先進国ではいまの既成の革命概念が無効に近づいてきつつありますが、そういうことを越えて、ヴェイユの考え方は、遠い未来はどうか分かりませんが、宗教思想と革命思想の両方の点で少なくても近未来には耐えますし、近未来で光を増すときがやってくるに違いないと僕には思えます。そういう点を芝居の上演の前座として申しあげられたら、僕の役目は済んだことになると思います。これで終わらせていただきます。

（一九九二年十二月二十日）

良寛について

(一) 僧としての良寛

今日は良寛の話というテーマを与えられました。僕が良寛について書いたりしたことがあるものですから、それでそういうテーマを選ばれたのだろうと思います。

皆さんが良寛についてどういうイメージを持っておられるか僕には分かりませんが、じぶんのことから類推して、良寛というと托鉢に行って、一日中托鉢を忘れて子どもと手毬をついて遊んでいたというイメージはきっと誰でも持っているのではないでしょうか。

もうひとつは、良寛は優れた書を書きます。良寛の優れた書と、軸がたくさん残っています。偽物が多いのですけれども、とにかく書がとてもうまい人だというイメージが多分どなたにもあるのではないかと思います。子どもと遊んでいる良寛のイメージと、書を書く良寛のイメージと、そのふたつを元にすれば良寛に入りやすいのではないかと思って、そのふたつの話をしたいと思います。

どういう生き方をしているかというと、良寛について書かれた本はたくさんありますし、良寛の郷土である新潟県に行きますと、郷土の偉人ですから、優れた、隠れた研究家がたくさんいます。僕はそこでお話をしたことがありますが、お前の考えは間違っているとか、たいへん教えていただいたことがあります。郷土の新潟県では、誰でも知っている人で、岩手県に行くと宮沢賢治を誰でも知っているのと同じように、良寛というと誰でも知っています。

新潟県というのは、幕末には河井継之助という長岡藩の家老がいて、最後まで官軍と戦ったという偉い家老です。あとは明治にいきまして北一輝がいます。それから現在にくると田中角栄、それが郷土の英雄です。その中で良寛は最も親しまれている人です。

作品でも、いろいろな良寛についての伝記も作品の解釈も、書についての解釈もありますけれども、僕は僕なりにやろうということで、子どもと遊ぶ良寛と書を書く良寛とを、ここでできるだけ良寛の作品だけ使って再現したいと思ってきました。托鉢に行って子どもに出遇って、手毬をついて一日中遊んでいたというのは本当だと思います。なぜかというと、そういう作品を良寛が作っていますから、多分それは本当です。

いくつかやっていきますけど、遊ぶ良寛ということで、皆さんもご存知の和歌をとってきます。

霞たつながき春日を子供らと手毬つきつゝこの日暮らしつ

など、手毬つきの歌。それから

いざ子供山べに行かむ桜見に明日ともいはゞ散りもこそせめ

という歌がある。それから、托鉢の鉢を忘れてきてしまったという和歌ですけど、

道の辺に菫摘みつゝ鉢の子を忘れてぞ来しあはれ鉢の子

という和歌があります。
今度は漢詩でその前後を要約したような漢詩を良寛は作っていますが、それをそこに書いておきました。

青陽　二月の初
物色　稍《やや》新鮮なり。
此の時　鉢盂《ほつう》を持し
得々として　市鄽《してん》に遊ぶ。
児童　忽ち我を見

欣然として　相将《ひき》いて来る。
我を要す　寺門の前
我を携へ　歩　遅々たり。
盂《はち》を白石の上に放ち
嚢《ふくろ》を　緑樹の枝に掛く。
此《ここ》に百草を闘わせ
此に毬児《きゆうじ》を打つ。
我打てば　渠《かれ》　且《しばらく》　歌い
我歌えば　渠《かれ》　之を打つ。
打去り　又　打来たって
時節の移るを知らず。
行人　我を顧みて笑う《わら》
何《なに》に因《よ》ってか　其れ此《かく》の如きと。
低頭して　伊《これ》に応《これ》えず
道《い》い得るとも　也《また》　何《い》かに似《に》せん。
箇中の意を知らんと要せば
元来　只《ただ》　這是《これこ》れ。

「嚢」というのは、ずだ袋でしょうね。托鉢のお坊さんが首に下げているものだとおもいます。「此に百草を闘わせ」、これは手毬ではありません。僕らが子どものころよく遊んだ、松葉の葉で、向うとこっちでひっかけてひっぱって切れたほうが負けだという遊びだと思います。

もうひとつは手毬です。「毬児を打つ」、「毬児」というのは毬ということだと思います。「毬児を打つ」というのは、日本語で云えば突くです。漢詩ですから「打つ」になっています。「渠」というのは子どもです。「我歌えば渠之を打つ　打去り又打来たって　時節の移るを知らず」、時がたつのを知らなかった。その日暮しということだと思います。

「行人　我を顧みて……」というのは難しくはないと思いますけど、村の通りがかりの人が子どもと遊んでいるじぶんを見て、笑って、あいつは一体どういうわけで子どもと遊んだりしているんだと云った。「低頭して」というのは、うつむいてということだと思いますが、じぶんはうつむいてこれに応えない、黙っていた。何かいうとしても、どういうことを云ったらいいのだ、云うことなどなにもない、ということだと思います。

「箇中の意を知らんと要せば」、そのときのじぶんの気持ち、心に思っていることを云うとすれば、元来から、これはこれだけのことだとしか云えない、そう云っていると思います。

終わりの二、三行は、良寛にしてみれば、じぶんの禅の境地を云いたいのだろうと思います。しかし何も云いようがないということだと思います。

これを見ますと、手毬をついて、ついたまま托鉢も忘れて、子どもと遊んでその日が暮れてしまったというのは、じぶんが作っているのですから本当だと思われます。しかし、本当ですけれども、皆さんがごじぶんでお考えになればすぐにわかると思いますけれども、だから良寛という人は子どものように邪気のない人だったのだと理解するのは、僕の理解の仕方では少し間違いであるような気がします。

それは、皆さんが、何か用事があって東京に出て行って、用事を忘れて映画を見てしまったでもいいし、子どもと遊んでしまったでもいいのですけれども、そういうふうな心の動き方はなかなか一筋縄ではないだろうなと思われます。

ですから、子どもといろんなことを忘れてしまって遊んで、その日が終わってしまったという良寛の遊び方は、楽しくて遊ぶということがひとつ確実にあるわけですけれども、もういくつか考えてみれば、良寛にとって子どもと遊ぶということと、托鉢して食べ物をもらったり、時にはお金を喜捨《きしゃ》してもらったりということでしょうけれども、そういうことと、遊ばない村人たちの生活というものに対比させれば、そういうものが良寛にとっては、全部同じだけの重さだったということがひとつ云えそうです。

つまり、そういう生活というのは普通の人にはできないわけですけれども、少なくとも子どもと出遇って手毬をついたりして、托鉢を忘れてしまうという生活の仕方の中には、そういう生活を選べることあるいは選ぶこと自体がひとつのたいへんな意味というか無意味というか、どちらでも云えそうな気がします。

けれどもたいへん大きな意味、あるいは無意味さを持っていて、普通の人の生活が意味ある生活だとすれば、無意味な生活、あるいは無意味だからまた意味ある生活だということが云えそうな気がします。ですから、良寛にとってはそういうことは全部同じです。子どもと遊ぶことも、托鉢することも全部同じ重さとしてあったと考えると、とても考えやすいのではないかと云えそうな気がします。

それからもうひとつは、良寛は、出家して禅宗（曹洞宗）のお坊さんとして、九年か十年修行をしています。修行をして、印可（認可）を得ています。つまり、お前は一人前というか、禅宗のお坊さんとして一個独立した、きちんとした修行を積んだお坊さんであるという免許証のようなものです。その印可を受けています。

ですから、禅宗のお坊さんとして、一人前の、一個独立の師家であるという資格をもらっています。もっと云うと、良寛は岡山県の円通寺という曹洞宗の非常に名のあるお寺で修行をします。良寛の直接の師匠は国仙という人で、国仙も、近世（江戸時代）では指折りの優れた禅僧でした。良寛はその人の下で九年か十年修行して、大愚という道号をもらっています。例えば曹洞宗の元祖である道元は、「永平道元」といいます。永平という道号を持っているわけです。それと同じように大愚という道号を、印可を受けた時に師匠の国仙からもらっています。

ところで、それも良寛の詩によく書いていますけども、良寛は、大愚と師匠から云われているように、相当「愚」ということに徹した人でした。じぶんの資質というか、子どもの時からの性質・性格として、無意識のうちに愚かさというか抜けているところというか、テンポの遅いところを本当に持っていたということです。十年間の修行でそのことをじぶんで意識したり、またそれを壊したりということをやっています。それで、大愚という呼び名をもらいました。

これは、たいそう愚かなという普通の意味とはちょっと違います。それはきちんとした禅宗の一個の師家として、大愚という呼び名をもらっているということなのであって、それは愚かさというものは自然に持っているじぶんの愚かさとかじぶんのテンポの遅さというものだけで、そういう道号をもらうことはできないのです。じぶんの資質がそういうものであったとしたなら、じぶんが十年間修行してそれを壊したり、壊して鋭くなってみたり、またそれを壊してみたり、またそれを凝縮してみたりということを、意識して修練して、そして一個の禅僧だと認められたということを意味しています。そういう意味で子どもと手毬をついて遊んで、托鉢することも忘れて一日中遊び暮らしたという意味は、ただのん気な性格で、子どものような人だったからそうだというふうに理解することはできないのです。

そうには違いないのですけど、それはそういうじぶんを壊したり、またはそれを作り上げたりということを何回も何回も内面的に練りに練って、そしてそこに達しているわけですから、たぶん子どもと遊んだという歌やそうやって一日中暮らしてしまったという詩も、良寛は何気なくそれを表現して、そして後世の人たちはそれを子どものような人だ、無邪気な人だったのだというくらいに受け取っているかもしれませんけれども、僕はそう思いません。

それは、たいへん無邪気でもあり、またちょっと抜けたところというかテンポの遅いところもある人だったでしょうけれども、それをまた何度も壊したり、また作ったりということをやって修練して、意識してそうなのか、無意識でそうなのか分からないところまでじぶんを作り上げていった、そういう良寛が子どもと手毬をつきながら遊んでいるのだと理解することがいちばん近い理解の仕方だと思われます。ですから、そこまで理解していけばよろしいのではないかと思います。もう少し後になって、もう少し何か云わなければいけないかと思いますから、先にいきます。

では、良寛はどういう生活をしていたのかということを、また、良寛の和歌とか漢詩で再現していきます。まず日常、行乞《ぎょうこつ》をします。托鉢です。村里へ出て行って、村の人から、その家のところに立ってお米をもらったり、食べ物をもらったり、時にはお金をもらうこともあるでしょうけど、そういう喜捨を受けて生活するということが、日常の生活です。それは、

飯乞《いひ》ふと我来《われ》にければこの園の萩の盛りに会ひにけるかも

という、これは托鉢に行った途中で、萩の花の盛りに出遇ったという和歌です。

この行乞というのは何かというと、これは特に禅宗の場合そうですけど、お坊さんにとっては必須の条件です。それをしなければお坊さんの資格はないというくらいに必須です。じぶんで耕して食べるのではなくて、村人からお米を乞うて、それをもらってくることがどうして必須条件かということになりますが、それは僧侶というのは一体何者なのだ。僧侶というのはどうあればいいのかという問題とかかわってきます。

特に曹洞宗の、始祖である永平道元の考え方がそうですけど、一日ただ坐れという考え方です。ただ座禅しろという考え方です。他のことは何もしなくてもいい。食べることも本当はしなくてもいい。二十四時間ひたすら坐れということが道元の考え方です。なぜそうかというと、ひたすら坐って、座禅して坐っているその姿、そのこと、それ自体が仏というものの姿なのだ。要するにじぶんが仏になるということはどういうことなのか。あるいは仏に学ぶということはどういうことなのかというと、そうなればいいだろうということなのです。

ですから、坐ればいい。そしてほかのことは何もするな。何か人のためにいいことをしようとか、土木工事をして、橋を造ったり、田んぼを耕したり、そんなことは一切いらないというのが道元の考え方です。そんなことはどうでもいいのだ。それからまた、人のために奉仕するなどということもどうでもいいことだ。ただ二十四時間ひたすら坐れ。もしできるなら食べることもやめてしまえ。坐れ、その姿自体が仏である。仏の姿をじぶんで体現するわけだから、それ以上のことは何もないし何もいらないというのが、良寛が学んだ曹洞宗の考え方の基礎です。

そうすると僧侶とは一体何なのだ。二十四時間坐っているということで、終わりかということになるのです。絶えずじぶんの場所というものを確かめていないといけないということが、ただひとつ僧侶にはあるわけです。特に、道元などの曹洞宗の考え方ではそうです。つまり、じぶんの場所を絶えず確かめていなければいけない。じぶんはただ二十四時間、極端に云えば坐っているだけだ。その他は何もしなくていいし、何もする必要もない。なぜならそれは仏なのだから。

そうすると、それと村の毎日働いて、耕し、生活をしている人たちと比べて、どういう場所にいるかということを確かめる手段は、坊さんのほうからはないわけです。それはただひとつ村人に食べ物をくださいという、喜捨を乞うという行為しか比べることができない、比べる方法を持っていないということです。ですから托鉢するということは必須条件だということになります。

そうやって、薬をのむことと同じで、かろうじてというか最小限生きられるというか、明日も生きられるだけのお米をとにかく村人からもらって、そのもらったもので生きなさいということなのです。それを生きることで、じぶんが坊さんだと、二十四時間坐っているだけでいいのだ、何もしなくてもいいという、そういうじぶんの行為が村人に対して何であるか、村人と比べて何であるかということを確かめる唯一の方法であるし、村人とつながる唯一の方法なのです。

ですから、じぶんで耕すというのではなくて、とにかくもらわなくてはいけない。しかもただでもらわなくてはいけないということなのです。ただでもらうということは、それ以外のことなどじぶんがゆとりありませんということで、じぶんはただ二十四時間坐っているだけです。本当なら食べなくてもいいのだけれども、食べることを最小限にして坐っているだけですという、それが本来のじぶんの姿ですから、ただでもらってくるという行為以外に村人たち、つまり一般的に、今日も働いて、明日も働くという人とつながっている、つながる道がないし、またそれに対してじぶんの占めている場所を確かめる手段がないので、この托鉢に行くということが、必須条件なわけです。それは毎日のようにするのです。でも時として、食べるものを乞うことを忘れて、子どもと遊んでいて、そのまま帰ってしまうという時もあるのだということだと思います。

お祭りや何かになって、お祭りの人たち、村の人たちに交じって踊ったり何かということもし

ています。それは、

風は清し月はさやけしいざ共に踊《をど》り明かさむ老《おい》の名残りに

という、これは踊りあかさむということは、村人であったり村人のグループであったりということで、それと一緒にということだと思います。

それからあとはどういうところに住処を定めるかということですけれども、良寛の場合は、新潟県の弥彦山の端のほうに国上山《くがみやま》という山がありますけど、そこの中腹のところに庵を結んで、それから二回くらい住む場所を移しています。村里の近くにという時もありますし、また村人の屋敷方にということもありましたけれども、国上山の中腹のところの草庵、五合庵がいちばん知られています。

いざこゝにわが身は老《おい》む足ひきの国上の山の森の下蔭

という和歌があります。もっとたくさんありますけれどもひとつとってみました。それが良寛の住居です。そういうところに住んで、山を下って行って村へ来て托鉢をしてお米をもらってまた帰って行くという、そのくり返しの生活です。

病気のことも歌われています。

埋《うづ》み火に脚さしくべて臥《ふ》せれども今度《こたび》の寒さ腹に透《とほ》りぬ

という和歌があります。その前に、

言《こと》に出でていへば易《やす》けり瀉《くだ》り腹《ばら》まことその身はいや堪へがたし

下痢で耐え難いほど痛くて苦しくて仕方ないという和歌です。お医者さんなら分かるでしょうけれども、良寛は直腸がんとかそういうので死んだのではないかと思われます。あるいは神経性なのかも分かりませんが、とにかく下痢が良寛の持病です。下痢にはものすごく苦しんで、晩年死ぬ時は多分それで死んでいます。

ですから、そういうじぶんの日常の下痢の苦しさとか、足をぬるいところにさしかけて寝ているのだけど、寒さが腹にしみて仕方ないという、新潟県の山の中腹で、粗末な草庵だから寒くて仕方がないというところにいたのだと思います。ですからそういう和歌を作ります。この下痢は持病になって、やがて死病になった病気です。ですから、良寛という人は、たえずそういう持病に苦しめられて生活していた人なのです。

悩みの和歌というものもあります。それは、

むらぎもの心をやらむ方《かた》ぞなきあふさきるさに思ひみだれて

これだけ読むと恋愛の和歌のように思えます。この「きるさ」というのは「来るさ」だと思います。やって来る人に会うにつけ、やって来る人を見るにつけ、じぶんの心は思い乱れて悩むのだという詩だと思います。

一見すると恋愛のように思われますけれども、恋愛ということで良寛には唯一知られていることがあります。晩年近くに貞心尼という尼さんがいますけど、その尼さんが良寛の和歌やその他のお弟子さんになって、晩年の良寛の庵に時々訪れていたということが分かっています。それは一種の恋愛感情といえば恋愛感情ですけど、それはとてもよく分かっていますから、それかと思うのですけれども、他にもそういうことがいい知れぬことであったのかもしれません。そこは分かりませんけれども、いずれにせよ悩みの和歌というものを作っております。

今度は和歌ではなくて漢詩でやってみましょう。これはじぶんの性格をじぶんで総括しているわけですけれども、

無能の生涯作《な》す所無く
国上《くがみ》の山巓《さんてん》に此身を托す。
他日交情もし相問わば
山田の僧都《そうづ》これ同参《どうさん》。

じぶんの生涯は無能な人間の生涯であって、何もなすことなく、国上山の頂に庵を結んでそこで生きていく。ある時、知り合いの者が、あいつは何をしているのだ、どういう生活をしているのだと聞くことがあったら、じぶんは山田の僧都を（「同参」というのは修行の仲間とか修行の同胞ということでしょう）じぶんの修行の仲間として暮らしているというふうに答えるという意味になると思います。

山田の僧都というのは、理解の仕方がふたつあって、ひとつは山田のかかしの例えだという言われ方がされています。もうひとつは喜撰法師という百人一首にも歌がある坊さんですけれども、そのことだという解釈の仕方もあります。いずれの解釈をとっても、じぶんは無能でなすところもなく、国上の山のところに庵を結んで生きているということだと思います。無能というふうにじぶんを云っていますけど、この無能という言い方もたぶんふたつの意味があって、ひとつは本当に無能だと思っていたと思います。それからもうひとつはじぶんの無能さということを何回も考えては壊したり、また考えては壊したりというふうにやった揚げ句の無能という意味だと思います。そういう意味で使っていると思います。

例えば、良寛がいた岡山ですけれども、円通寺は国仙がお寺の和尚さんでした。そこで良寛は十年間修行して一人前の師家としての認可を受けたわけです。そうすると、もしも良寛が禅僧としての一人前というか、きちんとした独立した資格・境地を獲得しているわけですから、それは云うことはないわけですけど、もし良寛に行政的手腕というか、お寺を統括していく能力があれば、円通寺は、曹洞宗からしてみれば名刹で、著名なお寺ですから、いろいろな意味で、円通寺の和尚さんになるということは、曹洞宗の偉いお坊さんになるということと同じことだと思います。もし良寛にお寺の行政的なこと、日常的なことを処理する能力があったら、当然、国仙が死んだ時に、良寛がその後を継いで円通寺の師家・和尚さんになることが順序だということになります。

ところが、良寛は無能とじぶんでは云っていますし、また国仙からは大愚という呼び名をもらったということからも分かりますけれども、良寛には行政的手腕というか、いろいろなお寺のしきたりとか行事とかいろいろあります。それから本山からのいろいろな指令もあるわけですけど、それをどのように実行したらよいかとか、そういうことが仕事としてあるわけですけど、たぶん良寛にはそういうことに対する能力が欠けていたのだと思います。

そういう能力がないということは、決してお坊さんとして、僧侶としての境地が低いことでもないし、駄目なことでも何でもないのですけど、それがなかったら一宗派の偉いお坊さんというふうにはならないのです。そういう意味で残念ながら良寛の名が後世に残っているのは曹洞宗の師家として、和尚としての名前ではないのです。

良寛が他のことで著名になってきたものですから、曹洞宗でも、わが宗の偉大な人ということで、最近はそういうことになっていますけど、本当は師家としての良寛がそういう意味では、曹洞宗の名だたる僧侶ということではなかったのです。

良寛が、国仙が死んだ時に、本山から玄透即中《げんとうそくちゅう》という、これも近世に名だたる著名な禅宗の坊さんが本山からやってきて、国仙の後を継いで円通寺の和尚になります。

良寛は、玄透即中がやって来たからお寺を出たのか、あるいはやって来る前に出たのかそこは分からないところですけど、国仙が死んだ後、玄透即中が後を継ぐ前後にお寺を出て、故郷へ帰ってきます。そういうことでじぶんの資質というか、事務的無能力というか、そういうことも含めて無能の生涯とじぶんを云っていると思います。

そして故郷へ帰って来ます。故郷へ帰ってこの国上山に庵を結びますが、その庵に住んだ時、どういう生活だったかを総括している漢詩があります。それをひとつだけ書いておきました。

策《つえ》を杖《つ》いて且《しばら》く独《ひと》り行《ゆ》き
行きて北山《きたやま》の陲《ほとり》に至る。
松柏千古の外《そと》
竟日《きょうじつ》 悲風吹く。
下に陳死《ちんし》の人有り
長夜何の期する所ぞ。
狐狸《こり》幽草《ゆうそう》に蔵《かく》れ
鴟鴞《しきよう》寒枝《かんし》に啼く。
千秋万歳の後
阿誰《たれ》か茲《ここ》に帰せざらん。

彷徨《ほうこう》去るに忍びず
凄其《せいき》 涙《なみだ》衣を沾《うるお》す。

風が吹いて、松や柏の葉が風に悲しそうに鳴っている。

「下に陳死の人有り　長夜何の期する所ぞ」というのは、この松や柏が生えているその下は昔の死んだ人のお墓になっていて、それが埋まっている、ということだと思います。長夜というのは、黄泉路《よみじ》だと思います。黄泉路を死んで歩きながら何をしようとしているのだろうか。

「狐狸幽草に蔵れ」、狐や狸が草むらに隠れてキョロキョロしていたり、「鴟鴞寒枝に啼く」、ふくろうが枯れた枝のうえで鳴いている。

「千秋万歳の後　誰かここに帰せざらん」、長い長い年月がたった後に、誰か松や柏の下に埋まって死なないという人がいるだろうか。

「彷徨去るに忍びず　凄其涙衣を沾す」、そういうことを考えて、立ち去る気になれないでこの辺りをさまよいながら涙を流したという漢詩だと思います。

これは良寛が、托鉢に行って子どもと遊んだりというようなことが、良寛の愉快な日だと考えれば、良寛がとてもうつ状態だったというか、沈んでいた時に作った詩だと思います。これがだいたい良寛が草庵の中で生活していた、生活の中での出来事のほとんどすべてだと思います。こういうことをしながら良寛は生活しています。それからこういうことを考えたりしていたのだということになると思います。

ところで、今までもお話しましたけど、良寛は少年の時に国仙という円通寺の和尚さんに出遇います。国仙が諸国へ修行に出ていて、たまたま良寛の故郷である越後の国（今の新潟県です）出雲崎の禅宗のお寺に立ち寄ったことがあります。良寛もそのお寺へ行きまして、国仙に頼んでじぶんを出家させてくれないかと云って、出家を遂げたのです。それで国仙の後について行って、円通寺へ行って、九年か十年間修行したということになっています。

良寛は出雲崎の、今で云えば村長さんとか町長さんですけれども、出雲崎の名主の家の長男に生まれています。長男ですけれども、村の町長とか村長という形でもって、村人の政治をつかさどることが苦手な少年だったわけで、それできっと出家の志のようなものを遂げたのだと思います。

良寛は、それを漢詩に作っています。少年期・青年期ですけれども、

尋思《じんし》す少年の日
吁嗟《うさ》あるを知らず。
好んで黄鵝《こうが》の衫《さん》を着け
能く白鼻の騧《りゅう》に騎《の》る。
朝《あした》に新豊《しんぽう》の酒を買い
暮に河陽の花を看《み》る。

帰り来たる知らず何《いずれ》の処ぞ
直《ただち》に指さす莫愁《ばくしゅう》の家。

という漢詩を作っています。

少年の日を思い出してみると、じぶんはその時恵まれた生活をしていて、愁いなど何もなかった。好んで黄色い薄い上着を着て（しゃれた着物を着てということでしょう）鼻の白い馬に乗っていた。朝にはお酒を買いに行って飲み、夕方には川辺の花（これは桃の花）を見に行ったりして遊んでいた。帰っていくのはどこかというと、家ではなくて莫愁の家（今で云うと芸者さんのところだと思います）、そういう生活をしていた。そういう詩を作っています。だから、確実にそういう生活をしていたのだと思います。

出家以前の良寛という人は、恵まれた村長の家の長男で、お金に不自由しないで、遊び歩いて酒を飲んだり、花見をしたりというように遊び歩いていて放蕩三昧だった。家になどなかなか帰って来ないで、娼家というか芸者さんの家といいましょうか、そういうところに行って泊まって遊んでいたという詩です。多分そうだったのだろうと思います。学問というか本はよく読む人だったと思いますが、その他のことで云えば、たいへんのんびりした放蕩三昧に近い、恵まれた生活をしていたということだと思います。

ところで、国仙がやって来た時に出家しますけれども、出家のことも詩に歌っています。

少年父を捨てて他国に走り
辛苦虎を画《えが》いて猫にも成らず。
人あってもし箇中《こちゆう》の意を問わば
箇《こ》は是れ従来の栄蔵生。

栄蔵というのは子どもの時の良寛の名前です。ですからこれは、少年の時に父を捨てて、国仙の後をくっついて他国に出家して修行に出て行ってしまった。じぶんの主観的な気持ちでは、辛苦して優れた偉い坊さんになろうと思って行った。それは虎になろうと思って行ったわけだけど、猫にもならないで帰ってきてしまったとじぶんのことを云っているのです。人が、もしお前の真の気持ちはどうなんだと聞かれたら、昔、子どものとき栄蔵と呼ばれていた時の昔のままのじぶんとちっとも変わらない、同じだよとじぶんは答えるだろうという詩だと思います。

ことごとくそうですけれども、「大愚」とか「無能の生涯」とか、虎になろうとしたけれども猫にもならないでじぶんは終わってしまったという、これは一種の挫折感というか、それが良寛の生涯につきまとって離れなかったものです。

僕らはそんなことはよく分かりませんが、和歌とか漢詩からは、小説でもないし、近代小説でもないですから、心理の奥の奥までを探ろうと思ってもなかなか探れないのです。それでもこういうややこしい言葉の中からかすかににおってくる良寛があります。そのにおいは、良寛は一種の人間悲劇というか人格悲劇というか、人格的にとても悲劇的だったと思います。今の言葉で云えば、あまり頑張ることができない人だったと思います。

物事を順序どおりに処理して、計画して、生活するということ、またそういうふうにして人の上に立つとかということが、まったく苦手な人だったと思います。それはある意味で、とても悲しい資質というか性格だと云えると思います。良寛にはたえず、そういうじぶんの悲しい性格に対する思いがいつでもあります。そのためにじぶんは禅宗の坊さんになって修行をして、一個の師家としての認可を受けたのだけれども、お寺をつかさどっていって、ゆくゆくは永平寺の、一宗の大和尚になるということはとうとうできなかった。

なぜできなかったのかといえば、じぶんにはそういう行政的手腕みたいなことは性格的にできなくて、そういうふうになれなかったという思いが、良寛の一生につきまとっています。

このことは、良寛が必ずしも禅宗の僧侶としての境地が駄目だったということを意味していません。僕らの云っている、書だけで云ってはいけないのですけど、書などで判断すると、禅宗のお坊さんというのはいろいろな書を残しています。一休などもそうですけど、いろいろな書を残していますけど、良寛の書のほうがはるかに境地がいい、高いと思います。

ですから、そういう意味で、禅宗のお坊さんとして境地が低いということを意味しないのですけど、今もそうであるように、徳川時代でもそうであって、何か事務的な処理能力がなければ、後世、大僧侶だ、名僧だと云われる僧侶にはなれないことになっています。

僧侶には、そんなことはいらないはずなのだけど、しかし最小限そういう才能がなかったらなれないのです。良寛には徹頭徹尾、ほんの少しもそういう意味の才能がなかったのだと思います。それはある意味で悲しいこと、絶えず悲しい目にあったということを意味しているような気がします。それがまた良寛を良寛たらしめたということになるのではないかと思います。

良寛は、決して子どもとむやみに遊んでいるという時の良寛だけが良寛ということでもないのであって、良寛の性格はかなり複雑であり、また悲劇的です。つまり直しようがないのだというか、仕方ないのだというか、頑張れないのだというか、いわゆる普通に云われる頑張りということはできないのだという性格の持ち主だったと考えるととても考えやすいような気がします。

修行時代のことを云っているものがあります。その辺を見るととてもよく分かります。

憶《おも》う円通に在りし時
恒《つね》に吾が道の孤《こ》なるを歎ぜしことを。
柴《しば》を運んで龐公《ほうこう》を懐《おも》い
碓《うす》を踏《ふ》んで老盧《ろうろ》を思う。
入室《にっしつ》敢《あえて》　後《おく》るるに非《あら》ず
朝《ちょう》　参《さん》常に徒《と》に先んず。
一たび席を散じてより
悠々たり三十年。

山海中州を隔《へだ》て
消息人の伝うるなし。
恩に感じ終《つい》に涙あり
之《これ》を寄す水の潺湲《せんかん》たるに。

円通寺にいた時ということです。いつも、じぶんは孤独な道を行っていると絶えず感じていた。

「龐公」というのは、中国の禅宗の偉いお坊さんです。

「入室敢後るるに非ず」、というのは、公案を与えられたりすると、公案を解いて、解けたと思ったら和尚さんの部屋へ行って問答をする。まだ、そんな答えではだめだと、追い返されてまた修行する、ということだと思います。そういう場合、人に後れたことはないと、つまり、自信のほどを云っているのだと思います。

「朝参常に徒に先んず」、というのは、朝の修行に参ずるばあい、いつでも仲間より先にいった、ということでしょう。

「一たび席を散じてより　悠々たり三十年」、というのは、円通寺を出てしまって、禅宗の師家としては違う道を行ってから悠々として三十年過ぎた、と云っています。

「山海中州を隔てて　消息人の伝うるなし」、というのは、円通寺といまじぶんのいる新潟のあいだを山や海がへだてていて、円通寺の消息はじぶんのところへなかなか伝わってこない、と云っています。

「恩に感じ終に涙あり　之を寄す水の潺湲たるに」、円通寺にいた時の仲間や和尚さんたちの恩を思えば涙が出てくる、水がこんこんと流れているのはそういう思いとおなじだ、と云っています。

よく云っていると思いますけれども、この詩を見ると、良寛が禅宗の僧侶としての修行において、人に後れたことはないのだという、良寛の一種の自負もこの中には入っていると思います。それが円通寺にいた時のじぶんだということを云っていると思います。

それからまた円通寺を出た後、故郷へ帰ってからの生活についても詩を書いています。

白蓮《びやくれん》精舎《しようじや》の会《え》を出でしより
騰《とう》々兀《ごつ》々此の身を送る。
一枝の烏藤《うとう》長く相随い
七斤《しちきん》の布衫《ふさん》破れて烟《けむり》の如し。
幽窓《ゆうそう》雨を聞く草庵の夜。
大道毬を打つ百花の春。
前途客有ってもし相《あひ》問わば
我は是《こ》れ昇平の一閑人。

「白蓮精舎の会を出でしより」、円通寺の修行のお寺を出てからということです。

「騰々兀々此の身を送る」、悠々とこの身を送っている。

「一枝の烏藤長く相随い」、藤の木で作った杖をいつでもじぶんは持っている。

「七斤の布衫破れて烟の如し」、七つの布で作ったお坊さんの上着が破れて煙のようになってしまっている。

「幽窓雨を聞く草庵の夜　大道毬を打つ百花の春」、子どもたちと手毬を突きながらいくつもの春を過ぎた。

「前途客有ってもし相問わば　我は是れ昇平の一閑人」、どこかへ行ったとき、だれかよその人が、あなたどうしていますか、と聞かれたら、じぶんは太平の世の一人の閑人なのだと答える、そういう漢詩を書いています。


これがお寺を出て国上の山に帰ってきてからのじぶんの生活の仕方を、詩を通じて述べているところです。この種の漢詩は、人間の心理というようなものまではなかなか伝わってきませんから、そういうものが分かりにくいのですけれども、しかし推察を働かせれば、良寛がじぶんの生活をじぶんでどう考えているかということが何となく分かるような気がします。

これをどこまでどういうふうに再現したらいいのか、どこまで再現してしまったら再現のしすぎなのかということは、なかなか分からないところです。たくさんの人たちが良寛の伝記を書いていますし、また良寛を主題に小説を書いていたりしますから、もし皆さんがご覧になれば、いろいろな人たちが良寛という人をどのようにイメージして描いているかが分かると思います。

しかしながら、良寛自身が、じぶんをどう描いているのかというと、このような形でじぶんを描いているということ以上のことは、良寛自身は描いてはいないのです。良寛という人がどういう人だったかということを再現するために、この程度の詩の作品しか、挙げておりませんけど、いくつかありますからそのいくつかを元にして良寛の生涯を再現するほかはないのです。その再現の仕方は、たぶん読んだ人の気持ちにしたがって、少しずつ違うのだと思います。

ですから良寛を、無邪気で子どもとよく遊んで、遊ぶと他のことをみな忘れてしまってというような良寛像もありますし、そうではなくて、良寛という人はかなり複雑な性格の持ち主で、それからまた近代的な意味で云えば、性格悲劇を持った人で、生涯、じぶんの生き方に対して一種の挫折感を持って抱いて、それを去らなかった人だという見方もできます。その再現の仕方は、人によって違うので、それもまたさまざまな解釈を許すということになります。

どうしてかというと、元々こういう和歌とか漢詩というもの、東洋の詩歌というものは、心理主義的ではないですから、なかなかそこからどういう心理を持って、心理の動き方をしていたのかというところまでは、つかまえてくることは難しいし、またそれは読む人の個人的な考え方に委ねられてしまいますから、さまざまな再現の仕方ができるのだと思われます。そこで良寛のだいたい一生の暮らし方、それから子どもと手毬をついて遊んでいる良寛というイメージが、なぜ良寛というとつきまとってくるのかという根拠あるいは理由というものは、だいたいこういうところから推察することができると思います。

(二) 良寛の書

ところで、もうひとつ、良寛は、書がうまい人だという言われ方があります。また良寛の書がいいという人もいます。これは、何となく誰にでも伝わっているし、雑誌などでも写真で見かけることも数多いのです。良寛の書は、一体どういうものなのか申しあげてみたいと思います。

いろいろなことが云えますが、例えば、日本で書が優れている、また後に三筆と云われた人たち、いろいろ優れた書家というか、書を書く人がいます。空海とか嵯峨天皇という人がそうです。ところで、これは人の主観によりますが、良寛の書は、もしかすると空海などよりずっと上なのではないかという気がします。これはその人の好みになりますからどうしようもないと云えばどうしようもないのですけれども。中国の非常に優れた書家がいます。王羲之とか顔真卿とかいろいろいますけど、そういう人たちと比べて日本でいい書を書く人がいるかと云ったら、空海がいいという人もいるかもしれないけど、もしかすると良寛の書ならばそれと比べられるよということになるのかもしれないくらい、優れた書家だと思っています。

良寛の書とは何なのか、ということを少しだけ立ち入って申しあげてみたいと思います。書というものは一般的にどういうふうに見たらいいのかということがあります。これは書家に聞かなければいけないわけだし、専門の書家はまた専門の書家としていろいろなことを云ってくれると思いますけれども、僕は書というものはどういうふうに理解していったらいいのか、特に良寛の書などはそうですけれども、どのように理解していったらいいのかということを、僕なりの理解の筋道の中に良寛を入れて申しあげていきます。

まず、書というものは、いちばんいい詩を、例えを使いますと、書の紙というか布というか……

［テープ反転中断］

……布というのは自然なんだと、そこに何か文字を書き連ねることになります。それが書だということになります。文字を書き連ねることと、絵を描き連ねることとは何が違うかというと、例えば水墨画は墨で書くわけですけれども、何が違うかというと、文字の場合には一字一字に意味があるわけです。一字一字に意味があってつながっている、それを書くわけです。

水墨画の場合には、ただ景物もそこにひとつの模写というか、あるいは象徴というものがやってきますけど、それに対して書はそこに文字がやってきます。文字には続きがあって、文字の続きということは意味の続きを意味します。ですからそこだけが、文字の意味するものというものだけが書は違うわけです。

それと良寛の書は、細い線が多いのですけれども、それをどういうふうに考えたらいいか。良寛がもし良寛という存在自体を、じぶんで消したいと思ったなら、その背景の紙とか布とかには何も書けないというように考えていきます。そうすると、良寛はじぶんの存在の跡のようなものを、かすかに自然の中に浮かびあがらせようとしていると考えたとすると、それがたぶん良寛の書を理解するのにはいちばんいい理解の仕方ではないかと僕には思われます。

自然の中に、何か痕跡を残したいのだ。それで痕跡を残したいという場合に、われわれだったら、できるだけ力を入れて大きくぶったくるように塗りたくって、ほらここに、おれは確固としてこの自然の中に存在しているぞというようにやりたいわけですけど、良寛の場合に、それはむしろ自然の中に同化してしまって、じぶんは本当はゼロにしたい、空白にしてしまいたい。空白にしてしまいたければ、背景は紙とか布とか何も書くものは要らないのです。

ところが、そこにかすかにじぶんが自然の中に、自然からはみ出してというか、大部分の身体が自然の中に全部同化してしまっているのだけど、ちょっと頭の先か手の先かわかりませんけれども、かすかに痕跡だけはじぶんが自然の中からはみ出しているものがあって、それがじぶんの存在なのだということを良寛が示したいと考えたなら、良寛のような細い線の、流れるようなこういう書（次頁「月はよし風はきよけし……」）になるのではないかと理解していくと、とても理解しやすいのだと僕には思われます。つまり良寛の書というものはよく見るととても音楽的だとか、滞ることなく流れるような書で、リズムがあるとかいう言われ方をよくします。書家の書いたものを読むとそういう言い方をしています。

しかし、僕は一個の批評家ですから、そういう言われ方は、結果論にすぎないと思います。書は書かれてここにあるから、それについてあるものを眺めて、そういうふうに結果的に思えるということで、これは結果論にすぎないのです。ですからそれは本当の批評にはならないのです。本当の批評というものは、結果論の印象ではなくて、そこには原因論を含めるし、また、もしできるならばそこに存在論も含む。その人自身の性格も含むとか、資質も含む。その人自身の技術も含むというような形で、書を言い得なかったら、それは批評にはならないのです。

ですから批評的に云って、いちばんいい言い方は、背景の紙とか布とかを全部自然だと考えて、良寛は本当はじぶんの全存在を自然と同化してしまいたいという生き方をしたいわけだし、自然の中に、殴るようにそこに存在感を打ちつけるというような考えを少しももたない。もしできるならば自然と全部同化してしまいたいというように考えているのですけれども、それが少しだけ、かすかにじぶんが自然と異和感を持つ部分があって、そ

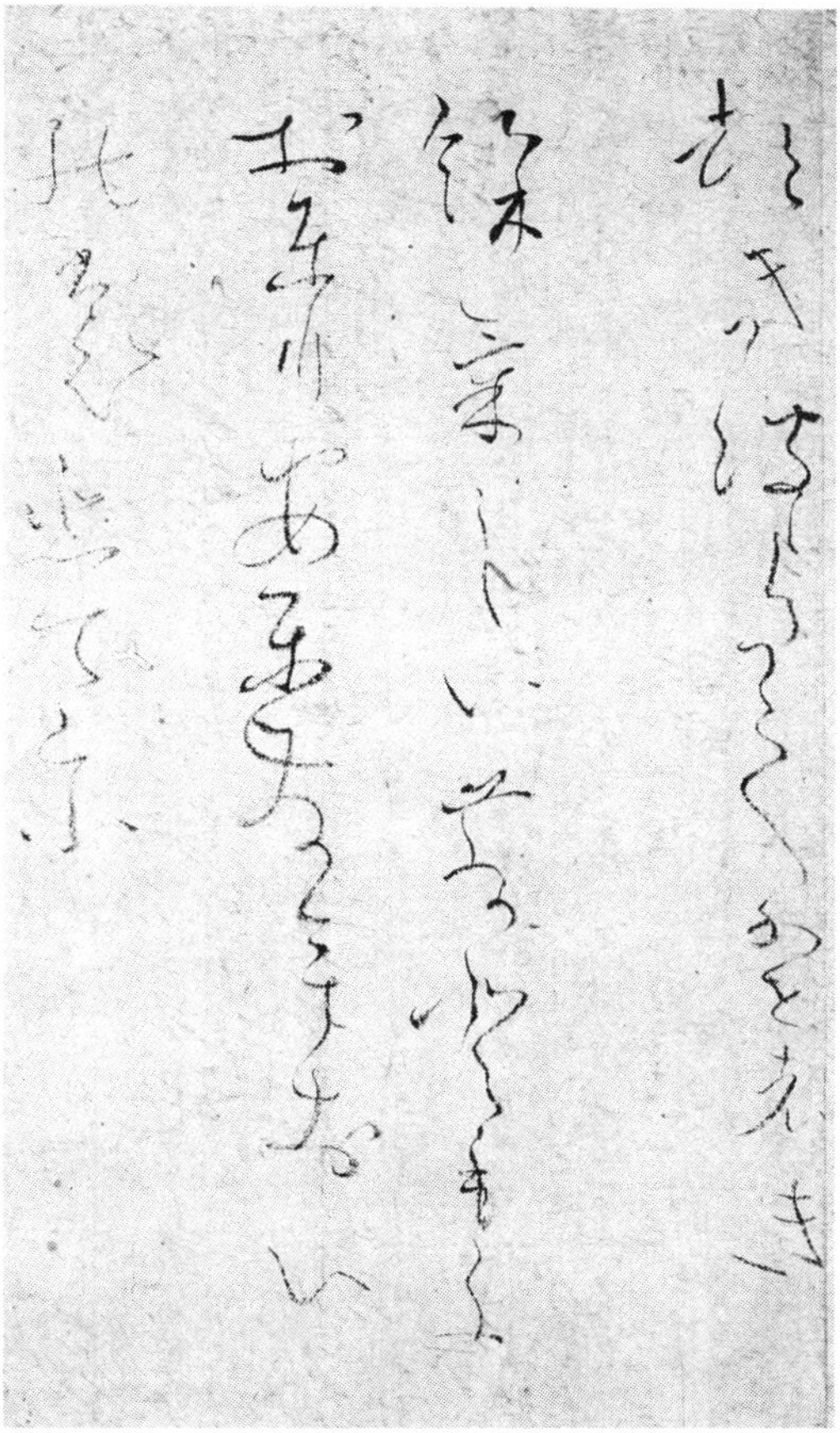

月《つき》はよし風《かぜ》はきよけ
しいざ共《とも》に踊《をど》り明《あ》か
さむ老《おい》の思《おも》ひ出《で》に

こだけがじぶんの存在なのだといって、それが細い線になって、しかも流れるようなリズムがある線になって、それを表現しているというように理解すると、とても理解しやすいのだと思われます。

それは皆さんが、禅宗のお坊さんの書いた書を、一休の書もそうですけどご覧になれば分かりますけれども、禅宗のお坊さんというのは、ものすごく俗っぽい書を書くのです。ものすごくじぶんの存在感をたたきつけようというような勢い、それがじぶんの勢いというか気合というか、それをたたきつけようとして書くものですから、僕らが見るとものすごく俗っぽいのです。力強いけれども俗っぽいという書を書く偉いお坊さんが多いのですけれども、良寛はまったく反対です。

できるならば、自然と全部同化してしまって、じぶんの存在を全部消してしまいたい。けれども、かすかにだけ自然の中にじぶんが存在している。それはなぜかというと、じぶんの中に一種のリズムがある。そのリズムがあるものだから、かすかに自然の中に存在感を残してしまうのだというふうで、本当はそういうふうに良寛は思っていると考えたほうが考えやすいのです。それが良寛の禅宗の坊さんとしての境地でもあると思います。

良寛はどういう境地が偉大なのか、どういう境地が禅宗のお坊さんとして優れているのかといった場合に、禅宗の優れた名僧と云われている人たちとまるで違う考え方をしていたように思われます。まったく反対の考え方で、本当ならば存在は全部消してしまったほうがいいのだ。人間の存在というものは全部消してしまったほうがいいのだ。けれども、少しだけ、かすかに自然の中で突出している、残るものをじぶんが持っていて、それをリズムでもって解きほぐしたのが良寛の書なのだと考えれば、良寛の書はとても考えやすいと思います。

楷書

それをもう少し具体的にというか、もう少し細かく申しあげたいので、ちょっと持って来ました。こういう楷書ですけれども、楷書というものは何かというと、書であると同時に、一字一字の意味が全部わかるように書かれたものが楷書です。これ（左の図版）は先ほどの「白い鼻の栗毛の馬に乗って、朝新しい豊潤な酒を買って来て飲み」（二四九頁参照）というところをじぶんで楷書で書いたものです。これは書であって同時に一字一字の字が意味を持ち、それから持っているということをそのまま出し、それからもうひとつは全体の配置がどうなっているか、線がどうなっているか、それらが全部ここに出てきてしまうのです。

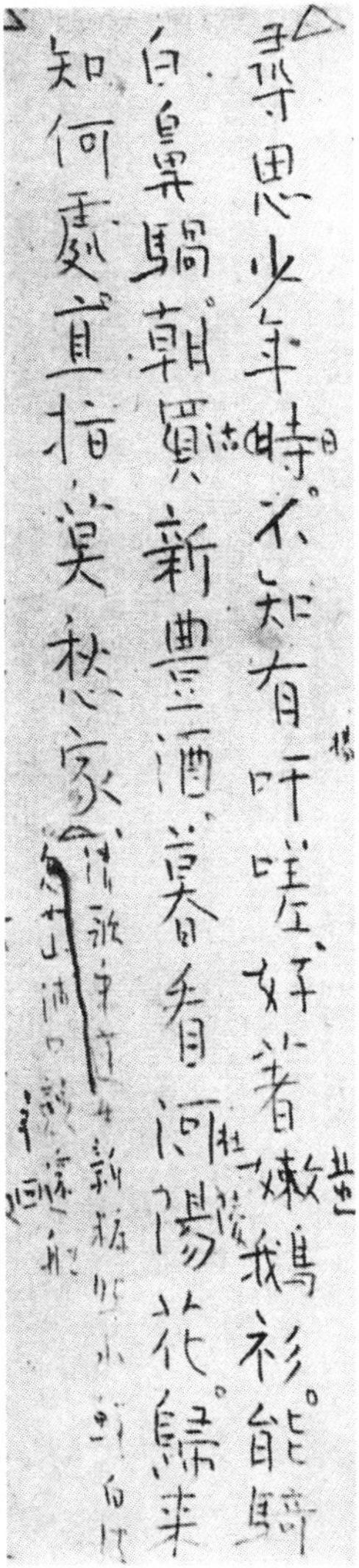

（「草堂集」『墨美』二一三号　一九七一・八より転載）

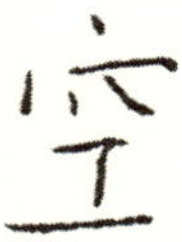

経文「九条錫杖」

良寛の楷書の特徴は何かというと、ここだけでは分かりにくい。これだと少し分かりますが、虚空の「空」です。見えるかどうか分からないのですけれども、「空」という字です。空という字の場合に、良寛の特徴は、僕らが空という字を書きますと、ウ冠にハを書いてエという字を書きます。だいたい僕らが書けば均衡をとれるように書くわけです。良寛の場合には特徴があって、空の場合でもそうですけれども、下のエという字が間延びするように非常に大きな、大柄なエを書きます。

これは空という場合だけではなくて、皆そうです。これは「如来」と書いてあるわけですけれども、如来の「来」を見てもとてもよく分かりますが、良寛の楷書には、下のほうにものすごく解放感があるのです。それは良寛の楷書の位置は、全部、一字一字の下のほうがとても解放感があって大柄だということが、とても大きな特徴だと思います。

もうひとつ、良寛の楷書の特徴を云えば、これは二行ですからよく分からないのですけれども、もう少し何行もあるものを見ますと、とてもよく分かります。良寛は、ここで云うと「醜」という字が、これは「好醜」ですから醜いという字で、この醜いという字の左の酉偏ですけれども、

酉偏に鬼という字を書くわけです。つまり偏に対して旁のほうがとても大きく書く。しかも下がって書くというところが特徴です。下のほうに書く。つまり下がって書く。偏は左にあるけど、右の旁のほうを偏よりも大きく下がって書くということがとても大きな良寛の楷書の特徴です。

専門家はきっと、良寛の筆の持ち方とか運び方がそうなんだよと云うかもしれません。しかし、僕らはそれが云えませんから、良寛の一種の資質というか、流れるような資質からいうと、だんだんリズムが乗っていく流れが最後に開いていくという、つづまっていかないで開いていく。何処まで開いていくのか本当は分からないのだけれども、こういう字の後に字がないわけです。この空白のところに向かって、なんか良寛に聞いたら、いつでも上から下に、あるいは右から左に流れていくと、流れの最後のところはグンと流れとして開いていくという感じというものが良寛にはあると思います。

それは楷書の中でもとてもよく表われていると思います。それはとても大きな特徴ですから、実にのびのびとした感じを与えるのです。そののびのびとした感じというのはどこからくるかというと、たぶん偏よりも旁のほうが大柄で、下げて書いているということが、良寛の書の流れを、柄を大きくしているというふうに、僕には思われます。そういうことが良寛のとても大きな特徴になっています。

草書

今度は、こういう楷書は、崩してしまうと草書になります。良寛の草書は、どこまで崩してあるかということをここに例として挙げています。これは「言う」という字がふたつです。良寛の書は、普通きちんと書くとこうなりますが、これは良寛の崩した字です。これは速度の問題もありますし、リズムの問題もあって字が崩れていくのです。これをご覧になれば分かるように、もしこちらに字がなかったら、これは何であるかということは誰にも分からないと思います。これはたぶん専門家でもこの字は何なのかと聞いたら分からないと思います。それくらい崩し方が著しいのです。

言

　どうしてそのように崩れてしまうかといえば、ひとつは流れの速さが速いということと、それからもうひとつはリズムだと思います。リズムをとっていくと、言葉「言」という字もこんなことをやっていられないので、チョッ、スーッとなってしまうということだと思います。それは速さとリズムだと思います。

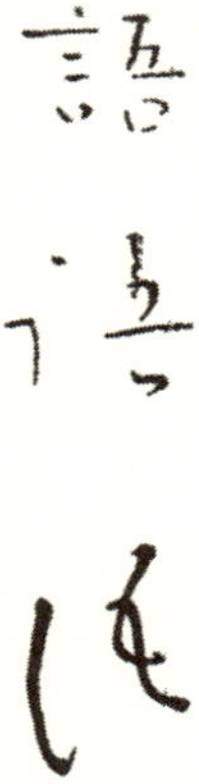

楷書　行書　草書

速さとリズムで、その場合にはもう良寛の草書は、字自体として一字一字が意味があるかどうかは誰にも分からなくなってしまいます。それでもちゃんと、一種のリズムがあって、書の全体的な姿が出来上がっていく。一字一字を読めと云われたら、専門家でも長い間かかってこれを解読しないと読めないのではないかと思います。それくらい字としては崩されています。

不語似無憂
（語らざれば憂なきに似たり）

これは「不語」ということだと思いますけれども、これは良寛の崩し方ではこういうふうになります。これでも、この「ふ」という字は「不」と似ていますから分かるでしょうけれども、「語らず」という言葉は、これで「語る」だと判断することは「不」がなかったら、あるいは続きがなかったらたぶん判断できないのではないかと思います。

でもまだこれだったら、格好から何だということが云えそうな気がします。ここで「意」について、意味の意ですけれども、この「意」の「心」はここにありますけれども、これだけのものですから、ちょんちょん、ちょん、ちょんちょんです。これで「意」とは誰にも読めないだろうと思います。つまりそれくらいリズムと速さによって、良寛の字は崩しています。つまり、字としての意味を辿ることができないくらい崩しています。

楷書　草書　草書

これ（次ページ）は悠々の「悠」です。上のほうだけ分かります。下の「心」はただこうやってあるだけです。つまりそれくらい崩しています。これも本当は、一字だけ持ってきたらどういう字か分からないくらい崩れていると思います。そのことは、云ってみれば良寛の草書は、水墨画は絵と書とどこが違うのだといったら、ただ抽象画と具象画の違いだというくらいの違いに還元されているということを意味しています。これが良寛の草書の特徴だと思います。

楷書　草書

そこまでもう意味としては崩してしまっているのだと思います。けれども、水墨画とは、どこが違うのかといえば、良寛の書は、一種の、草書だったら抽象画として見たら、逆にとてもよく分かるということになるのかもしれませんし、本当を云えば、良寛の書を読んで、これはこういう意味のことがこう書かれている、こういう字が書かれているのだと分かるほうがおかしいと思います。

解読の長い歴史があって、いろいろな人が解釈したりしているから分かっているのであって、本当はバサッといきなり良寛の書を出されて、これは何て書いてあるのかと聞いて、読める人という人はいないと思います。つまり、これは抽象画だと考えたほうがずっと考えやすいみたいに崩れています。ですから、これは云ってみれば、リズムと速度でもって、ある抽象的な線が連ねられている、それが良寛の書だと考えればいいのではないかと思います。

先ほど云いました「空」という字ですけど、空という字の良寛の、ウ冠を書いた個所と下の「エ」の釣り合いですけど、これはずいぶん違う。いくつかの例を見ましたけど、ずいぶん違います。下の語が間延びするように大きいのです。これは「春」という字をとってきても同じです。

草書

春

下のほうが間延びするように、下のほうに開いているという感じがします。ですから、良寛の字は、ものすごくゆったりした感じという、細いけれどもゆったりした感じを与えるものだと思われます。これが良寛の草書にある特徴です。

ところで、良寛の草書には、漢字の草書と平仮名の草書があります。漢字の草書と平仮名の草書のかかわり方は、良寛にとってどういうものだったのか考えてみると、日本の最初の音でいう言葉は、最初は日本では七世紀とか八世紀頃に、いわゆる万葉仮名というもので、中国の漢字を音読みにしてもらってきて、それでもって日本語の言葉を表現したのです。万葉仮名と平仮名とが、だいたい平安朝時代からできあがって決まってきて、使われるようになります。主として女流の作家とか歌人とかが、平仮名の日記をつけたりということを始めて、平仮名が流布されていきます。

平仮名と万葉仮名のあいだには違いがあるのですけれども、その違いは何かというと、万葉仮名は少なくとも日本の音声を写していると考えることができます。つまり万葉仮名で写したものは何かといえば日本語の音声です。音声には地方地方によってなまりもありますし、少しの違いもあります。それから人によって個性が違いますから、個性的な違いもある。声の違いもある。そういうものをとにかく万葉仮名で写したということだと思います。それで字に書き留めたのです。

平仮名は何かというと、音声とかなまりとかそういうことは全部抜きにして、言語学でいえば言葉の音韻だけをとったと理解しますと、万葉仮名と平仮名の違いがいちばん分かりやすいのではないかと思います。

良寛の草書には、万葉仮名あるいは漢字の崩した草書と、それから平仮名で書いた草書があります。それがどういう過程になっているかという考え方をすると、たぶん良寛の中では、いつでも万葉仮名が良寛の仮名文字の表になっておりまして、万葉仮名が崩されていって平仮名になったのだという、文字に対する良寛の考え方が書の中にとてもよく表われているのではないかと思われます。

良寛が漢字の草書と平仮名の草書とをどこで区別しているかというと、万葉仮名は日本語の音声を写したものだ。平仮名は音韻を写したものだ。それだけの違いがあります。音声を写した万葉仮名から音韻を写した平仮名にというように考えると、それは良寛の中では、一種連続したひとつのつながりがあって、万葉仮名から平仮名へという移り行きが、その間に音声は音韻に変わり、音声から個性が全部はぎとられて、抽象されて、音韻だけが残ったものが平仮名です。その万葉仮名と平仮名、あるいは漢字と平仮名のあいだの移り行きが、良寛の頭の中にたえずあって、草書を書いているのだと僕には思われます。

それは良寛の文字に対するとても大きな考え方だと思います。良寛という人はいろいろなことをやっている人なのです。平仮名の五十音というものがありますけれども、五十音と何か文法的な変化について、良寛はいろいろ考えたりしています。それくらい平仮名の五十音というものにものすごく関心があるし、日本語というものに関心が深い人だったし、じぶんなりの研究を成し遂げてきた人なのです。

　ですから万葉仮名といわゆる平仮名とはどこが違うのかということは、良寛の心の中ではその移り行きがずっとはっきりしていて、それは良寛の草書を形作っている、根本にまで良寛の文字に対する考え方のように僕には思われます。

　なぜ僕はそう思うかというと、例を挙げて申しあげてみます。ここに「能」という字があります。能力の能ですけれども、この「能」という字や万葉仮名の「𛂛」は、万葉仮名の「の」という音声にあてた漢字のひとつです。これだけではありませんけれども、これは、たまたま良寛の書にありますから持ってきました。「能」という字は万葉仮名では「の」という音声にあてた文字として使われています。ですから、音声としての「の」というものを意味します。

楷書　行書　草書　万葉仮名　万葉仮名

　ところで、良寛の草書を見ると、この「能」という漢字を「の」として崩していった崩し方がここにあります。これを「の」と読ませているのはよく分かると思いますけど、この「能」という字を崩してできた「の」というのが仮名です。これは崩し方がまだ形が少し残っていますから分かると思います。普通の僕らが書いている「の」というものを良寛は書いているのです。それから中間も書いています。

この「の」というもの、いま僕らが書いている「の」というものは、どうしてできたかというと、二色の考え方があります。ひとつは、乃木大将の「乃」です。これからこれを続けて書いているうちにこの「の」というものができた。つまり速く書いているうちに「の」ができたのだという考え方もあります。もうひとつはこの「能」という字です。「ム匕」という字を崩して崩していって、ここの部分を広げて、この部分をとっていけば、右側のこのチョイの部分をとっていけば、やはり「の」になっていきます。そのふたつの考え方ができます。

良寛は、どちらともとれる「の」の書き方をやっています。同じ書の中でもやっていますし、違う書の中でもやっています。この「乃」を書いたり、この「能」を書いたり、それは自在にやっています。それはどういうことを意味するかというと、良寛は万葉仮名の音声として使った「能」と、平仮名の「の」との間にさまざまな形での、途中の過程というか、それが良寛の心の中にはいつでもあって、またそれがいつでも思い浮かべが可能だったと思われるのです。ですから、そこのところは自在に使っています。

「あ」という字もそうです。「あ」という字が万葉仮名のひとつの使い方としては、安いという字の「安」を万葉仮名では「あ」と読ませています。「安」という字で、音声の「あ」を表わしているのです。これを崩していって作られていきますと、いわゆる僕らが使っている「あ」という

字になります。

良寛はこの「安」という字を、どのように崩していって、この「あ」になるかということを、全部書の中に示しています。つまりこういうことが、書の中に自在に示されているということは、この「安」という万葉仮名の「あ」から平仮名の「あ」までに至る、意識と歴史の移り行きのようなものが良寛の中には分かっていてでき上がっていて、それを良寛は自在に取り出すことができたのだということを意味していると思います。これは草書の崩しですけれども、崩しの字を見れば、良寛の書の非常に大きな特徴だと思います。

そういうことを良寛が自在に思い浮かべることができたということです。良寛は和歌を作る場合に、もしお手本を選ぶ場合には、『万葉集』だと云っています。『万葉集』だけでいいのだと。他のものは読まないほうがいいと人に教えたりしています。ですから『万葉集』というものは、良寛にとっては非常に読みに読み込んだ書なのでしょう。もちろん万葉仮名というものをよく熟知しています。その万葉仮名をどう崩していって平仮名になるかという、その崩し方の途中の移り行きというものも、良寛の書は非常に明瞭で、また実際、自在にこなすことができたということは、良寛の崩し字、草書が非常に大きな特徴だと云えますし、良寛の草書に一種の音楽性、リズム性を与えているとすれば、そういうことがとても自在だったからだということが大きなことのように思われます。

もうひとつ、良寛の書で云うべきことが残っているとすれば、たったひとつなのです。これは皆さんのほうで見えるかどうか分かりませんけれども、見える見えないにかかわらず、全体で一種の絵だと考えてくださると、絵が構図的にというか構成的に、非常に考えられた絵になっているということだと思います。

書なのですけれども、良寛の書というのは、全体的な構図、あるいは構成というものがものすごくよく考えられていて、墨の濃淡から点の大きさ、流れとか、流すところとかそういうところ全部を含めて絵にしていると思います。全体的にひとつの絵の如きコンポジションというものを作っていることでは非常に重要だと思われます。それが良寛の書が優れていると云われている大きな理由だ、ひとつの理由だと思います。

なぜかというと、これがその例なのですけれども、これは良寛が托鉢に行ったという詩です。「十字街頭乞食し了《おわ》り」となるわけです。これは韻を踏まないところの……。〔録音中断〕

（一九八八年十一月十九日）

〔編者注〕

この詩の全文と図版を掲げる。題は「乞食」。

十字街頭《がいとう》　乞食《こつじき》し了り
八幡宮辺《はちまんぐうへん》　方《まさ》に徘徊《はいかい》す。
児童　相見《あいみ》て　共に相語《あいかた》るらく
去年の癡僧《ちそう》　今又来ると。

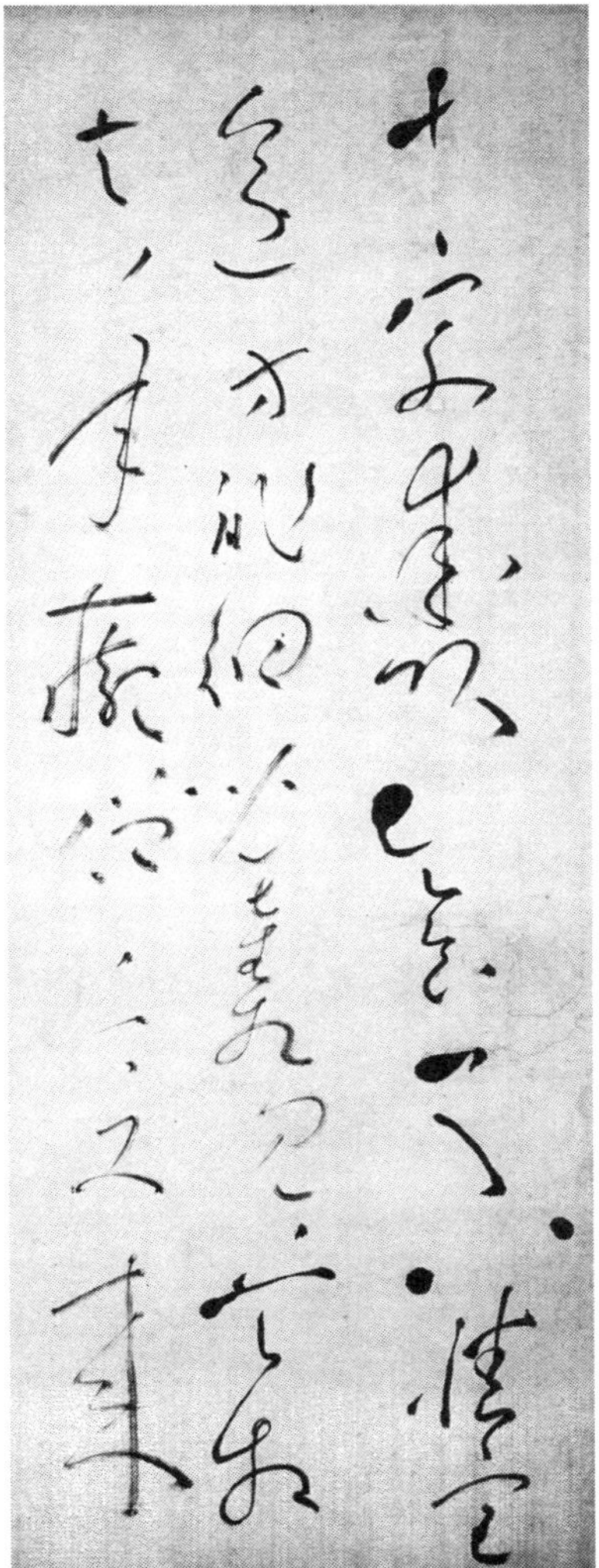

（二六一～二七五頁の図版は、飯島太千雄撮影『良寛書蹟大系』全十巻、教育書籍、一九九〇年／『良寛百選』日本経済新聞社、一九九六年／二六四頁「空」「来」、二六九頁「春」、二七二頁「安」は、駒井鵞静編著『良寛字典』雄山閣出版、一九九〇年より）

日本人の死生観 I

末開時代の死後の観念

いまご紹介にあずかりました吉本です。分かりやすい内容でしゃべると云われましたが、それはうそで、実は分かりやすくないことを云うという評判がある人間なので、できるだけ気をつけて分かりやすくお話したいと思います。

今日のテーマは「日本人の死生観」、死と生についての考え方ということですが、このテーマはふたつやりようがあると思います。ひとつは現在の日本人が一般的に死について、そして生についてどういうふうに考えているかということをお話することだと思います。もうひとつのやり方は、そうではなくて日本人が、遠い、遠い昔に、宗教も何も入ってきていないで、そういう影響を受けなかった、あるとしても自然に対して持っている宗教的な気持ちだけだったという時代の日本人は生と死についてどういう考え方をしていたか、そういうことについてお話する、そのふたつのやり方があると思います。僕は、今日は後のほうの日本人が宗教的な影響を受けなかった時代にどういう生と死の考え方をしたかということをお話してみたいと思います。

もしそれで時間があったら、いま生と死について日本人がどういう考え方をしているだろうか、あるいはどういう考え方だと考えたほうがいいかというお話に入っていきたいと思います。

大昔、日本には古代になると少し宗教が入ってきますが、古代以前の未開とか原始時代、日本人が人間は死んだあとどういうふうになっていくと考えていたのかということを申しあげたいと思います。

まず第一に、死んだあと人間の魂はあまり遠くへは行かないのだと考えていたように思われます。それからもうひとつ云えるとすれば、魂が肉体から離れて、どこかあまり遠くないところに漂っていて、繰り返し、繰り返しまた帰ってくるという考え方をしていたように思います。

もうひとつ、あえて云いますと、死んだときに魂がいる世の中と、じぶんのいる現在の世の中との間には、そんなに断絶、分け隔てがないのだ、いつでも呼ぼうとすればやってくるし、またいつでもじぶんのほうからも行くことができると考えていたという痕跡があります。たとえば沖縄では、あの世、死んだあと魂が行く世界は、本土の言葉でいえば後生《ごしょう》です。向こうのなまりでいえば、「ぐしょう」だと思いますが、後生というのはいつでもお目にかかれるところだと考えていたように思われます。

柳田國男という民俗学者は、じぶんが若いときに国文学と和歌の先生から、君と僕の間のこの空間だって、これはあの世なんだよとか、あの世とは隠れ世なんだよという話を聞いたことがあると書いています。そのように目に見えないけど、ごくそばに、死んだあとに魂が行くところがあったと考えていたように思われます。

それでは、あの世をどのように思い描いていくかと考えると、日本人が考えていたあの世は三つあると思います。ひとつは、もちろん村里のそばの山です。山の頂にあの世があって、死んだ魂は山の頂にとどまっている。またいつでも迎えに行けば帰ってくると考えるので、ひとつは山だと考えるべきだと思います。

もうひとつは海、海のかなただと考えていたと思います。海のかなたにあの世があって、船に乗っていけばそこへいつかは行ける、またそこからは何らかのかたちでやってきて、いつでもこの世には生きているものがあると考えていたと思います。

そしてもうひとつ考えられるのは、地下です。海岸の洞窟みたいなものを通して、その洞窟の向こう側の地下にあの世があって、いつでもそこへ行けるし、また洞窟のところに行くと、いつでもあの世と行き来する、交感することができると考えていたと思います。

日本人のあの世の考え方、死んだあと人間はどこに行くのかという考え方は大きく云ってその三つがあると思います。この三つはいろいろな意味があると思うのですが、もし時間があれば、それについてじぶんの考えを申しあげたいと思いますが、いちおうその三つが考えられます。

たとえば、四国に有名な剣山《つるぎさん》という山がありますが、そこに旧暦の四月八日に山登りをする風習があります。その風習は全国いたるところにありますが、それはなぜかというと、神様に会いに行く、死んだあとの魂、祖先の霊に会いに行くということで、山登りが大きなお祭りの要になっています。

山登りをどう考えていたかというと、たとえば死んで一年たつと、山の中腹に魂がいる。だから中腹のところまでお参りに行く。また二年たったら、もう少し上に魂がいる。またその次の四月八日にはさらにもう少し高いところまで登って行く。そうすると、一種の兆しみたいなものを感じて、登った人が、ああ、ここで死んだ人に会ったというある感じを受けて、そうすると安心してまた山を下りてくる。

しまいにその山の頂まで登る。そこで死んだ人に会ったという感じを受け取ったときに、その死んだ人はもう神様になっている。じぶんたちも死んだ魂は神様になって世界にいるのだから、それ以降はたとえば三十三年目に山登りということではなくて、一般的にその人に会いに行くということになって、一般的なお祭りに代えてしまう。だから三十三回忌までは山登りみたいな行事をするということがいたるところにあるわけです。

それから亡くなることには、逆のことがあります。というのは、ある人がお産をする場合、それがどういうしるしで分かるかというと、たとえばきこりさんとか、猟師さんとか、山の仕事をしている人は、山の中の大きな木の下で休んでいるとふと馬のひづめの音が聞こえた。そうすると、ああ、これは村のだれかの家でお産があって、人が生まれるのだと感じる。山を下りてくると、確かにどこそこの家で赤ちゃんが生まれている。そういう話ももちろんあります。

また難産になって、どうしようかというときに、厩から馬を連れてきて山に登っていく。そうするとどこかで馬が突然何か目に見えないものに出遇ったように驚いて立ち上がったりする。そういう兆候があると、ああ、山の神様に出遇ったのだから、これで難産は解消すると考えて、また馬を引いて家に帰ってくる。そうするとちゃんと子どもが生まれている。そういう話もあります。

具体的な例で云いますと、たとえば山形県に飛島《とびしま》という島があります。そこにはこういう伝説、言い伝えがあります。飛島で磯辺の荒岩のところが、仏教でいえば賽の河原で、そこには霊が集まってくる。その向かい側に険しい無人島があって、その島の頂に死んだ人の霊がひとたびとどまって、それからはるか向こうの鳥海山《ちょうかいさん》にやっていって山の頂に宿るという考え方が伝承されています。

村の人は荒岩の賽の河原と云われているところのそばの道にいると、目には見えなくてだれもいないのだけど、何となくいい歌声が聞こえてくる。それは賽の河原のほうに消えていく。そうすると、ああ、今日はだれかが死んだのだとすぐに分かったという伝承があります。村里に行ってみると、やはり昨日、だれかが亡くなっていた。だから賽の河原に行く道で歌声が聞こえると、だれかが死んだことが分かるし、死んだ人の魂はまず賽の河原のところにやってくることが分かった。そういう言い伝えがあります。

その種の言い伝えはたくさんありますし、賽の河原といわれているものもどこに行ってもあります。たとえば佐渡の外海府《そとかいふ》というところにやはり賽の河原があって僕もお目にかかったことがあります。いたるところにそういうところがあって、それはそういうところに霊が集まるという考え方の表われだと思います。それは賽の河原と呼ばれていますが、仏教が入ってきたからそうなったというよりも、もっと以前からそれはあったと思います。つまり宗教なんか入ってこないときからそういう考え方があったと思います。

柳田國男の『遠野物語』の語り部であった佐々木喜善《きぜん》が話していましたが、じぶんの娘が死んだとき夢を見た。そのときじぶんの娘は山の中腹で道を探して迷っていてうろうろしているのに出遇った。死んでから三十日ぐらいたったあとに、やはり同じように娘の夢を見た。そのとき娘は、あなたは山の上のほうの天空を飛ぶようにして走っていった。四十日ぐらいたってまた同じような夢を見た。そのときには橋の上で娘に出遇った。お前はいまどこに住んでいるのだと云ったら、娘は、じぶんはいま早池峰《はやちね》の頂に住んでいますと答えて立ち去って行った。そういう話をしているのがあります。

それは夢ですが、夢うつつにそう考えていたとしても、同じことだと思います。それはどういうことかというと、死んだ人は山の上に行くものだという考え方は一般的に無意識の中にもあったということを意味しているひとつの例だと思います。

この山の頂に霊があるという考え方は何を意味しているのかということをよく考えてみると、それはたぶん昔は里に住んでいて、田畑を耕して農業をやっていた人たちと、山に住んでいてきこりや猟師をしていた人たちと、その間をつなぐものとして伝承が生まれてきたのだと思います。神様は山のほうに行くし、人間は死んだあとに山の上のほうに行く。それに通路をつけてやればいい。通路をつけてやれば、その通路を通って山の上のほうに行く。もちろん山の上のほうの神様は、迎えに行けばいつでも里のほうに帰ってくるし、霊もまた帰ってくると考えられていたと思います。

だからこれは平野に住んでいる里人と山に住んでいる人たちとの間に、何か宗教的なつながりもあるし、死んだあとの世界についても考え方のつながりもあります。また実際の行き来もあった。そういうところから生まれた伝承であり、考え方だと思います。

もうひとつ、先ほど云いましたように、これとはまったく違うようでもありますが、人間は死んだあとに海のどこか、かなたに行くものだ、また海のかなたのどこかから死んだ人の魂は帰ってくるものだという考え方があって、これは山の系統とはまた別の系統の伝承があるのだと思います。

その伝承によれば、それでは何が海のかなたの死んだ人が行くところと現世とをつなぐものと考えられていたかというと、それは折口(信夫)さんという人が現実に、詳細に申していますが、それは空を飛ぶ鳥だ。特に雁が飛んでくると、その雁は海の向こうの魂が集まるところから人の魂がやってくる使いであるし、また死んだ人の魂をこちらから海のかなたの世界へ連れていく使いだと考えられていたといえると思います。

一般的に空を飛ぶ鳥が、この世と人が死んだあとに行く世界とをつなぐものだと考えていたのが、海のかなたに死んだ人は集まるのだという考え方をしていた人たちの考え方だと思います。そうすると空飛ぶ鳥があの世とこの世とをつなぐ使いだという考え方と、山の頂と里との間が神様と死んだ人に行き着くつなぎなのだという考え方との間には、たいへんな違いがあると思います。

たぶん海のかなたに死んだ人が行くところがあるのだと考えた人たちは、もちろん海辺に住んでいた人たちでしょうけど、海辺に住んでいたと大ざっぱに云ってしまうと、日本は島ですから大きく捉えれば、たいていだれもが山のふもとにいたと云えますし、だれも海のほとりにいたと云えるようなところに日本人は住んでいましたから、そういうふうに大ざっぱに云うこともできます。

たぶん海のかなたに人間が死んだあと魂のあり場所があると考えた人たちは、稲作を持って日本に渡ってきた人たちではないかと思います。つまり海のかなたから渡ってきて、そして稲作を持って平地・里に入ってきて、そこで農耕に従事した人たちの伝承が、たぶん海のかなたにあの世があって、そこから魂はいつでも帰ってこられるという考え方をとったと考えられそうに思います。

これに対して山の上に死んだ人が集まるところがあるという里人の考え方は、たぶん稲作など農耕が始まる以前から、この日本の列島に住んでいて、そしてだんだん里住まいをするようになった人たちが主に伝えている伝承のように僕は思います。それはあながち断定することはできませんが、そういう気がします。

ところでもうひとつ、人間が死んだあとにどこに行くかということについて、大昔の日本人がものすごく考えていたことがあると思います。それは先ほど云いましたように海岸の洞窟を通して、その向こうに世界があると考えていたと思われます。この考え方は、たとえばアイヌの人たちはそういうふうに考えていました。洞窟を通ってあの世があって、あの世にはじぶんたちのこの世界とまったく同じような世界があって、同じように生活している。ただ、現実の生身の身体はないから、身体に苦になるようなことは少しもなく、一種の浄土に似た楽土なのだと考えていて、どうやったらそこに行くのかというと、死んだあとに洞窟を通ってその世界に行くのだと考えていたと伝えられています。

南の沖縄のほうでも、洞窟に死んだ人を葬った跡がいっぱいあって、そこでお祭りをやるという風習が現在でもあります。もうひとつ挙げると、和歌山県の熊野にやはり洞窟信仰みたいなものがあります。たとえば日本の神話でいうと、伊弉冉尊《いざなみのみこと》、伊弉諾尊《いざなぎのみこと》が伝承上の日本人の始祖であるという神話上の人になっていますが、その伊弉冉尊が死んだあとに伊弉諾尊が生き返らせようとして追いかけていく。そして神話はふたつの伝承になっていますが、ひとつの伝承は、追いかけていって出雲の国と伯耆《ほうき》の国のちょうど……［テープ反転中断］

……たとえば日本語と朝鮮語とか、日本語と中国語とか、あるいは南方語とかどこでもいいのですが、そういう言葉は厳密に類型をつけよう、つまり類似関係とか祖先が同じだという関係をつけようとしてもつけられないのが現在の状態です。いまわずかに類縁がつけられるのは、本土語と沖縄語とか、最近でいえば少しずつそういうことをしていると思いますが、アイヌ語と日本の本土語です。もしかしたら類縁がつけられるというか、これは祖先が同じだったということが何となくいえそうだというのはそのくらいです。日本語と朝鮮語、日本語と中国語も、日本語と南方語も、これが同じ祖先の言葉だとはどうしてもいえないぐらい日本語というのはある意味で奇妙な言葉で、特別なところがある言葉だといえます。

これはどういうことを意味しているかというと、さまざまな言葉が混和しながら長い年月をかけて徐々にできあがった言葉だからだと解釈するのがいちばんいいような気がします。ですから僕の考え方では、さまざまな日本人の死生観と云いましても、本当に微妙なニュアンスまでたどっていくと、千差万別の死についての考え方、生についての考え方があって、とてもとても統一的に取り上げることは難しいということになります。いろいろな先人たちの研究の成果として、だいたいいま申しあげた三つの類型に大ざっぱに分けられる生と死についての考え方を持っていたのではないかといえると思います。

まだ日本人が宗教も何も持たなかった時代、あえて宗教というなら自然宗教しかなかった時代、自然に持っている習慣とか風俗として持っている信仰心しかなかった時代に考えられる死についての考え方、あるいは死んだあとに人間が行くのはどこだろうかということについての考え方は、大ざっぱにその三つの類型に分けられます。たぶんその三つの類型は、三つの時代的な、あるいは時間的な類型をも意味していたりします。またある意味では日本人を構成しているたくさんあった種族のうちで、大ざっぱに三つの種族の考え方を象徴しているみたいなことも云えるのではないかと思われます。

このように考えていくと、日本人の生と死の考え方は大ざっぱにいうと南のほうの島、つまりパプアニューギニアからフィリピンとかジャワ、スマトラなども経て、西南太平洋の島々から、またアジア大陸のインドとか東南アジア、中国とかシベリアとか、そういうところの海岸へりに一般に分布している考え方のある類型の中に入ってしまうことは確かだと思います。

たとえばパプアニューギニアの人たちも同じような考え方をしているという報告があります。それは死んだ人は沖にある島にみんな集まって、そこで生活している。村でだれかが子どもを産むと、その島からだれかの霊がその子どもに入り込んだからその子どもは生まれたのだという考え方が流布されていると云われています。それは何が仲立ちをするのかというと、女の人が沐浴《もくよく》をしたとき海水に流れていった小さな微生物を通じて、女の人の身体の中にその霊が入り込んで赤ん坊を産んだと、そういう言い伝えがあります。それはアジア、オセアニア地帯の海辺に一般的に流布されている考え方です。

そのようにいつでも割合に近くの島とか近くの山とか近くの洞窟とか、そういうところを通していつでも霊が行き来しているという考え方は、一般論でいえば、そういうところに入ってしまうと思います。つまり一般的に海辺のアジアと、海辺のオセアニアの島々の中に日本人の死と生についての考え方も入ってしまうように思います。だから日本人には特殊なところもたくさんありますが、このように特殊なものとはいえないところもたくさんあるのです。

たとえば魂はどういう性質を持っているかということは、海の信仰の人・山の信仰の人・洞窟信仰の人、日本人も全部同じですが、それは魂がいつでも行き来することができると考えられて、いつでもこちらに入り込んだり、向こうへ行ったりすることができると考えられていたと一般的にいえます。

日本人の場合も、死者はいつでも魂として行き来することができるという言い伝えがたくさんあります。たとえばこういう言い伝えがあります。赤ん坊を死なせてしまった両親とか、おじいさん、おばあさんはものすごく悲しくてしようがないので、子どもがどこかに必ず生まれ変わってくるということを確かめたくて、死んだ子どもの手のひらに墨で印をつけて葬る。それで村のだれかの家で子どもが生まれると、その子どもの手のひらに死んだときにつけた印がついていたという話があります。

もっと極端な話では、そういうふうにして死んだ子どもの手のひらに何か印を墨でつけて葬った。大名の家で生まれた子どもの手のひらを見たら、そこにその印がついていた。一般的な言い伝えによれば、その印を消すには、子どもを葬った墓の土を持ってきて、その土でそれをこすらなければ消えないという伝承があった。大名のところからひそかに使者が、お前の子どもを葬ったお墓の土くれをくれないかと云いにきて、その土くれを持って大名の家に帰っていって、それでこすったら手のひらの印が消えた。そういう話が伝承として伝わっています。

それはたぶん相当広範囲に伝わっている話だと思います。そういう話は、もちろん生まれ変わりができることを表わす言い伝えですが、同時に魂はいつでもどこへでも行ける、またそういう気持ちがあるならいつでも呼べる、そういうところにいるという考え方のしるしだと思います。

また、こういう話もあります。徳川時代の話の中にあるのですが、非常に霊能力みたいなものがある子どもがいて、その子どもがじぶんはだれかの生まれ変わりだというのをかすかに覚えていた。前にじぶんがいたところは、こういう村で、こういう場所で、こういうところにこういうものがあってと、姉さんにそれをいちいち話すので、姉さんが不思議がって、じゃあそこに行ってみようと、二、三里離れた村里に行ってみたら、その子が云ったとおりの景色がちゃんとそこにあった。そしてその子が云ったとおりの道を探すと、そこに一人の子どもがいて、それはその子が云ったとおりの顔かたちをしていた。そういう話があって、それが本当だとか、うそだとか大騒ぎになったというのが徳川時代のお話の中にあります。

これはあまり笑ってはいけないのです。最近、アメリカの宗教社会学者の書いた本が翻訳されています。皆さん、専門に近いわけですからお読みになった方もおられると思いますが、そういう言い伝えが本当かどうか、インドに行って非常にまじめに調査したことが書いてあります。調査した結果、じぶんはだれそれの生まれ変わりだと云う人がいて、その人の云うことを全部聞いて、あやふやな、あいまいな要素は全部取り払ってその場所に行ってみたら、ちゃんとそういう人がいて、その人に聞いてみると、じぶんはそうだと云ったという調査記録を出しています。非常にまじめにそういうことをやって、まじめにそういう結論を出しています。あの世から人間はいつでもよみがえって帰ってくることができるということは確実なのだという言い方をして、その宗教社会学者はその本でそう信ずる以外にないという結論を出しています。

僕は、そうは思いません。それはやっぱりうそであるとは思いますけれども、しかし根拠のないうそではない。つまりそのことは、インドとか東南アジアとか日本なども含めて、アジアの海辺の地域で普遍的に、どこにでもあった一種の未開、あるいは原始時代の信仰の強固な形態であって、まさにそのころの人はそのように感じて、そのように思ったことは現実であると考えても、現実でなくて夢であると考えても、それはまったく同じことを意味していた。それくらいに宗教ではない宗教として、あるいは習慣ではない習慣として、あるいは風俗ではない風俗として確信していたと考えると、決して根拠のないうそではないと思います。

日本のそういう言い伝えの中にも、うそではないうそだと云いましょうか、あるいはうそであるけれども本当なのだと云ったらいいでしょうか、そういうものが含まれていることは確かだと思います。問題なのは、そういう死についての考え方、生についての考え方はどのような時代に、どのような地域にそれが分布していて、どのような役割を持って、どのような意味を持っていたかということがとても大切だという気がします。

だから、このような考え方を宗教社会学者が非常に真剣に、怪しい要素・言い伝えの要素を全部排除したうえで調査をして、それである結論を出すということは、たとえその結論について異論があるとしても、それはとても重要なことだという気がします。そこで考えていくと、先ほど云った山に亡き人の霊が集まる、海のかなたに集まる、海岸の洞窟に集まって、それからあの世界に行くという考え方も決して根拠のない言い伝えでもないし、根拠のない信仰でもないし、根拠のないうそではないのだといえると思います。

仏教伝来で死の観念は変わった

いま申しあげた一般的な日本人の死についての考え方、生についての考え方を根こそぎ変えてしまった、あるいは根こそぎ発展させてしまったのは、仏教が日本に入ってきたときです。それは発展であるとともに、ある意味合いでいえば激しいことでもあるということができます。つまり、死んだときに生まれ変わったりするということをどこで断ち切ったらいいだろうかということの労苦の果てにできあがったのが仏教です。

仏教は輪廻転生、生まれ変わりとか魂が動くという信仰を一面では継承しながら、生まれ変わって現世にやってきたときに、あまり苦労が多いとか、心の苦しみ、あるいは物質的な苦しみが多いとか、つまり貧困な生活をもう一度やらなければいけないということが、ある時代からたいへん人々の心を苦しめるようになった。こういう苦しい世の中からどうしたら逃れられるのかを人々が考え始めたときに仏教が生まれたのです。

仏教は、あるやり方をすれば輪廻を断ち切ることができる。仏教は浄土といいますが、死んだあと浄土に行ったら、そこは非常に楽しいところであるからそこからもう帰ってこなくていい、そこに行ったきりでいいと、つまり輪廻を受け継ぎながら、輪廻を断ち切るというのが仏教の考え方です。

また場所的に云っても、これは宗派によってさまざま違いますが、いずれにせよ十万億土のかなたにあの世の世界があって、そこは浄土・楽土であって、楽しいことばかりがある世界だ。死んだあと人間はそこに行ってもう帰ってこなくてもいいのだという考え方です。場所としても山の上にあるとか、海のほとりにあるとか、あるいは海の岩礁の向こう側にあるという言い方を全部やめて、西のほうに十万億土があって、そこに行くのだ。そこは楽しいだけでもう帰ってこなくていいのだという死生観は、仏教が入ってきてから日本人の中に入ってきたのです。

ですから、村里の人たちが目を上げて周辺にある山を見ると、その山の頂にじぶんの死んだ子どもがいるんだという考え方の親しさとか懐かしさというものからすると、仏教は基本的にはそれを断ち切ってしまいましたから、割合に寂しい考え方といえば寂しい考え方だと思います。山に迎えに行ったら死んだ人の魂がまた帰ってくるということはなくて、十万億土のかなたから帰ってくるのはお盆のたった三日間だということに変えてしまいました。だからある意味合いではとても寂しいことになったと思います。

でも皆さんがご承知のように、仏教や、現世も行なわれている習慣の中には大昔の海の向こうに死んだ人が集まるあの世があるのだという考え方とか、山の上にあったのだという考え方、また海の洞窟にあったという考え方は、仏教自体がある意味ではそれを吸収して、受け入れていまも伝えているということでは、一種の日本人の大昔の死生観を受け継いでそれを発展させたともいえるのです。

そういう意味では、仏教はインドから始まったのですが、日本に入ってきて、日本人に受け入れられたときには、日本の大昔からのそういう死生についての考え方を受け入れて吸収したうえで成り立っているともいえるのです。別の意味でいえば、そういう考え方を断ち切ろうとして、もっと遠くのほうに死んだ人の集まる場所を持っていってしまったといえると思います。

こういう仏教の考え方が一般の人たちの中に入っていったのは、日本でいえば中世です。鎌倉時代に入って、そういう仏教の考え方が一般の人たちの間に浸透してきました。その中に、大昔から日本人が持っていた考え方が全部混合しながら、ある部分は捨てられ、ある部分は習慣として残って、それが仏教の習慣のように言い伝えられてきています。

たとえば、四月八日という日は、お釈迦様の誕生日とか、花祭りとか、一見すると仏教に関係があるように思われますが、柳田國男さんはそうではなくて、大昔の日本人は新年が四月八日だと考えていたというのがじぶんの考え方だといっています。ですから、必ずしも仏教とは関係ないのだけれども、仏教的な習慣がそれをまた受け継いで、日本人の死生観を変えていったといえます。

鎌倉時代の仏教もそうですが、日本浄土教は法然・親鸞から始まったわけですが、浄土教が始まる前までの日本の仏教の修練の仕方は、たくさんの修行を積んで、そのうえである精神状態をつくりあげると、あの世の世界に行くことができる。あの世をぐるっと回って帰ってくることができる。あの世の世界は、地獄の世界はこうなっている、極楽の世界はこういう光景があって、こういうものがあって、こういうふうにきれいだったと、そういうことができるようになるというのが仏教の修行の眼目だったということができます。

特に密教と呼ばれているものはそうです。密教の曼荼羅《まんだら》の世界はある修練の仕方をすると、その修行の果てにあるイメージが思い浮かんできて、その世界が曼荼羅の世界で、そこで死後の世界を歩いてきて、また帰ってくると、それが密教の修行だということができます。

そして浄土教が出てきて、それは違うのではないか、そういう世界は違うのではないかということで、もういちだん日本人の死生観を中世以降になって変えたと思います。つまりじぶんたちの浄土教の考え方はそうではない。修練に修練を積んで、じぶんの肉体をいじめて、精神もいじめて、断食もやるし、荒行をしたあとにある精神状態になって、あの世の世界を思い浮かべて、そこを自由に出入りすることができるというのが仏教の修行だというのはおかしいと、日本の浄土教の開祖、つまり法然とか親鸞が初めて言い出しました。だいたいそういうことは難しくて特別な人にしかできないし、またそんなことにそんなに意味があるとは思えないのだということを云って、浄土はそういうところにはないと言い始めたのです。

そして浄土教は、浄土を象徴するある言葉を唱えさえすれば浄土は出現するし、そこにいつでも入れるのだという考え方をしていて、特に親鸞はそうですが、あの世の世界をほとんど信じていなかったと思います。親鸞はふたつの言い方をしています。たとえば信者の人たちに向かって手紙を出していますが、その手紙の中ではいずれ浄土でお目にかかりましょうみたいなことを書いたりしていますから、そういう書き方で云われている浄土は、確かに十万億土とか、そこに霊が集まるところと考えていたことを意味しています。

だけどもうひとつ親鸞が本気になってじぶんの宗教の眼目をいうときには、そういう言い方はしていなくて、非常に厳密な言い方をしています。その厳密な言い方というのは何かというと、浄土を象徴するある言葉を唱えたら、じぶんたちはすぐに浄土に行ける、そういう場所をうることができるという言い方をしています。そのすぐに浄土に行けるある場所を占めることができるといわれているものが、仏教語でいえば正定聚《しょうじょうじゅ》というのですが、そういうものにじぶんはなれる。そうなったときにはじぶんはいつでも浄土に行けることを意味しているのだという言い方をしています。

そういう言われ方のなかでは、浄土というのは決してどこかにそういう世界があって、霊魂がそこに集まると考えていないことを意味しています。もっと極端にいうと、親鸞はそういう意味合いでの浄土、つまりどこかにそういう霊魂が集まる世界があるということを本当は信じていなかったと僕は思っています。だからそういうふうに日本の浄土教は仏教の信仰も、またいちだん変えてしまったといえます。これは人間の死生観を考える場合に、ある意味で非常に画期的なことなので、日本の浄土教、つまり法然・親鸞の浄土教は世界仏教史の中でとても特別な意味を占めていると考えます。特に死生観についていえば、とても特別な意味を占めていると考えることができます。

少なくともいま申しあげたようなところが、日本人が宗教などを持たなかった大昔に持っていた死についての考え方、そして死んだあとに魂がどこに行くのかということについての考え方、それから仏教が入ってきたときにそれがどういうふうに変わったかということ、そして仏教が入ってきたところで、また少しどういうように死についての考え方を変えていったかということについての大ざっぱな見取り図を描いてみると、いま申しあげたところに帰着すると考えます。

キリスト教の影響

この考え方の延長線に加えることがあるとすれば、主に明治以降になってキリスト教が入ってきて、その信仰が加わったことだと思います。キリスト教の信仰の中にも、宗派はいろいろありますから、一概には云えないのですが、それはほとんど無神論に近いところから、日本の固有の宗教と同じように山の向こう、あるいは洞窟や海のかなたにあの世、あるいは天国があるという考え方から、天国の否定に等しいような、プロテスタント的な宗教もキリスト教の中にはありますが、それが全部さまざまなかたちで明治以降の日本に入ってきました。

だから明治以降の日本人の死生観について考える場合には、新たにキリスト教的な信仰が人間の死と生をどういうふうに考えたか、死んだあとに天国に行くと考えたか、あるいは天国は本当はないのだと考えているのか、そういうことを含めてキリスト教的な要素が入ってきたことが、新たに日本人の死生観に加わったと考えることができます。

さて、大ざっぱな見取り図でいえば、ここから現代の日本人はどういう死生観を持っているかということに入っていかなくてはいけないのです。ところで、現代の日本人はどういう死生観を持っているかを考えるうえで、どういうふうに考えていったらいちばん考えやすいかということは、残念ですが分かっていません。またそういうことを厳密にやられたこともないのです。ですから、むしろそれは皆さんのほうがよく知っているのではないかと思われます。

つまり日常、ご老人・病人・死者というものにどうしても付き合わざるをえない皆さんのほうが、本当は日本人がどういうふうに死を考えているか、死のあとにどういう世界があるか、あるいは世界がないかということについてどう考えているかということはよく知っているのではないかと考えますし、皆さんのほうが現代の日本人がどう考えているかということについて知っていると思います。……〔テープ反転中断〕

……現在どういうことが云えるかといいますと、そういう大昔からの考え方をとっている日本人はいまでもいますし、またそれを捨ててしまった人もいます。まだまだ仏教の信仰があって、本当はじぶんの気分・実感としてはあまりあの世の世界があるとは信じていないけれども、しかしお盆になるとやはり郷里に帰ってこいというから帰っていき、ちゃんとそこで霊まつりをして迎え火や送り火を焚いて、死者を迎えてまた送り出すという行事があるから、何となくそこに加わる。そうすると加わっているあいだだけは何となく祖先の死者と出遇ったような感じがしないでもない。しかしまた都会に帰ってきたら、そんな感じは全然ない。だから死後の世界があるなんて、ちっとも思っていない、そういう方もおられます。

また強固なキリスト教ないし仏教の信仰を持っていて、もちろんあの世・浄土もあるし、天国ももちろんある。死んだらじぶんは必ずそこに行くし、人々も必ずそこに行っているのだと信じている方もおられます。もちろん唯物論もちゃんと入ってきていますから、死んだら死にきりであるし、焼き場で焼いてしまったらもう煙で元素に帰ってしまう、それだけのことで、死んだあとの世界なんてありはしないと思っている人もいます。

だからそう考えると、現代の日本人の死生観を統一的にこうだと云うことはとてもできない。そうならば具体的にいう以外にない。ところが具体的に、まず手始めに先ほど僕が申しましたように、山だという信仰もあるし、海だという信仰もある。また洞窟だという考え方もある。そのように類型に分けられればいいのですが、この類型に分ける考え方をすれば、大ざっぱに仏教的な風俗・習慣があり、キリスト教的な風俗・習慣があり、それから唯物論的な習慣があるという分け方もできるでしょうけれども、僕が考える現代は、たぶんそのように大ざっぱに分けられて、キリスト教的類型、仏教的な類型、無神論的な類型、そういう分け方自体もだんだん危なくなってきているのではないかといえます。つまり、そういう考え方すらだんだん危なくなってきているような時代、あるいは段階、あるいは社会に入りつつあるのではないかというのが現代の状態だと僕は思っています。

ですから、皆さんの段階では、たぶん郷里でお盆だからお正月だから帰ってきなさいといえば帰っていかれて、そこで迎え火を焚いたり、送り火を焚いたりというお盆の行事があって、お坊さんを呼んでお経を読んでもらうということもありましょうし、またところによっては山の中腹にお参りに行くこともあると思いますが、それらはその人が信じているからそうするというのではなくて、習慣だということのほうが大きい。だから、もう少し時代が進んでいくことを考えると、そういうものすらなくなってしまう。送り火とか迎え火を焚くという行事自体もだんだんなくなっていきつつある気がしますし、そういう時代に入っていく気がします。

それに対しては、ふたつの考え方があるでしょう。そうなっていくのは、いかにもわびしいことであるから、そういう風俗・習慣・信仰は大切に守っていかなければならないという考え方があると思います。守っていかなければならないという考え方が一方にあるにもかかわらず、それがだんだんなくなっていくのも避けがたい運命だ、避けがたい時代の進展だということもまた云えそうに思われます。ですから現代は、それを守っていかなければならない大事なものとか、捨ててしまうには惜しい、大昔からの習慣にある一種の懐かしさみたいなものでしょうか、親しさみたいなものでしょうか、それを守ろう、守ろうと考えてもなおかつだんだんなくなっていくことは避けられない、そう考えたほうがいいのではないでしょうか。

死生観が類型化できなくなった現代

そうすると日本人の死生観について、いま絶対こうなのだ、こういうふうになっているのだと云うことはなかなかできなくなっているといえると思われます。ですから、どうやって日本人の死生観を確かめていったらいいのかといえば、極端にいえば個々の人がどう考えているのかを、死の場面・病気の場面・老いの場面と、個々具体的な場面でもって調べていくとか、具体的に当たっていって、その考え方を一つひとつ確かめていかなければいけない、そういうところに入りつつあるのではないかと思われます。

つまりそこまで徹底してというか、そこまで退いてというか、そのうえで日本人はどういう死についての考え方、どういう生についての考え方をしているか、本当に確かめていくことが大切な気がします。それ以外にやりようがないし、またそれ以外に実りのある方法はとても使えない。それ以前の宗教的な考え方を適用したり、あるいは大昔の日本人の考え方はこうだったからこうなのだと適用しようとすると、全部調子が狂ってしまう、あてが外れてしまう、狂ってしまう気がします。

だからそういうことではなくて、一つひとつ、云ってみれば一例一例に当たって、老いについての考え方、死についての考え方、あるいは死後に世界があるのか、ないのかということについての考え方を具体的に確かめていくというやり方が本当はいちばん実りのいいやり方であって、またそういう意味で申しますと、皆さんがいちばん実りの多いことができる場所におられるのだと考えられます。

僕らが唯一いえることは、つまらないことといえばつまらないことですが、たとえば六十歳以上のご老人たちにアンケートをとったデータがあります。たとえば僕が大切だと思ったのは、年をとってから子どもたちの世話になるつもりか、ならないつもりかというアンケートをとると、六〇%ぐらいの人は、じぶんはできるならば子どもたちの世話にならないようにしたいと考えています。

僕の理解の仕方では、半分以上のご老人たちが年をとっても子どもたちの世話にならないでやっていきたいと思っている。実際できるかどうかは別ですが、そういうご老人が半分以上、六〇%、七〇%となったということは、だいたいご老人たちが死の世界を克服したという言い方はおかしいのですが、死の問題を解決したことを意味していると思います。

これは実際的にも解決したら、なおよろしいわけです。つまり死に対して、じぶんが経済的にも精神的にも処理していき、じぶんのいちばん親しい子どもたちにも、本当ならば世話にならないようにして、じぶんでじぶんの死について考えていく。経済的にも考えていくし、精神的にも考えていくと思うご老人が、たとえば五〇%を超したということは、たぶん死の問題が物質的な、生活的なという意味合いで解かれたということを意味し始めたと思います。

老人問題とか死者の問題、あるいはもっと広範囲にいうと身障者の問題は本当をいえば福祉事業の問題でもなければ、国家の福祉予算の問題でもないし、地方自治体の福祉問題でもなくて、それらは全部過渡的な、その場の間に合わせにすぎないので、老人問題の本当の解決、身障者の問題の解決、死者、あるいは死の問題の解決は、その人自身の力で、それが全部解決されてしまう基盤がつくられるということが最後の理想的な目的なので、そこに至ったなら福祉の問題や行政の問題はもう二の次、三の次の問題になってしまうべき性質のもので、その問題は決して福祉の問題ではありません。

死は究極の問題

生死の問題については、現在、非常にはかないところに突入しつつあって、わびしくなってしまっています。しかし逆の面からいきますと、だんだんじぶんで経済的にも精神的にも死の問題、あるいは老いの問題を解決したいのだ、あるいは子どもの世話にはなりたくないのだというふうに思い始めたご老人が出ていることは、死の問題を日本人がとうとう最後の問題、つまりいまはやりの言葉でいえば究極の問題のところに持っていっていることを意味していると僕は理解しています。

ご老人たちは意識しているにしろ、無意識にしろ、だんだんと死の問題を最後の問題のところに、つまりそれは自分自身が解決すべき問題であり、自分自身が経済的にもちゃんと解かなければならない、そのうえでなおお子どもたち、近親の人たち、周囲の人たち、あるいは国家がやってくれるのならば、それはありがたいからそれに越したことはないけれども、じぶんはそれに全然頼らないで、自分自身でそれを解きたい、解決したいと思っています。

物質的にも解決したいし、精神的にも解決したいと思っているご老人が現われてきているということは、云ってみれば死の問題を最後の問題のところにご老人たちが意識するにしろ、しないにしろ、追い詰めているというか、最後の問題のところで考えようとしている。そういうところに、やっと日本の社会も到達しつつあるということを意味していると思います。

ですから、たとえば大昔から日本人の懐かしい信仰、つまり山に霊が集まる、あるいは海に霊が集まる、あるいは洞窟を通してかなたに人間の霊が集まって、またいつでも帰ってこられるのだということはとても懐かしい信仰ですし、仏教の信仰も懐かしい信仰ですが、その懐かしい信仰は、否応なしにだんだんなくなっていくことが、時代の進展、社会の進展としてどうしても避けがたいように思います。

しかしそれで終わりかというと、決してそうではありません。統計でみると、昔のご老人たちは年老いて姥捨山《うばすてやま》に捨てられるという伝承もあるくらいだし、全部他動的です。年をとると否応なしに子どもの世話になることも他動的というか、自覚的でなくてそうなっていってしまうということが代々のしきたりで、そこで悲劇が起こったりしたわけです。

現在のご老人は、じぶんたちは子どもたちには世話になるまい、頑張りたいと思う人たちが出てきたということは、つまり死の問題を最後のところまでとうとう追い詰めた。日本人が死の問題をちゃんと解決する基盤、筋道を獲得したということを意味していると考えます。ですから、大昔からある懐かしさ、美しさがどんどん衰えていくことは、ある一面ではとても嘆かわしいことでしょうけど、ある一面からいうと、そうではなくて人間はとても強いものなのだ、じぶんでじぶんのことは解ける、あるいはどこまでもやっていけば必ず解けるのだというところにご老人たちがちゃんと入りつつあるのです。

統計によれば、そういう考え方のご老人が増えてきていることを見ると、実際にできるかどうかは具体的な条件によりますが、死の問題——死の問題は同時に生の問題ですが——をとうとう最後のところまで追い詰めてきたなということを意味していると僕は思います。

その面から見たなら、人間というものは、日本人という中に人間は全部含まれるわけですし、またそうでなければいけないわけですけど、日本人が考えることは人間が考えることなのだというふうになるべきなのでしょうけど、日本人の死についての考え方、生についての考え方もとうとう来るところまで来つつあるな、つまり最後のところまで追い詰めてきたなという感じがします。それはとてもいいことなのではないでしょうか。そこのところは、ある意味で希望なのではないかと僕には思われます。僕はそういう理解の仕方をとります。

ですから、懐かしい、古く美しいものが消えていくことは残念ですが、しかし残念だというばかりではなくて、一方ではご老人たちはもっとたくましく、じぶんの問題はじぶんの問題であるという考え方の人たちがどんどん増えていくということで、云ってみれば死の問題を最後のところに追い詰めつつあるという兆候も、統計によれば確かに見えるわけです。それはたいへんいいことなのだ、言い換えれば希望なのだと云うことができます。

この問題は、たぶん皆さんがいちばん近いところで、実際に調査したり、実際にぶつかったりできる立場におられるわけです。その問題を本当によく確かめて、調べる以外に方法はありませんから、いまどのくらいの考え方をどういうふうにしているかということを捉えることができるようになったら、どういうふうに考えていったらいいのだろうか、あるいはどういうふうに対応したらいいのだろうか。老人問題に対してどう対応したらいいのだろうか、死者の問題に対してはどういう対応をしたらいいのかということを、自ずとそこから獲得していくのがいちばんいいやり方ではないでしょうか。また本当をいえば、それ以外のやり方はないのではないかと僕には思われます。

それ以外のやり方をすると、いま医学関係、精神医学の関係、臨床医学の関係でアメリカやヨーロッパで大きく行なわれている死者に対する対応の仕方についての書物が、日本でもぼつぼつ出ていますが、それらの書物は、僕の理解の仕方では大なり小なりキリスト教的な、宗教的な救済感がどこかにあるわけです。そのことは日本の問題に置き直してみると、それに該当するのは仏教ですから、仏教的な救済観がどこかにあって、調査とか考え方が打ち出されています。

宗教が希薄な時代の救済とは

僕の理解の仕方では、それはキリスト教的な信仰、あるいは仏教的な信仰の篤い人たちに対しては効を奏するというか、有効で、それはいいやり方だ、いいことなのだということがいえるけど、一般論として現代、あるいはこれからのち、そういう宗教的な信仰が習慣としてもどんどん衰えていき、これからのち、それが有効であるかどうかはすこぶる保ちがたい、保証しがたいことのように思われます。

だからそこではそうではなくて、死はやはりじぶんの問題であり、じぶんが解決すべき問題だというところが希望として表われつつあるということです。信仰のある人には信仰がある人のように、信仰のない人にはない人のように、死の問題、老いの問題をじぶんが解決してきたし、これからも解決すると考えている人には、その人のように、そういう対応の仕方は個々具体的に、もう少し緻密に、信仰一般のところで解消したり解釈したりするのではなく、もう少し緻密なところで、もう少しこれからあと起こるだろう事態に含められたところで、この問題を具体的に解いていかれることがいちばんよろしいのではないかと思われます。僕らもそれ以外の何らかの考え方は思い浮かばないのです。

ただ、僕らの頭の中には、何か大ざっぱに、大昔からの日本人の死についての考え方、生についての考え方、現在のそういう考え方の混乱とか行く末とかも含めて、漠然とした見取り図、イメージみたいなものはあるものですから、それをお話することはできるのですが、それ以上の、本当に個々具体的に当たっていかなければ救済にも解決にもならない。具体的に個々に当たりながら、非常に緻密な対応の仕方を考え出していき、日本人の伝統にも、それから現代の繊細さにも、現代の高度に発達した社会にも相適合するという考え方とかやり方をつくり出していく以外に、僕には本当の意味の救済とか解決はないのではないかと思われます。だから現代の日本人の死生観は、たいへん混乱していますし、絶望的なところと希望が持てるところと両方がないまぜになっているのだと僕自身は考えています。

僕がお話できそうなところはこういうところに尽きるのですが、僕はじぶんなりにそういうことについてこれからも考えたり、何か表明したりしてみたいと思いますが、そんなことよりも皆さんのほうがきっとそれにふさわしい場所におられるわけですから、本当に個々具体的に、緻密にその問題を調べていかれたり、当たっていかれたり、あるいは経験していかれたりしたら、そこから出てくるものは、とても貴重なものになっていくのではないかと僕は考えます。お粗末でしたが、いちおうここで終わらせていただきます。

（一九八六年十一月十六日）

日本人の死生観 II

死ぬ瞬間の構造

昨日、「日本人の死生観」、死と生についての考え方ということでお話したのですが、その続編みたいなところから入っていきます。

夕べも一杯飲みながらこんな話が出ました。人間の死は、一般に人間は必ず死ぬものであるという言い方と、それから私は必ず死ぬという言い方とは、同じように見えて違う。一般的に人間は死ぬものだということは、何となく大ざっぱな言い方ではいえそうに思えるけれども、私が死ぬということは、私にはよく分からないはずだという話になってきたわけです。

その問題をもう少し厳密に追い詰めた仕事、調査がいくつか翻訳されています。その中で初めでもあり、おもしろいというか、いちばん興味深いのは、ロスという精神医学者の『死ぬ瞬間』という書物です。それは何がおもしろく興味深いかというと、人間は死ぬものだという、その死ぬ瞬間をもう少し緻密に追っていくと、まずだれでもたどる径路があるということをそこで結論づけています。

その径路とは何かというと、重病で、もう回復不能だという宣告を受けた場合、病者はどういう反応をするかというと、その第一段階では、まず否認という言い方をしています。つまり、そんなはずはないと認めないという反応が起こると云っています。それはほとんど例外なしにそうだ。そしてその次には、なぜ俺だけがこういう病気で、こういう目に遭わなければならないのだという憤りが現われてくるのが第二段階です。

では第三段階ではどういう現われ方をするかというと、延命とか取引という言葉を使っています。それは神様や目に見えないものとの取引で、じぶんにはまだし残したことがたくさんあるし、家族のことも不安だからもう少し命を授けてくれれば、その代わりに何でもいたしますというかたちで延命・取引ということが起こってくる。

第四段階では、それが過ぎてしまって、一種の憂鬱状態が起こってくる。その鬱状態が過ぎてしまって最後の段階では、受け入れというのでしょうか、諦めというのでしょうか、そういうことが起こってくる。その最後の諦めの段階が起こってきたときには、患者さんはたいてい二十四時間以内ぐらいに亡くなるという結論を出しています。

それは一見するととても残酷な調査で、残酷な結果を出していますが、しかし別の面からいうと、ただ人間は必ず死ぬものだという言い方とか、私は私の死を確認できないという言い方でいわれるあいまいさを、もう少し厳密に追い詰めて考えて、真正面からぶち当たっていったという意味では、初めてのものだと僕には思えました。だからその本を読んだときは、とても感銘を受けたし、ショックを受けました。

僕は、そういうことに関連して、文学の話をしたことがあります。それは大ざっぱにいいますと、文学作品の中に展開される物語は、ロス女史が云っている五つの段階と同じような段階をだいたい踏むものである。つまり物語の構造は、死ぬ瞬間の構造と同じようなものだということを、僕は以前に話したり書いたりしたことがあります。

ところで、今日は僕が文学のことについて何をしているのかということをお話してみたいと思います。第五段階、最後の受け入れの段階で、死に瀕したときから始まる文学を僕はいまやっておりますので、それを大ざっぱにこういうことをじぶんはしていますという意味合いでお話してみたいと思います。

それには僕が根拠としたことがふたつあります。第五段階で死に瀕した人が、そのまま亡くなってしまえばそれが分からないわけですが、病気ということではなくて、たとえば交通事故みたいな場合に、死に瀕した人が快復して治ったという人の体験を集めたいくつかのデータがあります。日本の人のデータについては、『潮』という雑誌がありますが、そこの編集者と協力して、例を割合たくさん集めたことがあるのです。

臨死体験

死に瀕して、そのまま亡くなったというのではなくて、そのままうまく治って生き返った人の体験ですが、まず第一段階として、じぶんが死に瀕していて、お医者さんが人工呼吸をしたり、看護婦さんが慌しく出入りしたり、近親の人が驚いて、悲しそうに叫んでいるとか、じぶんが寝ているベッドの周辺でそういう動きをしているのが、部屋の二メートルぐらいの高さのところから見えた。それが第一段階です。

そのあとの体験は人によってさまざま違いますが、いちように云えることは、そのうちに何かじぶんが暗闇のようなところをスーッと通っていくような気がして、そこを通り過ぎたら、今度は明るい風景が開けてきた。その風景は、橋があって、そこへ行くと、たとえば死んだ親が、お前はここに来るな、帰れと云われたから帰ってきたら、生き返った。さまざまな例がありますが、まず空中に浮きあがったところから、じぶんのベッドの周辺をいろいろな人が慌しくしている風景をじぶんで見たという体験が、第一段階に必ずあります。そう云っていない場合にも、そういう段階を経て、じぶんはどこかへ飛んで行ったという体験がほとんど例外なしにあります。

その体験を記述した人の非常に多くが、たとえば十人のうち七人とか八人は、だからやっぱり死んだ、死んだというけど、死んだあとの世界はあると思うと云っています。あと三人ぐらいはそういうことを云っていませんが、だいたいその種のことは宗教や宗教観と結びついて体験が語られていることが多いのですが、それはいったい何なのだろうかということがひとつあります。

自分を見る自分——高次映像の出現

もうひとつ、今度は宗教に近くなくて、まったく科学技術的なことですが、僕はつくばの科学万博へ二回かそこら見に行ったのですが、富士通というハイテクの会社の富士通館というのがあって、非常にびっくりするような高次の映像をそこで見せてくれました。その高次の映像とはどういう映像かというと、まずコンピューター・グラフィックスの映像のように時々刻々移り変わってくる映像を、ドーム型の天井から周辺全部、部屋中がスクリーンになっていて、見る席がずっと上のほうに上がっているわけです。

そのスクリーンにコンピューター・グラフィックスの映像が映し出されるわけですが、それを立体視の偏光眼鏡ではないのですが、色差式の、こっちに赤い色、こっちにブルーの色の眼鏡をかけて見ると、ドーム型の部屋のスクリーンから映し出されている映像が立体的に浮かびあがってくる。それは浮かびあがってくるだけではなくて、衝突しそうになったり、じぶんの周りを飛び交ってくるのです。

もしこちらがスクリーンの外を見たら、普通の空間だとたちまちのうちにその裂け目のところでばれてしまうのですが、座席が割に上のほうにあって、前後左右、天井も全部がスクリーンになっているのでどこを見ても、いちおう意識的に見ないかぎりは立体的な映像が飛んでくるわけです。ですからじぶんがその中にいながら、そういう立体像がぶち当たるように飛び交ってくるのを見ているという映像になります。その映像はまずかつて見たことのない高次の映像であって、びっくりしたのです。

その手の試みはつくばの万博では、ほかの二、三のところでもやっているのですが、たいていは向こうにスクリーンがあって、赤とブルーの眼鏡をかけてそのスクリーンだけを見ているかぎりは映像が飛び出してくるのですが、いったんスクリーンの外に目をやったら、たちまち現実の空間になってしまうので、ああ、何だ、これはうそかと思えてしまう。ところが富士通館だけはそれを完璧なかたちで、どこを見てもこれがただの映像かとは思わせないように、全部が映像空間の中にじぶんも入っていて、それを見る。そして立体像が飛び交ってくる。この体験はかつて見たことがない高次な映像の体験でした。

僕はそれもとても衝撃を受けたわけですが、じぶんの中にそういうものもあったわけですが、何とかしてこの高次の映像はいったい何なのか、じぶんで理屈づけてみたいという考え方を持ちました。その考え方が前に申しました死に瀕した人が帰ってきたときの体験の中に必ずある、じぶんがまず初めて意識を失ってしまったら、じぶんが空中に浮きあがって、死に瀕して横たわっているじぶんが見えて、なおかつ周りでお医者さんたちがうろうろしていたり、あわてたりしているのが見えたという、その体験が、僕の中では見えた体験としては同じものだという考え方があります。これも併せてひとつじぶんなりに理屈づけてみようと思いました。

これは云ってみれば、この高次の映像と、死に瀕したときに必ず現われるとされる映像、つまり死に瀕しているじぶんが見えたという映像とを同じように理屈づけてみると、僕の理解の仕方では、それはふたつに分解したらいいのではないかと思えたのです。そのふたつとは何かというと、ひとつはじぶんの目の高さで地面と平行に見える立体像、つまりふつう僕たちが他人や周囲の風景を見ているときに見える立体映像と、もうひとつ、真上から下を見ているときの映像が、そのふたつの映像を同時に見ているという体験がもし可能だとしたら、それは僕がつくばの万博で見た高次映像と同じものが見られることを意味するはずだと僕は考えました。

それから死に瀕した人が、空中からじぶんが死に瀕して横たわっているのと、周囲をお医者さんや看護婦さんが駆け回っている映像が見えたというその体験も、やはり死に瀕しているじぶんの姿をじぶんが見ているという体験ですから、これも一種の高次映像です。これもまた分解すれば、やはり上のほうから見ている視線と、立体的にじぶんが目の高さで平行に見ている立体像と、そのふたつを同時に見ることができた。つまり同時に合わせて見るときにできる映像を考えれば、いま云いました死に瀕したときの体験とつくば万博のような科学技術的につくられた高次映像、そのふたつはつくれることになると僕には思われました。だからそのふたつに分解すればいいのだと考えました。

もうひとつの体験は、昔から云われていますが、宗教体験です。たとえば密教の修行者がその修練によって曼荼羅の世界に入っていく場合に、まず最初にじぶんが空中に浮きあがるという体験を経て、そのあとで曼荼羅の世界を歩く。その世界の体験が豊富であればあるほど、宗教家として修練を積んだ人だとなるのです。昔から東洋の宗教がいっている宗教体験ですが、その体験もやはり同じで、修練によってそういう体験をじぶんでつくれるように修行していくことになるわけです。

宗教を侮《あなど》ってはいけないのですが、たとえば密教のそういう体験も、死に瀕した人のそういう映像体験も、云ってみればどういうときにできるかと、僕は例を集めて分析して、一所懸命考えました。結局、僕が得た結論ははなはだ貧弱な結論で、それは要するに死に瀕して意識が減衰状態になったときに、たぶんその映像が出現するということです。つまり、ロスがいう第五段階の最後の瞬間の直前のところに意識状態がなったときに、たぶんその映像体験が出現するというのが、僕の貧弱な結論でした。

だから、そういう見方をすれば、密教の体験もはなはだ貧弱な体験になってしまうのです。それは意識の減衰状態――つまりニア・デス――死に近い意識状態を修行によって人工的につくっていくことができれば、それが密教の体験に該当するというのが僕の結論でした。それははなはだ貧弱な結論で、宗教からいえば大目玉で怒られてしまうと思います。

僕自身もそういうふうに思えるところがあります。というのは、僕は神秘的ではないのですが、宗教の意味は科学的に解釈すると大したことはないのだというところにはないので、科学的に大したことがあろうがなかろうが、その宗教体験自体がその人の精神状態を救済するかどうか、それが豊富な体験であるか貧弱な体験であるかは別問題であると思います。

たとえば交通事故を起こして死に瀕した人の体験は、云ってみればピンからキリまであります。貧弱な体験というのは、ただじぶんが死に瀕したら、部屋に飛びあがったところで死に瀕しているじぶんの姿がじぶんで見えた。それから暗いところをスーッと走っていくように見えて、それからその向こうに明るい先が見えた。明るい先の向こうには知っている人がいて、お前はこっちに来ないで帰れ、帰れと云われたから帰ってきた。そうしたらじぶんは生き返った。云ってみればそういう体験です。

曼荼羅の世界みたいに、修行をした人の高位高僧の仏教の体験は、たいへん華やかな体験です。

浄土の華やかな楽土のイメージが自在にちゃんと体験できたり、また地獄で人が苦しんでいるのがまざまざと見えたという体験とか、その体験自体のイメージが豊富であればあるほど、たぶんそれは宗教としても豊富であるし、またそういう豊富なイメージの体験をしたことが、人間の心を非常に豊かにするもとになりますから、その宗教の意味は、別のところにあってそれを科学的に解釈すると他愛ないことであるかどうかは、また別問題のように思います。

少なくとも僕はどんなふうに神秘的に解釈しようとしても、僕自身がはなはだ貧弱な合理主義者ですから、僕にはそう思われました。つまり密教の宗教家みたいな人は人工的な修練によって、ものすごくじぶんを無生物に近い状態、死に瀕したところに近い意識状態にじぶんを持っていけるということが修行の眼目であって、それができたらたぶん豊富なイメージ、まずじぶんの身体が空中に浮かんだような気がして、それからあとずっと華やかな曼荼羅の世界を巡ることができるようになるのだと思います。

死に瀕した体験の中に現われる映像は、それよりも貧弱ですが、しかし同じようにたぶん、死に瀕する直前の意識状態、意識が崩壊直前になったところで出てくるイメージが、そのイメージではないかと僕には思われます。だから実際にそういうふうに意味づけるとどうということはないのですが、ただ、じぶんが横たわっている姿がじぶんで見えたという体験は、映像体験としていえば非常に高次な体験であって、たとえばつくば万博の富士通館が科学技術的に初めて実現した映像は、それは大げさな言葉遣いをすると人類が初めてつくりだした映像体験だと僕には思えます。

現在までのところ、これ以上高次な映像は考える必要がないのであって、また実現することはまずできないので、これがいちばん高次な映像だと考えます。たぶん僕の理解の仕方では、ごく普通の立体的に見える目の高さで見える映像、立体像に対して、同時に真上から見た映像を組み合わせることができたら、そういう映像状態をもしじぶんがつくれたなら、それはたぶん同じ体験がつくれたことを意味するのではないか。だから分解するとすれば、そういうふうになるのではないかというのが僕の原則的な理解の仕方でした。

文学作品の三つの要素

それで今度は文学作品についても考えてみました。どんな文学作品でも要素的に分解してしまうと、まず考えられるかぎり三つの要素的な流れがあると思われます。ひとつは、言葉の概念が持っている意味、それが物語を次々に展開させていく、運んでいく、進行させていくということが、どんな文学作品の中にもある大きな流れだと思います。それは概念の意味が物語を展開させていく。言葉の意味の流れにしたがって、物語の流れが展開されていくというのが、大きな文学作品の根本になっているひとつの要素的な流れだと思われます。

もうひとつ考えられるのは、言葉の概念が意味ではなくてイメージをつくりあげる、そういうものが文学作品の中には必ずあるといえます。ある文学作品を見ると、クライマックスに近いところでは、たとえば彼はこのとき何々と語ったというような言葉の意味だけではなくて、その描写自体がイメージをつくりあげている箇所が必ずあります。

それは一般に僕らがある文学作品とか小説を読んだときに、この小説はどうだったといわれて、ああ、この小説はおもしろかったよ、あるいはよかったよと云う場合、そのよかったと云っている人がどういうふうに思いながら云っているかというと、たいていいちばん鮮やかだった箇所、あるいは鮮やかだったいくつかの箇所をつなぎ合わせて、そしてあの作品はよかったよと云っていると思います。そのときに鮮やかなイメージをつくりあげるいくつかの箇所があって、そのときには言葉は意味でもって流れています。それから言葉がつくりあげるイメージがあります。いちばん鮮やかな箇所を必ず作家はそのふたつでつくりあげています。それはひとつの場合もありますし、たくさんの場合もあります。それから非常に少ない場合もあります。それは言葉の意味と、言葉がつくりあげるイメージと、そのふたつがあいまって、文学作品の流れをつくりあげていることが分かります。

もうひとつ考えられるような気がします。そのもうひとつとは何かというと、言葉、イメージには違いないのですが、言葉の概念全部がイメージ、あるいは映像に転化してしまっている。本来ならば言葉の機能ではないはずのものを言葉がつくりあげてしまっているという箇所がある場合があります。その箇所というのは、言葉の概念が何を描写しているかという意味を全部消してしまって、全部がイメージになってしまっている。そういう箇所を作品が持っている場合があります。

つまり言葉の概念が全部イメージ、あるいは映像に変わってしまったという文学作品の箇所を考えると、僕の理解の仕方では、先ほどから云っている高次の映像、あるいは死に瀕した人たちの体験する映像と同じように、普通の立体的な目の高さで地面に平行に見える立体像のイメージと、もうひとつ上のほうから見ている映像とが組み合わさった映像が、そこで実現している箇所が、ちょうど文学作品の中で言葉の概念が全部イメージに転化してしまった場所に該当すると考えられます。そこでは言葉で描写してあるにもかかわらず、読む人は全部イメージとして感じているという箇所がよくよく注意すると必ずあるといえそうです。

『銀河鉄道の夜』

これは例を挙げないと何となく口だけみたいなことになってしまいますが、例はたぶんいくつも挙げることができると思います。僕が好きな人の好きな作品で例を挙げると、宮沢賢治の『銀河鉄道の夜』という代表的な童話作品になります。

主人公のジョバンニという少年は夢の中で銀河鉄道に乗っている。友だちのカムパネルラは、溺れそうになった友だちを助けようとして飛び込んで、友だちは助かったけれどじぶんは溺れて死んでしまって、いわば死後の世界を歩いているという意味合いで銀河鉄道に乗り合わせている。

主人公は夢の中で、カムパネルラと一緒に銀河鉄道に乗って、どんどん進行していくわけですが、二人を乗せた銀河鉄道は白鳥の停車場で停まります。向こうに銀河が煙るように流れているのが見えていて、あそこの河原まで行ってみようと、二人が列車を降りて河原に下りていくところがあります。そこには河の流れといっても水なんかは流れていないから何も目に見えないのですが、しかし何かが流れていると感じられる。その流れのところでジョバンニとカムパネルラが手を浸そうとするところがあります。

　そうすると水も何も流れていないのに、流れの表面のところにだけキラキラと光が輝くという描写があります。やっぱり銀河は流れているのだとジョバンニとカムパネルラは考えます。そこの描写を見ると、たとえばジョバンニが銀河の水のところに手を浸したと描写されていて、浸すと流れの表面のところにキラキラと輝く渦みたいなものがあって、やはり流れているのがわかったと描写されています。

　それはつまりジョバンニが銀河の流れに手を浸したら、手の周りを光が渦巻いた。だから水が流れているのだとジョバンニは思うのだと描写されていると同時に、ちょうど銀河鉄道の列車の向こうのほうからそういうふうに流れに手を浸して、光の渦が手の周りを取り巻いて、ああ、水が流れているのだなとジョバンニが思っている。つまりジョバンニから見られた手の周りの光の渦のイメージと一緒に、そういうふうにして手を浸しているジョバンニとカムパネルラの二人の姿を、もうひとつ違うところから見ている視線、そういうイメージが同時に浮かびあがってくるといえます。

　それはとても珍らしいイメージですが、本来的にいえば、ジョバンニは銀河のほとりまでやってきて、流れに手を浸してみた。そうしたらそこで手首のところに光の渦が取り巻いているのが見えて、ああ、やっぱり銀河というのは流れているんだなと考えたといえば、ジョバンニが自分の手首のところの光を見ているというイメージだけが出てくるはずですが、そうではなくてその全体、つまりそれに手を浸しているジョバンニの姿とカムパネルラの姿を別のところから見ているもうひとつのイメージが、そこに同時に重なっていると云えそうに思えます。

だからそういう箇所は珍らしいのですが、そのときに実現されているのは、そのように描写されているのですが、言葉の意味はどうでもよくなってしまって、概念の意味が全部イメージに転化されてしまったときには、単に描写だけではなくて、その描写自体をもうひとつ違うところから見ているイメージが同時に喚起される。このイメージはとても高次なイメージだといえそうです。つまりこの種のイメージが喚起される文学作品は、まれではありますが、たまにはあります。

僕はいちばん典型的に『銀河鉄道の夜』という作品の中で茫漠として銀河を旅しているイメージがあるわけですが、茫漠として旅をしている二人のイメージと同時に、二人が何かをしているのをどこかでもうひとつ見ている視線のイメージがある。不思議なイメージを喚起する作品で、この作品の由来がどこにあるのか、よくよく分析してみると、いま申しあげた高次映像と同じように、一般的に言葉が喚起してくるイメージを、またもうひとつイメージとして見ている視線がそこに加わっているときに、言葉の意味よりも言葉全部がイメージに転化されてしまっている。そういう高次なイメージを実現しているように僕には思われます。

だからそういう箇所がある文学作品、そういうものを喚起する描写の場所を持っている作品は、必ずいい作品だといえそうに思いますが、それではすべてのいい作品は必ずそういう描写を持っているかというと、一概にはそうとはいえないと思います。

なぜかというと、文学作品というのは、言葉でつくられていますし、言葉の本来的な機能は意味ですから、意味によって物語をつくりあげることが、少なくとも第一の機能です。イメージをつくるのならば、それこそフィルムでつくったり、絵画でつくったりしたほうがつくりやすいので、文学作品は必ずしもイメージをつくるためにはいいつくり方ではない。文学作品は言葉の意味で物語を進行させることが第一義で、そういう高次なイメージを喚起する作品だけがいい文学作品だとはいえないと思います。しかしそういう場所を持っている作品はいい作品だといえると思います。だからそういう箇所があって、それが文学作品のもうひとつの要素をつくっているように僕は思います。だからこういう箇所をもしあるひとつの文学作品が持っているとすれば、その文学作品はとてもいい作品ではないかと僕には思われます。

そうすると、文学作品はいま申しあげた意味の流れによって物語を進行させるという要素と、それから意味の流れを保ちながら、同時にイメージをつくりあげている箇所、そういう流れを必ず持っています。それからもうひとつ、高次な映像で、意味の流れは全部イメージに変えられてしまっているような箇所を持っています。その三つの要素をもし文学作品の中からより分けることができれば、たぶんある文学作品をとても高次なイメージの箇所から読んだことを意味するように僕には思われます。

島尾敏雄『夢屑』

こういう作品は、探せばいくつもあると思うのですが、僕はたまたまじぶんの知り合いの作家で、こちらに来る直前に亡くなった島尾敏雄という作家がいます。島尾さんの作品の中でときどきそういうイメージを喚起するところがあって、例を挙げてみると、『夢屑』――夢の断片という意味ですが――という作品があります。それは、短い断片ですが、とてもおもしろいというか、見事なイメージを喚起する作品です。

一例を挙げてみると、作品の中でじぶんと細君と子ども二人と四人が即身仏をつくる、つまり即身仏になる儀式に参加することになったというところから夢が始まります。そして、そういうのが何だかおっかないような、不安なような気がしたのだけど、即身仏になる坊さんが一人、一緒に先導者を務めてくれるというので、何となく信頼できるような気がして、親子・夫婦四人が並んだ。じぶんが初めに並んで、その右側に奥さんが並んで、子どもが二人並んで、最後にお坊さんが並んで坐った。

いよいよこれから即身仏になる儀式が始まる。そうするとなぜだか知らないけど、お坊さんがやってきた。それがものすごく巧まざるユーモラスでもあるのですが、お坊さんがじぶんのところにやってきて、これから入定《にゅうじょう》の儀式があるのだけれど、費用はいくらかかるから承知してくれと耳打ちした。だけど何でこれから入定をするのに、なぜかかった費用のことまで考えなくてはならないのか分からないとか、お坊さんも変なことを云うものだという気がしたけど、それもひとつだと思って納得した。

どこからどう始まるのかと思っていたら、儀式をするお坊さんは、じぶんの後ろのほうにいた。後ろに回ってじぶんの肩と首を押さえた。納得はしていたのだけど、少しいやになってきたというか、命が少し惜しくなってきた。だけど儀式は始まってしまっていて、儀式をやるお坊さんが後ろからじぶんの首を押さえつけて前のほうに折り曲げていた。もうこれはやるよりしようがないと思ったけれど、押さえつけられて土にじぶんの額がついてしまった。下へぎゅうぎゅう押しつけられて、これから首を切られてものすごく痛い瞬間がやってくるに違いない、でも一瞬だから我慢しようと思っていると、ぎゅうぎゅう押さえつけられているうちに、額が土の中にどんどんめり込んでいった。

そうしたら首がどんどん向こうへ行ってしまって、ちっとも痛いという瞬間がなかったけれど、それはじぶんだけがそのときにもう向こうの世界に行っていた。だけどこちらの人から見ると、どうもじぶんは死んだということになっているらしい。じぶんは痛くも何ともなくて、ただ土の中にめり込んで、向こうに顔が突き抜けたと思ったら、じぶんは向こうの世界にいた。それはこちらの世界の人からいうと死んだということになるらしいというのが、その作品です。

僕の描写はまずいですが、土に額が押しつけられて、きっと首切り役人みたいなもののイメージからその夢を見たわけでしょうけど、その次にはその首切り役人がじぶんの首をぶった切るという瞬間が必ずくるだろう、いまにも痛いのがくるだろうと思っているうちに、ずるずると土の中に首がめり込んでいって、向こうに行ったら、それはどうも向こうの世界にちゃんと出ていた。それはこちらの人からすれば死んだとなっているらしい。そこのところで一種の高次の映像のイメージが喚起されて、そういうふうに私の体験を描写しています。私の首はどんどんめり込んでいって、向こうに行ってしまったと私の体験としてそれが描写されているにもかかわらず、首が押しつけられて向こうに行ってしまっているとか、その後ろにいるお坊さんとか、全部そういうイメージがその瞬間に浮かぶようにその作品はできていると思いました。

つまりこの作品は非常に高次な映像をつくりあげたところが、たぶんこの作品のクライマックスであって、同時にそれが高次な映像を実現している箇所だと思われました。そのほかのところでは、少なくとも意味でもって物語や話が進んでいますし、それから入定の儀式でじぶんがいちばん左に並んでとか、その並んでいるところのイメージはとても喚起されるのですが、その高次なイメージは、そこの箇所だけがどうも喚起されるように思います。そしてこの作品の場合には、高次な映像を喚起したときがその作品のクライマックスだとなっているように思います。

ある文学作品は、入口があって、それからロスが云った五段階に該当するような物語の段階があって、その段階がどこかでクライマックスを迎えて、そのあとに受容、受け入れがある。そしてある作品の場合には、受け入れの段階で非常に高次な映像を喚起して、それでその作品が出口にやってきて、ひとつの文学作品は終わる。そう考えると、どんな文学作品でも一般的に持っている作品の流れ・要素の流れは、だいたい理解できるのではないかと僕は考えます。

その問題を文学作品についてだけではなくて、そのほかの問題、云ってみれば言葉の表現だけではなくて、手の表現・映像の表現、その他すべての表現は、そういう高次映像を要素的に分解して考えることによって、全部理解していくことができるのではないかと僕は考えます。そういうことをいまずっとやってきていますが、まだ全部終わったわけではありません。そういうことを通じて文学作品についての分析や、普通の都市なんかが持っている映像についても、そのほかの映画などについても、そういう場所から統一的に扱えるのではないかということで、僕自身は現在やりつつあるわけです。

ちょうどこちらにくるについて与えられたテーマが、「日本人の死生観」と、死と生についての考え方という課題であったので、それに関連して僕が現在やっている仕事の問題のもとになる大ざっぱな考え方を申しあげました。死とか病気とか瀕死とかということについて僕は専門家ではないので、お聞き苦しい点もあったかと存じますけれども、僕はそういうところから僕なりのヒントを得て、それをすべての表現について理解していけないかということをやろうとして、いまは途中ですがやりつつあります。そういうことをお話させていただきました。これでいちおう終わらせていただきます。

（一九八六年十一月十七日）

Ⅲ

子供の哲学

「子供」という概念

僕の今日のテーマは「子供の哲学」となっています。題はどういうふうに付けてもいいのですが、子供というのをまずどう区分するのか、どこにその区分の特徴があるのかというところからお話をして、何がいったい子供にとって問題なのか、あるいは子供について問題なのか、あるいは問題はないのかということをお話しできたらと思います。それで児童心理学とか児童哲学、児童精神医学などの国際的な権威といわれている人たちの子供の区分の仕方というのを表にしてみました（表1）。

まず、こういうところで子供のことが一連のテーマとして扱われるということは、子供に何か問題があるからだと思われます。問題があるから子供に関心を持たざるをえないということがあるのだと思います。しかし、子供という概念、考え方ができあがったのはそんなに古い昔ではあ

（表1）年齢区分と特徴

	乳児期		幼児期			
	0歳	1歳	2歳	3歳	4歳	5歳
P・バーカー	●6カ月　笑う ●8カ月　人見知り ●一年までに母親により安心感、睡眠、授乳、食事、離乳のパターンができる	●排便、排尿のコントロール ●かんしゃくで欲求不満を表す	●前学童期（2～5歳） ●男か女かを知る 性器のいたずら エディプス形成 ●強迫行為はじまる	●空想 ●ヌイグルミその他、愛着物への移行 ●抑圧をおぼえる（無意識形成）	●両親の規範のとりこみ ●両親以外の人々との関係のつくり方	
エリクソン	●基本的信頼対不信 ●口唇感覚期 ●吸う、噛む ●食べる（吸う）、眠る、排便の良さで快をあらわす ●母親への基本的信頼	●自律対恥・疑惑 ●筋肉肛門期 ●疑惑は「お尻」から、迫害は背後から ●排せつされたものは汚い	●自発性対罪悪感 （身体や精神の実行力をこえる自発性、自律性から、怒り、嫉妬、敗北、諦め、罪悪感、不安などを覚える）	●空想と怖れ ●幼児性近親相姦 ●良心の形成		
J・ピアジェ	●反射の段階 ●2カ月目からは組織的に吸う ●5週間以後笑う ●3～4カ月後にものをつかむ	●知覚と習慣の組織化の時期 ●快、不快、成功、失敗 ●自己愛	●感覚運動的知能の段落 ●眼の前にないものでも想像で補うことができる ●幼児期2～7歳までとする ●思考の発生（感覚運動と分離した）	●遊びの種類 シンボル遊び （ままごと、人形、お医者ごっこなど） 集団遊び （鬼ごっこ、ベーゴマ） 映像遊び （コンピュータ・ゲーム、パソコン）		
A・ワロン（補・村瀬学）	●生誕は身にしむ寒気 反射が呼吸 ●数週間で半眠状態21時間 次第に覚醒と睡眠が分かれる	●言語活動を始める。それとともに不在の物の動きを想定できるようになる	●幼児期 ●〈主観内自己〉の自覚（1・5～2・5歳） ●〈類内共同性〉の自覚（2・5～4・5歳） ●物語ができる	●〈規範―自己〉の抗争（4・5～6・5歳） うそをつける ドラマのはじまり 勝ち負け 違反の意識（善悪の起源） 時間の発見 他人のこころがわかる		

児童期	思春期
6歳　7歳　8歳　9歳　10歳	11歳　12歳　13歳　14歳　15歳
●児童期（5、6〜10歳） ●技術の基本が身につく ●気質ができあがる ●社会行動のパターンができあがる （登校拒否、いじめ 児童内のおきて 性の延滞のはじまり） （優劣の格定め）	●思春期 ●月経（11〜13歳） ●射精（13〜17歳） ●デートやキス体験 （13〜16歳） ●グループをつくる ●両親との疎遠、会話の減少 ●内的悩み
●勤勉対劣等感の時期 ●勤勉の観念 ●道具の法則 ●年上の子どもから学ぶ ●不適格を植え付けられるとエディプス期に退行する劣等感 ●道具、技術、学習に希望を失うとエディプスが露出して表面に出る	●同一性対役割の混乱 ●非行 ●生涯の職業について自己同一性が確立できない ●分散した自我像を他者に投射して自己同一性を確立しようとする
	●精神発達は11〜13歳でおわる

※参考
P・バーカー『児童精神医学の基礎』
山中・倉光監訳　日本文化科学社
E・H・エリクソン『幼児期と社会』
仁科弥生訳　みすず書房
ジャン・ピアジェ『思考の心理学』
滝沢武久訳　みすず書房
村瀬学『初期心的現象の世界』　大和書房
アンリ・ワロン『子どもの精神的発達』
竹内良知訳　人文書院

（表1、表2は、講演「異常の分散」一九八八年、『心とは何か』弓立社所収から）

りません。つまり、昔は子供という概念はあまりなかったのです。

何が子供という言葉・概念を生み出したかというと、教育だと思います。私塾、あるいはじぶんの家で親が子供に勉強を教え、規律を教えというふうにしていたときには、子供という概念は必要でなかったんですが、学校が制度としてできあがったことから、どうしても子供という概念が必要になりますし、子供とはこういうものだと決めておいて、学校に何歳になって入るべきものだと決めないといけないということから、子供という考え方が出てきたのです。

子供は昔からあったというわけではないので、ある時期から子供という概念が必要になって、その必要に関係がいちばんあるのは学校・教育というものが制度としてできあがった。それから以降、子供という概念が必要になってきた、そして生み出されたということではないでしょうか。ほかの理由もあるかもしれませんが、いちばん大きな理由はそれじゃないかと思います。

初めの〇～一歳を乳児といいます。〇～一歳を乳児ということはどの児童心理学者も子供についての哲学者も一致しています。一致しているのはそこだけです。乳児とは何か。これはどんな人が考えても、どんな人が編み出しても同じではないかと思いますし、皆さんも同意するんじゃないかと思われるのは〇～一歳です。つまり、母親からおっぱいを飲まなければ栄養が摂れなくて死んでしまう、授乳・お乳なしには生きていけない、また排便の世話とか着物の世話なしには生きていけない。じぶんで歩いて、じぶんで着替えてということはできませんから、そういう時代を乳児ということだけはどんな人が考えても一致しているところです。

しかし、それから以降はすこぶる怪しいことになってきます。ここに四、五人の学者・研究者の考え方をとってきていますが、「幼児期」を二歳から五歳にとる人もいるし、六歳にとる人もいます。ピアジェというフランスの児童心理学者・発達心理学者は七歳まで幼児ととっています。たいていは二歳から五〜六歳までを幼児期といっていますが、六〜七歳までを幼児期という心理学者もいて、決して一致しないと云えます。

その後になってくると、ほとんど全部いい加減というか、意味がない分け方をしています。たとえばバーカーという人の、あまりいい本ではありませんが、標準的な本の中では、「児童期」といっています。そして児童期を五〜六歳から十歳と区分しています。児童期とはいったい何なんだということになるわけですが、児童期というのは人間にはないのです。ただ、学校があるから何となく学校へ通い始める子供という意味合いで児童期という言葉が成り立つわけで、児童期というものが人間の中に本当にあるのかどうかとなると、すこぶる疑わしくなってきます。勢い、何歳から何歳まで児童期というんだというその区分も人によって異ってきて怪しいことになってきます。

それからその後、これは個人差も著しいし、人によって区分の仕方も著しいわけですが、「思春期」という区分もしています。思春期というのは何歳からということについては人によって多少の違いがありましょうし、個人差を問題にすればたくさん違いがありましょうが、共通の表象というのはありえます。つまり、性徴というか、性的な兆候、しるしというものが前面に出てくる。引っ込んでいる、前面に出てこないという意味だったらゼロ歳からあるわけですが、とにかく男性の性徴とか女性の性徴、性的なしるし、特徴が身体・肉体の前面に出てくるということで云えば、だいたい共通して、十一歳の人もいますし、十歳の人もいるけど、それからの数年間を思春期といっています。これはかなりはっきりした言い方で、誰でも区分のつけやすい時期だし、共通の兆候、しるしを知りたいと思うのであれば知ることができる、それを目印にすることができるということになりますから、思春期というのは割合いにわかりやすいのです。

二つの重要な時期（乳児期・思春期）

そうすると、乳児期と思春期というのはだいたいどんな人が考えても意見が一致しやすいところです。そしてそれは非常に重要なことですが、誰でも共通で意見が一致しやすいというそこが、人間の生涯と云ってもいいんですが、子供にとっていちばん重要なときです。つまり、そのふたつの時期に間違わなかったら——たいてい間違うわけですが——人間というのは生涯大丈夫なんです。何が大丈夫だというのは問題なんですが、とにかく大丈夫です。あいつは大丈夫な男だとか大丈夫な女だと云えるためには、〇～一歳、乳児のときと、思春期、あるいは思春期を前後してですが、その時期が大丈夫だったら大丈夫なんです。その時期がだめだったら、人間というのは、誰でもそうですし、皆さんも思い当たるでしょうが、ものすごくきついことになります。

思春期というのはじぶんでもよく分かっているところがあります。子供自身でも分かっていて何かやっているとか、分かっていてこうならざるをえなかったということがあるわけですが、何しろ〇～一歳、乳児のときというのはご当人にはまったく分からない。これははたから聞く以外にない。はたから聞くといっても、本当によく知っているのは母親ですが、母親にどうだったと聞いても、たいてい本当のことは云ってくれませんから、非常に分かりにくい。じぶんで分からないで、しかもものすごく重要だという時期です。

もっと極端に第一義的に云えば、〇〜一歳、乳児のとき大丈夫だったら、人間というのはどんなことがあっても大丈夫だ、どんな目に遭っても大丈夫だ、心配なんか何も要らないということになります。

極端なことを云いますと、児童期という曖昧な時期、時期になっていない時期というのがあるわけですが、そこでいろんなことが出てくるでしょう。現在だったら、たとえば登校拒否・いじめ・学校内暴力・家庭内暴力、いろいろあるでしょう。その手のことは〇〜一歳のとき大丈夫だったら絶対大丈夫です。絶対起こらないし、起こっても何でもない、直ってしまいますから放っておけばいいというくらいに、〇〜一歳というのは重要なときです。

その重要なときに子供には何の責任もないのです。つまり、知らないし、何もできないわけですから。おふくろさんがおっぱいを飲ませてくれなければ栄養失調で死んでしまいますし、排便・排泄でも、母親ないしそれに近い人が世話してくれなかったら、じぶんではできないわけで、これもどうにかなってしまう。場所の移動もできない。一歳近くになれば這っていけますが、じぶんでは積極的にここからここへ行きたいとか表へ行きたいといっても行けないわけで、全部、母親ないし世話をしてくれる人がしてくれる以外にないわけで、じぶんには何の責任もありません。

しかし、じぶんには何の責任もないにもかかわらず、この時期が人間にとっていちばん重要です。だから乳児期というのを別の言葉で定義すれば、じぶんに責任がないにもかかわらず生涯じぶんにいちばん関係のある時期、それが乳児期なんだという定義もできるくらいの時期です。そこが非常に重要です。

それから思春期というのがとても重要です。重要なるゆえんは後で申しあげることにいたしましょう。

人間に対する信頼が生まれる乳児期

せっかくこういうふうに区別したわけで、重要なとき、およびいい加減に区別されているときに、どういうことが特徴になっているかを申しあげます。〇～一歳のときは、子供には責任がないにもかかわらず、子供の生涯にとって最も重要な時期、あるいは最も影響の重大な時期というふうに、僕なら乳児期というのを定義します。しかし、それぞれの学者さんはそれぞれ定義をして、そのとき何があったか、何が特徴なのかをちゃんと出しています。

たとえばバーカーは、六カ月ごろから笑うとか、八カ月ごろには人見知りが始まるとか、いろいろ書いています。一年ぐらいまでに母親に対して一種の親しみと安心感を持ち、ほかの人に対しては母親と違う感じを抱く。それから授乳、おっぱいをやるとか睡眠の型がだんだんできあがってくる時期なんだ。一歳近くになれば、どこの家でもいまのお母さんはそうでしょうが、排便とか排尿を教え込みますし、離乳食をやって離乳するみたいな時期が始まると思います。このバーカーという人が云っている乳児期の特徴というのはもちろん皆さんのほうで重々ご承知で、本人としては経験していないでしょうが、お母さんとしてだったら誰でもよく知っていることで、特徴を挙げても別に意味はそんなにないことになります。

エリクソンという人は優れた発達心理学者ですが、この人は乳児期の特徴をどう云っているかというと、「基本的信頼対不信」、そういうものが著しく子供の中で現われてくる時期だという言い方をしています。

どういうことかというと、乳児のときに母親に対して特別な信頼感を抱くことになる。成長して幼児期・児童期・思春期になって、あるいはもっと皆さんみたいな大人になってから、人を信じられるか信じられないかということの基本は、乳児のときに母親から植えつけられた基本的な信頼感がうんと安定していれば、その人は生涯のどの時期をとってきても、人に信頼感を抱いて接するという接し方ができる人間になるという意味合いで、基本的信頼感が乳児のときに植えつけられる。それに対して不信感、つまりそのときに何らかの意味で母親に対して信頼感を持てないという体験をしていれば、あるいは母親が乳児に対して信頼感を持たせないような育て方のパターンをとったとすれば、それは生涯にわたってその子供の負担になっていきます。人を疑うか疑わないか、人を信頼できるかということで、生涯にわたってたいへん苦しまなければいけない。

僕らは大なり小なりそういうことで苦しんでいるわけですが、それはどうしてかというと、子供のときに母親から一〇〇%基本的な信頼感を植えられるような育て方をされている人は非常に少ない。皆さんだってそうだと思います。また皆さんだって母親として、私はじぶんの子供に対して一〇〇%基本的信頼感を与えるような育て方をしたと云える人はまずいないわけです。たいていどこかで手を抜きます。それはやむをえないことです。経済的な理由とか病気、あるいは夫婦間の仲が悪くてとか、いろんなことがあって手を抜かざるをえないというのがだいたいどんな母親でも現状です。

だから大なり小なり手を抜いているけど、基本的には私はよくやったほうだよという母親はいるでしょう。たとえば、七〇%までは子供をうまく育てたつもりだよと心の中で云える人がいると思います。人には何とでも云えますが、そうではなくて、本当に心の底から、私はじぶんの子供にたいして七〇%ぐらいまではやったなというふうに育てられたら大したものだと僕には思えます。そこまでやれたら大したもので、まして一〇〇%なんてまずいません。大なり小なりだめだよ、手を抜いたり、手を抜くつもりはなかったんだけど抜かざるをえなかったという目に誰でも遭っています。

そうすると、七〇%の信頼感を無意識のうちに植えつけられている。だから長じてのち人との付き合いの中で、七〇%ぐらいは人に対して心を開いて信頼感を持てるんだけど、あとの三〇%はどこかで疑いを持ってしか人に接しられないというのは皆そうだと思いますが、大なり小なりそういうふうになっているのが人間の現状です。これはごまかすことができません。乳児を過ぎたときにはすでに遅いので、どうしようもないのです。

そうしたら人間はどうするかということになります。お前だめかということになるけど、それはそうでないというのは後で申しあげますが、人間というのは絶えず現状を超えていくものだと云ったらいいんでしょうか、じぶんの資質とか性格を超えようとする、あるいは弱点があれば弱点を超えようとする、そういう存在が人間です。だから超えよう、超えようとして、全面的に超えられることがある。しかし、それは意識して、つまり努力して超えるわけです。努力をやめたらすぐに元に戻ります。乳児のときの基本的信頼感が七〇%だったら七〇%に戻りますし、四〇%だったら四〇%に戻ってしまいます。そのくらい基本的な要素は乳児のときに決まってしまいます。これはものすごくよく考えたほうがいいことです。

また、これはある意味で宿命論になってしまいます。それだったら〇〜一歳で人間というのは決まってしまうじゃないか。たしかにそうなんです。一面ではたしかに決まってしまいます。これはいかんともしがたいことです。なぜならば、じぶんはそのとき責任がない。意識していないわけですから。母親からの十全な信頼感を身に受けたかどうかは母親の問題であって、じぶんの問題でなかったわけで、仮りにじぶんが資質的に四〇%しか人間を信じられないという人間になってしまっても、それはじぶんの責任ではないのです。

しかし、それは宿命でもないんです。なぜならば、努力すれば、あるいは意識すれば、意図すれば、それを超えて、信頼感を持つこともできますし、獲得することもできます。ただ、その努力をやめれば、人を信頼するとか人に心を開くことを意識的にやめてしまえば、乳児のときの元に戻ってしまいます。それは誰でもそうです。いつでも人間というのはそういう格闘をしているのです。乳児のときに植えつけられた基本的な人間に対する信頼感と、これではいかんということで努力してそれを超えようとして人に対して接することを絶えず心の中で繰り返しているのが現状です。皆さん自身がそうだし、僕ももちろんそうです。そういうふうにして人間というのは他との関係を結んでいます。それほど乳児の時期というのは重要です。

だから、エリクソンは、基本的信頼感および不信感というものがこの時期に形成されるから、そこで乳児期というのをつかめばいいと云っています。

ピアジェは心理学者ですから、もっぱら身体反応みたいなことを主体に乳児を考えていて、これは反射の段階だと云っています。反射の段階とはどういうことかというと、たとえば何かにぶつかって痛かったら「ワーッ」とすぐ反射的に泣いてしまうとか、何かが落ちてきたら反射的に目をつぶってしまうというふうに、目に見えたものとか聞こえたものとか、感覚を基にして、感覚に対して反射的に行動する、それが乳児の時期の特徴だと定義しています。つまり、言葉を覚えた以降、こうしなさいと云われて、しようかしまいかと考えて、そのうえでしたとかしないとか、ものを考えて行動するということがまだない段階で、何か危ないものが落ちてきたら目をつぶるというふうに、反射的に行動する段階だという区別の仕方をしています。

こういう区別の仕方はもちろんとても大切ですが、ただ区別してみただけ、乳児の身体の動かし方とか反射、反応の仕方を特徴として取り上げてみただけということになると思います。

その乳児期の後、一歳に入ったころから少しずつ言葉も覚え込むようになります。言葉を覚え込むようになると、反射的な行動だけではなくて、思考する、考えるというほどではないんですが、言葉を解して、愉快な感情とか不愉快な感情を表情に表わしたり、楽しいときには笑ったりすることができるようになり、また何でも自分本位で、じぶんがいちばん大切で、じぶんを中心にして言葉を云うとか振る舞う、そういう態度をとる時期だということになります。

エリクソンはもっと乳児を分けていて、乳児期の後期、一〜二歳を「自発性対罪悪感」と云っています。これは先ほどの「基本的信頼対不信」と同じことで、信頼・不信という感じ方が無意識ではなくて、少しじぶんで分かるような感じで信頼と不信を表明できるようになる。それから信頼したものに対しては喜びを表わすことができるし、不信のものとか事柄に対してはそれらしい表情とか態度をとれるようになるということだと思います。

この中でエリクソンはいちばんみごとな言い方をしていると思います。すべての特徴は母親の乳房を吸うということが基本であって、感情が荒立っているときには噛んだり、吸うとか噛むというかたちで周囲のもの、特に母親に対して感情の快・不快を表現する。だから吸うとか噛むというのがいわば外界に接触する、外界を確かめる第一のやり方になる。ものがそばにあっても、つかんで、それを口に持っていって吸うとか噛むというかたちで、すべて外界にあるものに対して働きかけるときには吸うとか噛むということが中心になる。

それから疑惑みたいなものはお尻からくるんだという言い方もしています。つまり、疑惑とか疑い・不信・恐れ・脅威は何となく背後からやってくるという感じ方をこの時期に初めて覚える。疑惑・疑いはお尻から、背後からということが乳児期の特徴だ。そして人間が恐れの感情とか不意打ちの感情、おっかないものは後ろから襲ってくるという感じ方をまず基本的に覚えるのは乳児期の後半、一〜二歳である。この言い方はとても興味深くて、また鋭い言い方だと思われます。

多大な影響を与える母親の態度

いま云った特徴で乳児期を心理学者・哲学者たちは定義づけています。それで乳児期の問題というのは終わります。いろんなことがありますが、たとえば基本的不信を母親からどういうかたちで植えつけられるかとなると、これは非常に難しいことです。また誰でもが免れがたいことでもあります。

じぶんの気分がゆったりして赤ちゃんを抱きしめて、お乳をちゃんと与えられるみたいな育て方を一〇〇%していたら何も文句はないのですが、人間というのはそういうわけにいかなくて、一時的なことであれ、何かの原因があって、忙しく立ち働かなければならない。たとえばちょうどいま鍋が噴きこぼれているところだというときに、赤ちゃんが泣いて、あっちが心配でしょうがないのに、急いでそわそわしながら、早くやめればいいと思いながらおっぱいをやったりしているということは誰にでもあるし、どんな人でも免れない。そういうこと自体は一時的なことだから大したことではないけど、それでも信頼感を損なう一時的な現象ではありうる。そういう態度で何回か母親としておっぱいをやらざるをえない状態があったとしたら、それは乳児に対して不信感を与えることになるのは確実です。

その手のことは生活しているかぎり避けがたい。どんな母親でもそういうことをやっています。早くやめないかなと思いながらおっぱいをやっているとか、泣いているから嫌で嫌でしようがないんだけど、黙らせたほうがいいということでおっぱいを吸わせるということは、どんな母親でもある時期、あるいはあるときやっている。それは免れがたいことですが、それでも不信感を覚えることは確実だと云えます。

しかし本当の意味の基本的不信感はそういうのではなくて、たとえばじぶんと夫とは仲が決定的に悪くなって、いつ別れようかと思っている。あの人の子だと思うと、おっぱいをやる気も本当はないけど、やらなければ泣きやまないし、栄養失調になってしまうし、仕方がないから私はやっているんだということが一年とか二年とか続いたとしたら、これは相当決定的な不信感になります。

そこで母親はいろんな態度ができます。そこが非常に複雑な問題になってくるわけですが、心の奥底では、こんな子はくたばったほうがいい、要らないんだと思いながら、仕方がないからおっぱいをやっているというときにでも、知識・教養のあるお母さんは、そんな態度を見せたら子供に悪いから、表面はニコニコ笑って、よしよしと云いながら、優しくするということも人によってはできる。また母親というのはそうでなければいけないものだという倫理観・道徳観を持っているとすれば、そのお母さんは心の中でどう思おうと、それは表わさないで、言葉とか態度では優しくしてやらなければいけないと思いながら、しかし心の中ではまったく逆だということもありえます。それから最も簡単に、まだおっぱいを吸っているのに、ワーワー泣いても途中でぶん投げてしまうという母親もいます。それらの母親の態度というのはさまざまな段階で、さまざまなニュアンスとやり方がありえます。

そうすると確実なことは何かというと、子供に露骨にお前なんか嫌いだとか嫌だと見せつけたらよくないからといって、どんなに表面を優しくしようと、心の中で本当はぶん投げてやりたいと思っていたら、それは確実に子供には分かるし、生涯植えつけられます。乳児は何もしゃべらないし、積極的に学びもしませんが、受け入れということだけは一〇〇％心の底の底まで受け入れますから、ごまかしは利きません。表面をどう優しくしていたかということと、本当はそうじゃなかったということのさまざまな食い違いというのは全部、子供が受け継ぐことになります。乳児は確実にわかりますから、ごまかすことはまったくできません。

長じてのち、私はあなたを育てるために、こんなにじぶんを犠牲にして苦心したんだよといくら云ったって、それはだめなんです。そうかなと表面は受け入れますが、心の底からそれを納得することは本当にしていないかぎりはありえません。お母さんが子供が大きくなってから、お前を育てるためにどれだけ苦心したかしれないといくら云ったって云わなくたって同じですから、ごまかしは全然利きません。それくらい乳児期というのはすごいことだとお考えになったほうがよろしいように僕には思えます。

幼児期の遊びの持つ意味

そういうふうにして乳児期が過ぎて、幼児期に入ると、それぞれの学者さんはそれぞれの言い方をしていますが、言葉を覚えている、あるいは覚えたということが基本になります。言葉を覚えると何ができるかというと、さまざまな人がさまざまな言い方をしていますが、ふたつあります。ひとつは反射的に行動するのではなくて、何か云われたとかこういうことがあったとしたら、それはこうなのかな、ああなのかなと判断するという意味で、考えることができるようになります。

もうひとつは目の前に何かがなくても、それが目の前から横へ行ったらどうなるかとか、いま目の前にあるけど次にはどう行くだろうか、次にはこういうものはあっちへ行く、あるいは向こうから何か飛んできた、それはじぶんの近くに飛んできたけど、やがてこっちに来て当たるかもしれないと判断したりするということが幼児期にはできるようになりますが、それはなぜかというと、言葉を覚えたということが基本になるのです。

つまり、言葉を覚えたということは、物事を考えることを覚えた、あるいは目で見たもの、耳で聞いたもの、鼻でかいだものをじぶんの中で、あれは何のにおいかなとか考えることができるようになるということを意味します。ですから幼児期と乳児期と何が違うかというと、言葉を覚えたことを基本にして広がっていく世界が違ってくるということが分かります。

そうすると目の前にないものでも思い浮かべて、あれはこうなるに違いないということができるようになりますから、勢いそれを極端に広げると、いろんなことを空想することができるようになります。幼児期になると、夜中に目を覚まして、お化けが出てくるんじゃないかとか、風の音のガタガタというのを聞いて非常に怖くなってしまったりということもあります。それはなぜかというと、目の前にあるものに反応するだけではなくて、目の前にないものでも、こういうふうにあるんじゃないかと空想したり想像したりすることができるようになったということから出てくる世界の広がりです。言葉を覚えたということが基本になって、それが展開されていくのです。

もうひとつ心理学者が大切だと考えていることは何かというと、遊ぶこと、遊びを始められるということです。これも基本的には言葉を覚えたということからくると云っていいと思います。

遊びにはいくつもの種類があります。ひとつはお人形でままごとの遊びをするとか、実際に母親や父親がやっていてじぶんも入っている生活を、じぶんが母親になったり父親になったりということで、小規模でやってみせる。ままごと遊びとか、実際にある生活を小さな規模で再現してみせる遊び方があります。もう一つそれと対照的なのは集団の遊びです。昔でいえば、近所の子たちで鬼ごっこをしたり、ベーゴマをやったり、集団で何かをする遊びができるようになります。

この遊びの種類は、いまの子だったらパソコンやコンピュータ・ゲームで遊ぶ、つまり映像で遊ぶという遊び方があります。この映像で遊ぶという遊び方は、ままごと遊びとかお人形遊びというのともちょっと違います。ままごと遊びは現実にある生活を小さな規模でじぶんたちが道具を使ってやってみせるという遊びですし、お人形遊びは人形を子供に仕立てて、じぶんが母親になって遊ぶという遊び方です。映像の遊びというのはそういう意味では何も手応えがあるわけではありません。テレビとか映画の映像があるだけであって、手応えといえば、ただボタンを押すとか操作するということだけです。つまり、現実の生活とか現実の何かがあるとすると、それを手応えのない映像に直して、そこで遊ぶという遊び方がいまだったらあります。これからさまざまな科学技術が発達してくると、遊び方も発達してきて、もっと違う遊びも出てくるかもしれません。遊びの種類は増えていくかもしれませんが、基本的にいえば、現実の生活の中で起こる事柄を集団または個人でどういうかたちで小規模にしてやってみせるかということです。

つまり、遊び方の基本は子供にとっては生活の仕方それ自体であって、子供にとって生活自体が遊びであり、遊び自体が生活であるということになります。やがて大人になれば、職業にどうやって対処したらいいのか、あるいは集団の場合には、社会的な生活の中でどう振る舞えばいいのか、そういう基本的な問題を遊びの中で展開します。この幼児期に、そういう意味で遊びの展開をほぼ終わります。幼児にとって遊びは生活そのものであり、生活そのものが遊びであるというかたちになっています。種類はいかように増えていくかもしれませんが、基本はそういうところであまり変わらないんじゃないかと思えます。

ワロンという心理学者もだいたい同じことを云っています。日本の村瀬学さんはもっと細かい分け方をしていて、幼児期でも一・五〜二・五歳と二・五〜四・五歳とはちょっと違うと云っています。

一歳半〜二歳半のところは、じぶんの心の中で考える、想像する、その中にじぶんというものがいつでも入ってくる、そういう入り方のじぶんを発見するときだ。つまり、現実に対して自己を発見するというのではなくて、じぶんの心の中で空想したりしているときにじぶんというものがその中にある、そういう意味のじぶんを発見する時期だと云っています。

二歳半〜四歳半のときには、じぶんが空想したり何かを考えたり思い浮かべたりすることの中に、人間の共通性がある。本当の意味の自覚は青春期でなければ起こりませんが、そういうことが漠然と分かるという感じ方ができるようになってくるという分け方をしています。

それから四歳半〜六歳半の幼児期の段階で、友達同士との争いとか勝負事、こうすると悪いんだとか、こうしたら人からとがめられるんだということを漠然と知るようになってくるという言い方をしています。

ここのところでそれぞれの学者さんで多少の言い方の違いがありますが、幼児期というのが、言葉を覚え、言葉の種類を増やしということの中で起こってくる世界の広がりなんだという意味合いで、乳児期と違うという認識では、どの学者さんも同じだと云うことができます。

児童期

本当を云いますと、ここらへんで性の兆しに基づくさまざまな兆候が兆すわけですが、この兆しが顕在化するのは、次の児童期と専門家が云っている時期です。この児童期という区分は、もしも学校という制度がなかったら成り立たないと思います。学校という制度があるから児童期という区分をせざるをえないし、しているんだと僕には思われます。こんなものは本当の意味合いでは人間にあるかどうか疑わしいといえば疑わしいんだということになります。

そこが根本的な矛盾であり、根本的な問題ですが、もし児童期というものを僕が定義するとすれば非常に簡単です。本来的にいえば、人間の性にまつわる意識が発動すべき、つまり第一義的に前面に現われ出てくるべき時期であるにもかかわらず、学校制度があるために、あるいは教育の必然とか必要というのが人間にあるために、それを抑圧する。この時期はまず性的には禁欲を強いられて、その代わり知識の学習とかいろんな学習をとにかく第一義にさせられて、性的な意識というのは弾圧・抑圧されてしまう、後ろのほうに引っ込められてしまう時期だと定義すれば、児童期というのはいちばん分かりやすいのです。

児童期に起こる問題は、登校拒否から家庭内暴力・学校内暴力、その手のいまときどき問題になるあらゆることがあるでしょう。そんなものが全部起こるのがこの時期です。しかし、なぜ起こるかというのは非常に簡単なことで、本当ならば性的な表現行為がいちばん前面に顕在化していくまさにその時期に、それを弾圧・抑圧して、それは悪なんだとする。きわめて禁欲的に、勉学に次ぐ勉学、勉強しろ、学業に努めろ、知識を学習し、体育を学習し、道徳を学習しろ、それが第一義だ、これに違反したやつは劣等生である、これをよくやったやつは優等生であるというふうに、まるで逆のことをやる時期というのが児童期です。

この逆のことをやる時期が人間にとって必要なのかどうかは本格的に論議しなければ、簡単に決めつけることはできません。だから僕は簡単には決めつけませんが、基本的に児童期を定義しろ、児童期とは何だと云えと云われたら、僕だったらそう云います。つまり、性的な発現が初めて起こる時期に、それをいちばん下のほうに引っ込めて、抑圧し・抑制することが善であって、その代わり性的なこととはまったく関係のない、関係なくはないんでしょうが、知識・体育・道徳を勉強しろ。しかも制度として、勉強しなければだめなんだ、大人になれない、義務教育を通らなければ全然だめだというふうになっていて、とにかく強制的に何年間かやらせられ、やる。これにうまく適合して学べなかったら劣等生だ、学べたやつは優等生だと決定される時期です。

これはたしかに性的な発現力の抑圧であり、それを禁欲的に抑えたうえで、知識・体育・技術・道徳を学びなさいというふうに学ばされる。こういうことは人間にとって必要なんだよということになるのかもしれません。しかし、従来僕が知っている発達心理学者は誰一人としてそのことを本格的に論議した人はいません。本格的に論議できていない。これらの人も全部だめ、いい加減です。

　また、いい加減に解放的なことを云う人もいます。こんなときに義務教育と称してぎゅうぎゅう学業を押しつけ、道徳・技術を押しつけて勉強し、義務教育を通らなければ先へいけない、お前は世の中に出たってだめだと烙印を押される、こんなのはけしからんのだと簡単にいう教育研究者がいるんですが、これも僕は怪しいと思っています。本当にそうかというのはなかなか難しいことで、本格的に論議しきらなければならない重大な問題だと僕は考えています。

　だから簡単に結論することはできません。人間というのは解放すべきものを抑圧して、強制的に学ばせなければ学べない、生涯学ぶことはない、そういうことを学ぶ時期が必要であるかどうかは非常に重要な問題であるし、わからない問題です。いまのところ結論することができない問題ですから、簡単に結論は出せませんが、もし基本的にこの時期を定義しろと云うなら、僕だったらいま申しあげたような定義をすると思います。この時期のあらゆる問題は全部その問題です。

　たとえば登校拒否でも、学校内暴力、いじめでもいいけど、どうして起こるんだと考えるとするでしょう。そうすると、個々具体的な例をとってくれば百通りの登校拒否・学校内暴力・いじめがあるとすれば、百通りの原因、百通りのきっかけがあります。しかし、そんなことは百通り、千通りやったって意味がないことであって、ただ一つの意味は非常にはっきりしています。つまり、性の発現に伴なって起こってくる遊びの欲求、ふざけたい欲求、暴れたい欲求を、――そんなことは不可能でしょうが――教師がよく分かっていて、教室内のどこかで穴を開けておく。性的発現に伴なう凶暴な要求、暴力の要求、騒ぎたい要求、ふざけたい要求に対して、まじめな教室のどこかに解放感の穴が開けられるような授業をもしやれる教師がいたら、と僕は理想的に申しあげますが、学校内暴力・登校拒否、そういうのは全部なくなってしまいます。基本的に云えばそうですよ。簡単なことです。

この時期は性的な発現の時期にもかかわらず、それを抑圧しておいて、まじめな知識とか道徳・技術の蓄積を教え込むという最も嫌な、云ってみれば相反することを教え込む時期です。だから、その矛盾をどこかで穴を開けて解放することができる授業をやれる教育者がいたら、この問題は基本的には全部解けてしまいます。もしこの中に教育者の方がおられて、お前がいうほど簡単かといわれると、僕は一言もないんだけど、これは哲学として云っているわけで、基本的にはそうです。そういう授業ができたら、これは全部終わりです。基本的に解決します。

それはどうやったらできるのかというのは専門家の問題であって、何か云うことはできないのですが、基本的には簡単なことです。この間に起こるあらゆる事柄は全部その問題だと思います。何を抑圧し、どんな知識を学ばせようとしているのかをよくよく分かっている教育者がいて、もしもその両方を解放しながら、しかも知識を植え込み、技術・道徳を植え込みということが同時にできる教育が、教室内でも可能ならば、あるいは学校の中で可能だったら、あらゆるそういう問題は解けてなくなってしまうというのが結論だと思われます。そこの問題に帰着すると思います。

もちろん心理学者たちはさまざまなことを述べています。しかし、基本はまったくそうです。性的な発現力に伴なう人間の行動の仕方、暴れたくてしようがない、騒ぎたくてしようがない、悪ふざけしたくてしようがない、遊びたくてしようがない、笑いたくてしようがない、そういうこともどこかで解放できるような教育のやり方ができるならば、少なくとも登校拒否から学校内暴力、いじめにわたる問題の大半はなくなってしまいます。

もう一つ、これは逆に消極的な理由ですが、そういうふうに抑圧しておいて、知識を学べ、技術を学べ、道徳・規律を学べということを学校の中でやらせているのはまだいいとして、これに適合できない子、脱落する子、知識も途中までは分かったんだけど、それ以上蓄積するのはついていけないという子供がいます。そういう子供がいたって解放すればいいんだけど、それは劣等生だ、これについてきたのが優等生だという等級の決め方をしたら、僕が劣等生だって、暴れるよりほかやることがないですよ。

つまり、性的な発現力に伴なうあらゆることは抑圧されている。そうしておいて、知識とか技術を学べと押しつけられる。ついていけなかったらお前は劣等生だという等級をつけられる。そうしたら暴れたり、いじめたり、学校の窓でもぶち壊したりする以外にやることがないのです。だってしようがないでしょう。抑圧されている、引っ込められている、学業にはついていけない、ついていけなければ劣等生だ、お前は先へいけないと云われたら、人間にはやることがない。それならいくらでも暴れてやろうということになりますから、暴れるのは当然です。この種の問題は個々の原因を持ってくればたいへん難しいわけですが、基本的にはたいへんやさしいことで、たいへんやさしいことを解決するのが難しいというだけのことです。

それでは、どんな子供が脱落しやすいかといったら、それは乳児のときにだいたい決まっています。母親が決めてしまっています。ここのところでうまくなかったら脱落しやすくなっているんです。どこからどう見たってしようがないじゃないですかということになってしまいます。この状態が現在の状態だと思います。もしかするとこれはますます展開・発展していって、もっと拡張していくかもしれませんし、引っ込むかもしれませんし、波があるかもしれません。しかし、問題の基本点というのはすこぶる簡単です。難しいけれども、単純です。それは知らないよりも知っておいたほうがいいし、押さえないより押さえていたほうがいいと僕には思われます。

思春期

さて、児童期を過ぎたら、あとは云うことなしということになります。あと一つだけ人間の生涯を決する重要な時期は、児童期の末期か、思春期の前期かです。児童期というのは性的発現力が徹底的に弾圧されて、禁欲的な学業成績優秀というのが優等生となるような制度になっていますから、そういう時期の終わりから思春期の初めにかけて、たとえば年上に決まっていますが、じぶんのおばさんとか、じぶんの家の家政婦さんでもいいんですが、そういう人から性的な手ほどきを受けたとか性的ないたずらをされたというチャンス、機会があったりすると、それは相当決定的な意味を持ちます。

云ってみれば人間の生涯の中で決定的な意味を持っているのは、乳児期とその時期しかないのです。その時期に、女性だったらレイプみたいな無理やり性的に犯されたという体験に該当するんでしょうが、男性だったら年上の女性から、接する機会がなければ近親とか家政婦さんといった人から性的に徹底的ないたずらをされた、手ほどきを受けたということが、たった一回ということではなくて、ある程度の期間重ねられたみたいなことがあったら、それはかなり決定的な影響を与えます。乳児のときほどではありませんが、というのはすでに分別がついていますから、じぶんなりの欲求もただ抑圧されているだけでありますし、ある程度の判断力もありますが、ものすごい衝撃を受けるわけで、その衝撃の体験はその人の生涯にわたって、特に家庭生活・結婚生活に対して決定的な影響を与えると思います。

しかし初めに申しあげたとおり、人間というのは決定論ではないのであって、弱点・欠陥・つらいことがあるとすれば、いつでもそれを超えようとするのがすなわち人間ですから、それを超えることはできます。ただ、たいへんな努力、たいへんなエネルギーを使わないと超えられないというくらい、非常に決定的に大切なことを意味しています。

ルソーの幼児期

それでは例をいくつか申しあげましょう。まずジャン゠ジャック・ルソー、つまり世界の近代思想の曙を開いた巨人の一人ですが、そのルソーに『告白』という本があります。岩波文庫で三冊本でありますし、やさしく書かれていて、いい本ですから、お読みになるといいと思います。ルソーが『告白』の中で書いていることがあります。僕は二つの時期が重要だというのは違うところから知識を獲得したり考えたりしているわけですが、どういうわけかその問題はどの偉大な人も偉大でない人も皆一致しています。ルソーみたいに偉大な人もその二つの時期をとても問題にしています。

乳児、ゼロ歳のときですが、ルソーは、じぶんは弱々しく、とうてい育ちそうもない、生きていけそうもないと云われた赤ん坊として生まれたんだと云っています。それはもちろんじぶんでは分からないわけで、近親の人か父親に聞いたんだと思います。尿が詰まって出ないということが症状としてあったそうで、とても育ちそうもない、ひ弱な子供として生まれた。そして生まれるとすぐに母親は、産後の肥立ちが悪いというんでしょうか、死んでしまった。じぶんは、父親の独身の妹が同居していて、その叔母に育てられることになった。

これだけ聞くと何でもないように思えますが、もし持とうとするならば決定的な意味を持ちます。母親の乳房はたぶん一度も吸ったことがない。それだからどうと云ってしまうと決定論になってしまうんですが、そういう意味ではなくて、しかし非常に重要なことのひとつだと思います。それから日本でもこのごろは多くなりましたが、ヨーロッパでは義務みたいに結婚するというのはないから、同居している独身のおばさんとか姉さんとかがよくいるんです。そういう人が代わりに育てるということで、母親代わりに育ててくれた。独身でしたから、母乳ではなく育てられたということです。

これだけのことは皆さんだってそうだという人はたくさんいると思いますから、何でもないといえば何でもないいんですが、逆に何かになったときにはものすごく重要な原因になります。お分かりになりますか。つまり、このこと自体は、人によってはそんなこと云っていられない、母親が弱かったら死んでしまうわけで、誰でもいるよ、そんなことをいちいち気にしたってしようが

(表2) 四人の生い立ち

	乳児期		期
	0歳	1歳	2歳
ジャン＝J・ルソー	●死にそうで育ちそうもない児として誕生（尿閉症） ●母親産死 ●独身の父の妹（叔母）に育てられる （叔母の性格・愛敬、優しさ、可愛い顔、音楽の素質）		●父の家を出るまで（8歳）、往来でよその子と駆けまわって遊んだことがなかった
太宰治	●乳母の乳で育てられ、叔母のふところで大きくなった （父母の思い出はない）		●肉親の印象 （父・忙しい人、怖い人） （母・親しめない。お前は顔が悪い、不器用だといつも言った） （叔母・眠れない夜、抱いてくれてうれしかった） （姉たち・優しかった）
三島由紀夫	●生誕の時の光景を覚えている ●四九日目に母から離され、祖母の手で育てられる （祖母・梅毒） （病気と老いの匂いのする病室内） ●階段の三段目から落ちた （1歳未満の時）		●幼児期の象徴 （夏祭りの一団を家の中に招じ入れた。庭を荒らしてミコシがあばれた。苦しいような快感）
分裂病女児　ジーン	●母親が肺結核で生後七カ月頃から、入室接近を禁じられ、乳母に育てられた ●一週間後に乳房の化膿のため授乳を中断 ●生後十日目に鵞口瘡 ●生後半年目に下唇がはれる	●一年一カ月で再び母親の部屋に入れた 1小声でささやく様に喋る 2花模様のカーペット、椅子のカバーから逃げようとする 3灰皿等汚れたものに触れない。触られるのを嫌悪 4枕に対する異常な執着	●初期に口唇部の精神的外傷 ●感覚器官や生活機能を敵意ある「外のもの」としてみる ●兄弟・父親のペニスに触れたがる。母親の乳房に執着（自己処罰的）

児童期				幼児		
9歳	8歳	7歳	6歳	5歳	4歳	3歳
●牧師の妹ランベルシエ嬢にセッカン（マゾヒスティックな快感）見破られて寝室から出される	●叔母の子とランベルシエ牧師のところに寄宿（三年間）（田園生活・イトコとのつよい友情）		（自分の性格・尊大と柔和、女性的で強情、弱気と勇気）	●5、6歳で母親の残した小説を読みつくした		
●叔母も長女夫婦と同居のため家を出た。自分も一緒に行くつもりでソリに乗ろうとし、兄から「ムコ」とからかわれた	●「たけ」は漁村に嫁に行って悲しがらせたが、お盆に帰ったときよそよそしかった（代理母からの傷）		●6、7歳のころ「たけ」という女中から本を読むことと道徳（地獄、極楽）のことを教えられた			
		●ブリを食べた（大人になった） ●戦争ゴッコで死んだふりをすると快感	●読み書きができた（オワイ屋になりたい 花電車の運転手になりたい 地下鉄の切符切り 松旭斎天勝 クレオパトラ 殺される王子）	●赤いコーヒー様のものを吐いた（二時間心臓停止）。「自家中毒」と診断され、以後、宿痾となる		●病弱のため、遊び相手は女の子三人と定められた
				●一人で寝かそうとすると悪くなる（スプーンの光のような自分の部屋の光が頼りだ。スプーンに執着する）	●母親が病気はジーンのせいでなかったと説得して軽くなる	

	(児童期)	思春期				
	10歳	11歳	12歳	13歳	14歳	15歳
ジャン＝J・ルソー	●美しい女はみなランベルシエのように見えた（要するに、女には内気で渇望するだけ。傲慢な女にひざまずいて許しを乞うのが快楽） ●ランベルシエ嬢の櫛事件 ●ランベルシエ牧師の庭のクルミ事件（そばの柳に水をひく）（ランベルシエ兄妹に失望） ●ジュネーグに帰される（二、三年、イトコと家を出ず細工物に熱中。鳥かご、笛、凧、太鼓、紙鉄砲、石弓）	●ニヨン体験（父に会いにいった）（そこでヴュルソン夫人の娘〈22歳〉と姉のような恋人のような関係）（一方でゴトンという娘とマゾ的な服従関係）				
太宰治	●裏の空き屋敷の草原で弟の子守から「性的」いたずらを教えられた			●中学時代の前後、女中「たみ」が受験勉強につきあってくれ、早朝に起こしてくれた。母に年寄りの女中と代えられた	●新しい小間使「みよ」に恋をした。「みよ」が下男に汚され、里へ帰された（性的失望）	
三島由紀夫				●父母と共に祖母と別居（13歳）（祖母60歳。日夜、孫の写真を抱きしめて泣き、一週間に一度泊まりにいく約束を破ると発作を起こした）		
分裂病女児　ジーン						

ないじゃないかということになりますが、逆にその人が何かになったら、大泥棒になったとか、性格破綻者・精神病になったとしたら、それがものすごく重要な原因になります。そういう意味合いを持ちます。

そしてもう一つ、これは幼児として重要なことですが、親父さんがあるときから家を出て、別居になってしまう。それから寄宿舎に行くわけですが、その寄宿舎に行く八歳のときまで、じぶんが往来でよその子と駆け回って遊んだことはなかった。つまり遊ぶことを許してくれなかったと書いています。これはものすごく重要なことです。叔母さんが、あんなガキと教育上よろしくないから遊ぶなと云って、家で遊ばせたんだと思います。でなければ、ルソー自体が体が弱くて外で暴れて遊ぶということがなかったのか、どちらか、あるいは両方の原因だと思いますが、とにかく幼児期を過ぎて八歳まで外で近所の子供と遊んだことは一度もなかったというんですが、これは冗談じゃないというほど重大なことです。

どんな心理学者でも挙げていることですが、集団的な遊びも覚えていく、シンボルとしての遊び、映像としての遊びも覚えていく、知識・空想も増えていくという時期に、外で遊んじゃいけないと云われた、そういう育ち方は決定的な意味を持つと思います。乳児期についても決定的なことであって、こんな人がまともに育つはずがないと云ってもいいんだけど、人間というのはそれを超えていくもので、もちろん超えたからルソーは普通の人より偉大になったわけです。

しかし、ルソーは『告白』の中で偉大になったことを書いていますが、偉大になったということはその人個人にとっては救いではないんです。あの人は偉大だと云ってくれた、そんなことは本人が本当に幸福か不幸かということにとってはどうってことはないんです。せいぜい褒められたとき、ちょっといい気持ちがしたというそれだけのことなんです。ルソーは、じぶんはものすごく不幸だったとも云っていますが、それは本当にそうなんです。本当に幸福かどうかというのは、ルソーは偉大な人だと云われたら、多少はいい気持ちがしたかもしれないし、お金も少しは入ったかもしれないけど、そういうのはあんまり大したことがない。それよりもルソーが内心で苦しんで、それを超えようとした、その苦しさのほうがはるかにつらいことで、はるかに不幸なことです。

だからルソーは、じぶんは一生涯不幸だったと云っています。あんな偉大な人がと誰でも云いたいところだけど、そんなことは全然問題にならないんです。それほど重大なことだと思います。こういう幼児期の育ち方をした。ましてやじぶんで書いているくらいですから。告白録ですから生涯のいろんなことを書いているはずですが、だらだら毎日あったことを書いているわけではなくて、じぶんの印象に深いこととか転機になったことを書いています。じぶんで書いているくらいだから、じぶんでも重大だと思っていることを書いているのは間違いないことで、それはとても重大だと思います。

ルソーの児童期

それから家の中で育ったんだから当たり前なんですが、五、六歳のとき、死んだ母親が遺していった小説その他のたぐいの本はことごとく読み尽くしたと書いています。これは知識的には非常に早熟に育ったということを意味しましょう。まして外で遊ぶことはできないから、そういうことをする以外にないわけで、それはしただろうと思います。これはルソーを偉大な知識人にした助けにはなったでしょうが、かたわにした助けにもなったと僕は思います。

さて、八歳のときに父親が事件を起こして家を出て、じぶんはおじさんに預けられ、おじさんの子供、いとこと一緒に、ランベルシェという牧師さんの寄宿舎に預けられます。そこでルソーの生涯を決する事件があります。ヨーロッパには、適齢期だから結婚しろとあまり云わないから、オールドミスの独身の女の人が割合たくさんいるんです。そういう牧師さんの妹に、あるとき悪さをして、折檻される。この折檻というのもよく分からないんですが、ばかに偏執的なしつこい折檻をされるんです。鞭か何かでぶたれたりしました。

そのときルソーは快感を感ずるんです。つまり、マゾヒスティックです。サド・マゾの遊びというのがあるそうですが、マゾヒスティックな快感を感ずる。それを感じてからは、わざと悪いことをして折檻されることを何度か繰り返すうちに、折檻されたくていたずらしているんだというのが牧師さんの妹に分かられてしまう。それまでは一緒の部屋で寝ていたんだけど、別の部屋へ行けと追い出されてしまうという事件があります。

原因は乳児のときにあって、母親が亡くなり、叔母さんに育てられたということで、すでに第一義的に大変な傷、無意識のショックを受けているわけですが、これはある程度意識してからの第一の性的なショックです。ルソーにとって生涯の傷になります。それ以降は、きれいな女の人を見ると皆、牧師さんの妹と同じように、マゾヒスティックにじぶんを折檻してくれる人に見えた。ルソーは一生そうです。そういう傷をここで負います。

なぜルソーはそんな傷を負ったのか。おふくろさんに折檻されてぶん殴られたという体験をした人はたくさんいるけど、別にマゾヒスティックにならない人もたくさんいます。しかし、そういうふうに云うと乳児のときが問題になって、それはここの問題だということになる。ましてその延長線で、幼児のときに外でほかの男の子と遊ばせてくれなかったというのも決定的じゃないかとなるのです。そういう意味合いで逆にさかのぼっていく。女の人に折檻されたら皆マゾヒスティックになるかというと、そんなことはない。それは違う。誰でもなるわけではないんだけど、そうなったとしたらどうなんだということになってくると、あそこなんだというふうに逆になっていきます。

もう一つ牧師さんの事件があります。牧師さんの庭に、クルミの木があった。これもよく分からないんですが、牧師さんに教育上、お前はあのクルミの木に水をやれと云われた。そして、クルミの木以外のところに行ってはだめだと云われた。ただ水をくんできて、クルミの木に水をやることをある時間やれ、今日もやり、明日もやれと云われたというんですが、そこが児童期ということに関連して非常に分かりにくいところです。つまり、ある年齢のときに、この種の厳格さに意味があるのかどうか。

云ってみれば、クルミの木に水をやればいいんだろうということでしょう。そうだったら、やるだけはやるから、ほかのことをしたっていいだろう、遊んだっていいだろうということになる。ある量の水をやるということだったらちゃんとやるから、その代わり終わったら、あるいは途中で少し休んで、ほかの遊びをしたっていいだろうということになりそうな気がするけど、そうではないのですね。絶対いけない、とにかく一定量の水をクルミの木に何時間かやれ、今日もやれ、明日もやれ。教育というのはこういうふうになっています。

これはヨーロッパのある時期に特有なものなのか、それとも一般的に学童期・児童期における教育にはそういうことが本当に必要なのか、あるいは西欧社会でのみ必要であって、東洋的な社会の親子関係などの中では必要でないのか、そういうことはたいへん分かりにくいところです。こういう『告白』などでどうも俺には分からんなと思えるのはそういうところで、折檻というのもよく分からない。何もそんなに怒らなくたっていいじゃないか。怒ったっていいけど、叩かなくたっていいじゃないか、お尻を引っぱたかなくたっていいじゃないかと思うんだけど、結局そうするでしょう。そういうのはよく分からないところです。

ここの場合でもそうです。クルミの木に水をやれと云われる。ところが、いたずら心を出すんです。それは当然だと思うんだけど、クルミの木のそばにヤナギの木があって、あそこにも水をやってやろうと思う。しかし少なくとも表面上はやりに行くことはできない。つまり、クルミの木に水をやれということだけしかやらせてくれなかった。そばにあるヤナギの木にやりたくてしようがないんだけど、やらせてくれない。そこで、牧師がいないときに、クルミの木の根元からヤナギの木の根元に溝を掘って暗渠《あんきょ》みたいにして、葉っぱをかぶせて、土をかぶせて、知らんぷりして、クルミの木に水をやると、幾分かはちゃんと流れていってヤナギの木に水が行くようにした。それが見つかったら、こんな子供はいない、おじさんに云いつけると云われて、さんざん怒られたと云っています。

その二つの事件を契機にして、じぶんはランベルシエという牧師さんとその妹の、先生であった二人に対して不信を抱くようになった。それは向こうにも反映して、おじさんが呼ばれて、引き取ってくれと云われて、家に帰されたと云っています。これは人間的な基本的信頼ということに関連するんでしょうが、それに対して初めてルソーが傷を受けたという体験だと思います。

ただ、ルソーが回顧しているところでは、このときの田園の生活、いとこと心の中を打ち明け合うような親密さを持つようになったことはじぶんにとって収穫だったと書いています。ジュネーブの家に帰って二、三年は、今度は自発的に、いとこと二人で家をあまり出ないで、細工物に熱中した。石弓をつくってみたり、笛をつくってみたり、凧をつくってみたり、紙鉄砲をつくってみたり、とにかくあらゆる細工物をやった。外にあまり出ないで、そういうことばかり二、三年熱中してやっていたと書いています。その種の体験は云ってみればルソーの児童期の体験に属するのです。

それが思春期以降に持ち越されたのは何かというと、父親は退役軍人か何かと街で決闘の真似事みたいなけんかをして、剣を抜いたと訴えられて、裁判で有罪になって、おもしろくないので家を出てしまうんですが、その父親にルソーは会いに行った。そのときじぶんは十一歳だった。父親の家の近所に——ヴュルソンと書いてありますが——父親の親しくしている奥さんがいた。その奥さんに娘さんが一人いた。その娘さんとじぶんは仲よくなった。娘さんは二十二歳だったと書いています。そのときその娘さんとじぶんとは、一面から見ると姉さんのように親しみ、一面からいうと恋人のように人並みに嫉妬したりしてという関係を結んだ。その結び方、姉さんのようにというところはルソーのマゾヒスティックなところと関係があると思います。

そういう恋愛と姉弟愛の中間みたいな、二重みたいな関係をその娘さんと結びながら、一方では近所に男勝《まさ》りの娘がいて、その娘とはマゾヒスティックな関係を結んでいた。その娘に威張られて、怒られて、謝ったり服従して云いつけを聞いたりするというのが快感で、そういう関係を結んだ。そのふたつの関係をある時期まで持続して結び続けたということをルソーは告白しています。

この女性に対するマゾヒスティックな感じ方というのは生涯変わらないで持続したところだと、ルソーはじぶんでも書いています。そういうじぶんを顧みれば、たいへん不幸な生涯だったと思っていると云っています。いまもし心理学者が云うとすると、ルソーは地でいっていると云うことができると思います。それくらい人間の幸不幸ということに対して非常に重要な意味を持つと云えます。

その下に太宰治の場合を書いてありますが、太宰治のことは僕が弘前か何かでやった本が出ていますから、そこで見てください。

三島由紀夫の幼児期

三島由紀夫さんの場合を云いますと、『仮面の告白』という作品の中で、乳児期のことをどういうふうに云っているかというと、ひとつは生まれたときの光景、産湯を使ったたらいに日光が差してきて、それがキラキラと見えたのを覚えていると言い張って、そんなばかなと笑われた。だいたいお前が生まれたのは午後九時ごろだ、日光が出ているわけがないと云われたと云っています。しかし僕は、生まれたときの光景を覚えていると云っていることは、何が重要かということはここではいいとして、とても重要な気がします。

三島さんという人もものすごく不幸な人です。生まれてから四十九日目に、母親は二階に、下におばあさんが寝ているわけですが、おばあさんがかわいくてしようがなくて、二階で赤ん坊を育てるのは危ないと云って、母親から赤ん坊であるじぶん、ゼロ歳の乳児であるじぶんを切り離しておばあさんの部屋に連れてきた。おばあさんは年をとって病気がちでじぶんの寝室で寝ている、そこにじぶんを連れてきてしまった。そしておばあさんに育てられたと書いています。

おばあさんは病気であるし、脳神経症で、神経が病的に鋭くなっていて、厳格であり、偏執的であり、あらゆる病的な要素を備えていた。そのおばあさんがじぶんを離そうとしないし、母親のところへやろうとしない。じぶんの部屋に寝かせきりで育てられたと云っています。一歳未満のときに階段の三段目ぐらいから落っこちたことがあるとも云っています。こんなことは別に大したことがないような気もします。おばあさんの脳神経症というのは、おじいさんの病気のせいだということを誰が知っていただろうと書いてあるから、それは梅毒だと云っているんだと思います。

そういう幼児期、つまりおふくろさんがいるのに、四十九日たったらおふくろさんからおばあさんのところにもぎ取られて、おばあさんの病的な神経と病気で寝がちのところでおばあさんに育てられているというのはちょっとむちゃくちゃじゃないか、こんな育てられ方は不幸のどん底を約束されたようだということになると思います。そういう育てられ方を乳児のときにしています。

そしてじぶんの幼児期を象徴する事件だと書いていることがあります。それはおばあさんが近所の若い衆と親しくしていて、夏祭りのときに家の中に神輿《みこし》を呼び入れた。その呼び入れた男衆たちの、半分恍惚となったような、また高揚した、わっしょいわっしょいという掛け声とか振る舞いがじぶんに圧倒的な意味を持ったと云っています。もうひとつはそのとき家の庭に招き入れた町内の神輿がそこで暴れて、庭木を折ったりした。そういうことは子供のとき覚えがありますが、ふだんしゃくにさわっている家に行くと、わざとよくやりますから（笑）、きっとそういう意味合いで多少、あんちくしょう、あの家はすかしてやがると思われていたんじゃないでしょうか。だからちょっと暴れた。それも相当ショックで、幼年期のじぶんを象徴する体験だと云っています。

それから三島由紀夫さんも同じで、幼年期の遊び対手は、じぶんの病弱のために、近所の女の子三人と決められた。近所の女の子三人が家の中に招き入れられて、ままごと遊びみたいなのをして遊んだと云っています。これもものすごく決定的なことのように思います。

もうひとつ体験として云っているのは、五歳ごろに赤いコーヒー状のものを吐いた。二時間ばかり心臓が止まって死んだような状態になって、やっと二時間後に蘇生した。それは自家中毒だと診断された。自家中毒というのは、皆さんのほうがご存知だし、体験もおありだと思いますが、いまのお医者さんだったらきっと、どんどん食わせろというと思います。食わせないとは云わないと思います。それからお母さんが気持ちをゆったりしたほうがいいですよと云われると思います。もっと突っ込んで云えば、夫婦仲でも少しよくしたほうがいいですよということです。それで治ってしまうのです。つまり自家中毒というのは、乳児・幼児にとっての欲求不満・抑圧です。その抑圧の原因は母親との関係とか母親と父親の関係とかいろいろあるでしょうが、いずれにせよそういうものです。それ以降、自家中毒が持病になったと云っています。

そしてもう一つ重大なことは、ルソーの場合はマゾヒスティックですが、三島さんの場合はマゾヒスティックでもあるし、もしかすると、たぶんそうだと思いますが、同性愛者と云っていいようになります。

児童期に入ったころ、あるいは幼児期の末期ですが、ルソーと同じように、こういう遊び方をしていますから、本を読むよりほかないですから、読み書きは普通の子供よりも達者になります。ところが何になりたいかと云った場合、たとえば俺は博士になりたいとか大将になりたいとか、昔の子供、つまり僕らぐらいの年代の子供はよく云うわけですが、そういうふうに云うのと同じ意味で、じぶんは汚穢屋《おわいや》さんとか花電車の運転手・地下鉄の切符切りになりたいと云ったと書いています。

このことはマゾヒスティックと同性愛的ということのひとつの象徴として云っていいくらいで、三島さんの決定的な不幸というのは生まれたとき、乳児のときに決定しているし、まして幼児期の育てられ方というのはルソーと瓜ふたつとまでは云いませんが、非常に近似しています。これでもって一生生きていけというのは無理だと云っていいくらい、たいへん不幸な育てられ方を乳幼児期を通してされています。ここで三島さんがマゾヒスティックな性向を持ち、同性愛的になっていったというのはまことに当然であるし、それ以外には生きていくすべもないくらいたいへんだったろうなと思われます。

乳幼児体験の克服

ルソーも意志の強い人だったんでしょうが、三島さんも意志のたいへん強い人でしたから、皆さんもちろんご存知でしょうが、長ずるにおよんで、ボディービルをやって、ひ弱な虚弱児童だったというじぶんの面影がまったくないみたいな、筋骨隆々たる身体にしてしまいます。剣道・空手は有段者になるし、駆け足はやるしということで、身体をじぶんで人工的に意志的に鍛えてしまいます。

三島さんの刻苦勉励の生涯の努力というのはことごとくそうです。全部、意志的な努力です。乳幼児期にすでに植えつけられてしまった、決定されてしまったじぶんの資質を超えよう、超えようとする努力に次ぐ努力、あるいは奮励努力、刻苦勉励に次ぐ勉励、その連続です。徹底的にじぶんを人工的にしてしまいます。肉体すら人工的に鍛えてしまいます。普通の人よりももっと頑健な筋肉隆々たる身体にしてしまいます。スポーツ、武道の達人、有段者にじぶんを鍛えてしまいます。もちろん僕らの時代で云えば世界的な数少ない日本の作家・小説家にじぶんをしていってしまいます。結局、最後には人工的なものの均衡がぶっつりと切れて死んでしまう、割腹自殺してしまうということになりますが、三島さんの刻苦勉励の生涯と、肉体さえも意志的に鍛えてつくってしまうというやり方・生き方、それを全部決定しているのは乳幼児期だと思います。

三島さんは、僕らの同時代では偉大な小説家、世界的と云える非常にまれな作家ですが、そのこと自体はルソーの場合と同じで、人間はじぶんの置かれた資質・宿命というものをいかに超えるか、いかに超えられる存在かということの意味で、二人ともたぐいまれなお手本・模範であると云えます。これ以上の模範はないというくらい、模範的な生涯を送った人です。しかし、いったん違う面からいくと、こんなに不幸な育ち方と不幸な生涯を送った人はいないと云っていいくらい、不幸な人であると云えます。

つまり、われわれも大なり小なり不幸を背負っているわけですが、われわれの背負っている不幸はこれらの人に比べればはるかに楽なものです。これらの人たちは乳児あるいは幼児のときに、お前は生きてはいけないいんだよと云われたと同じくらい、ひどい育てられ方をしています。これは物質的な問題でも何でもありません。たぶん個々の人をとってきたら、ルソーの叔母さんも、三島由紀夫のおばあさんもお母さんも普通の優しい人であったんでしょうが、いったん子供と母親という問題の関係の中に置かれたときの幸不幸の決定の仕方から云えば、普通の人よりはるかに不幸で、云ってみればお前は生きてはいけないいんだよと云われているのと同じような生かされ方、育てられ方をしながら、それを超えよう、超えようとした生涯だと云うことができます。

子供とは何なのかということになりますが、子供というものは子供単独では意味がまったくない存在、また定義することができない存在です。少なくとも母親、もっと云えば父親も交えて、親というものと込みでしか定義することもできないし、決めることもできない。だからいったん児童期・思春期になって、非行化したとか学校内暴力・家庭内暴力、おかしくなってしまったというときには、半分はもう遅いんです。

しかし半分は、そんなことは簡単なことよ、それは母親、父親との問題よということが、解明できるというのはおかしいけど、父親・母親の側からも子供の側からも、そのときじぶんはこう考えたんだけど、本当はこう考えてやるべきだったというようなことが充分なかたちで分かって、育てられ方が分かり、育て方をちゃんと話し合っていくことができて、全部分かった、こうだったんだ、それでこういうことになっているんだということが解けたら、そんなものはいつだって解けてしまう。それ以外の解かれ方はありえない。本当を云えば、それでも半分は遅いんだから、半分は初めのときの問題だから、初めにしたほうがいいですよとなるのです。だから初めに決定論的なものが半分あって、いったん表われた思春期とかに、まだ半分は余地があるよ、さかのぼる余地もあるよということになると思います。

子供というのはあくまでも父親・母親、つまり親というものと二世代の込みで考えなければ成り立たない考え方ですし、込みで考えるべきだと僕には思われます。そうすると、いろんな問題がおのずから解けていくことがあると思います。僕らがこういうことをよくよく分かることができたら、またこういうことに対して割合にフランクに話すことができたり話し合えることができたりということがあったとしたら非常にいいことだし、子供にとっても親にとっても幸いなことだと思われます。

しかし、僕らは大なり小なりそんなことはできなくて、たくさんの隠しごととか抑圧、子供に対してうまいことを云ったり、親からうまいことを云われているんだけど本当は違っていたとか、そんなことをたくさん持っているわけです。そういうふうにして生きているのが僕らの現状であって、まずまず大過ないのはなぜかといったら、五〇%、あるいは五五%ぐらいはまあまあで育ったから、まあまあやっている（笑）。四〇%となったら、相当きついわけですよ。まともにやっていくにはきついし、まともな振りをするのもきついし、それを超えようとするのもたいへんきついという場面になってくる。これは皆さんも外見がどうであるにもかかわらず、心の中をよくよくご覧になれば、全部思い当たることが——僕自身も思い当たることしか云っていないわけで——おありになると思います。

つまりこういう問題が、たとえば子供について考えられる基本的な問題だと僕には思われます。まだここに分裂病者の女の子の場合とか、太宰治の場合とかありますが、それは皆さんがいまのことを基にしてお考えくだされば、いかようにでも考え方を切り開いていくことができるんじゃないかと思われます。時間もまいりましたので、これで終わります。

（一九八八年十一月一日）

解題

宮下和夫

本書『**心と生命について**』は、「吉本隆明〈未収録〉講演集」の第二巻である。表題に関連した連続講演「吉本隆明と時代を読む」と関連講演全十一編を収める。配列は、内容に応じてなされた。年代順ではない。

一九八六年十一月から一九九五年七月までの講演である。著者晩年にさしかかる六十二歳から七十歳までの講演である。まだまだ、若々しい。

全巻にわたって、蒐集・解題に宿沢あぐりさんのご協力を得た。記して感謝の意を表します。

I

「**物語について**」一九九四年六月十二日、池袋リブロ主催の連続講演「吉本隆明と時代を読む」の第二回として、行なわれた。第一回は、「国家について」（一九九四年三月六日）だったが、録音テープや講演記録が、いま現在、見つかっていない。

「吉本隆明と時代を読む」は、全六回の講演だった。場所は、「物語について」「心について」

「生命について」は、SMA館コミュニティカレッジ。「物語について」は、雑誌等未掲載のまま本巻に収録。

「**心について**」一九九四年九月十一日、池袋リブロ主催の「吉本隆明と時代を読む」の第三回として、行なわれた。筑摩書房のPR誌「ちくま」一九九五年一～二月号に発表された。

「**生命について**」一九九四年十二月四日、池袋リブロ主催の「吉本隆明と時代を読む」の第四回として、行なわれた。「吉本隆明全講演ライブ集」7、吉本隆明全講演CD化計画発行（二〇〇四年二月五日）に収められた。

「**ヘーゲルについて**」（原題・ヘーゲルの読み方）一九九五年四月九日、池袋リブロ主催の「吉本隆明と時代を読む」の第五回として、美術館別館アネックス9階テキストキッチンコアで行なわれた。「フーコーについて」も同所で行なわれた。「ちくま」一九九五年九～十一月号に発表された。

「**フーコーについて**」（原題・フーコーの読み方）一九九五年七月九日、池袋リブロ主催の「吉本隆明と時代を読む」の第六回として、行なわれた。「ちくま」一九九六年六～八月号に発表された。

II

「**甦えるヴェイユ**①」一九九二年十二月十九日、企画・デゼスポワァル／稲葉延子・伊藤洋・高嶋進で、来日公演「シモーヌ・ヴェイユ　1909–1943」（台本・演出＝クロード・ダルヴィ）の前に、解説として、東京都渋谷区の渋谷ジァン・ジァンで行なわれた。デゼスポワァルは、この公演のためにつくられた企画名。稲葉延子（当時・カリタス女子短期大学助教授）、伊藤洋（当時・早稲田大学教授）、高嶋進（当時・ジァン・ジァン企画・製作者）。雑誌等未掲載のまま本巻に収録。

「甦えるヴェイユ ②」一九九二年十二月二十日、企画・デゼスポワァル／稲葉延子・伊藤洋・高嶋進で、来日公演「シモーヌ・ヴェイユ 1909–1943」の前に、渋谷ジァン・ジァンで行なわれた。雑誌等未掲載のまま本巻に収録。

「良寛について」一九八八年十一月十九日、埼玉県入間郡日高町（現・日高市）武蔵町自治会主催で行なわれた。後半、少し欠落があるが、内容的に充分掲載に値すると思われるので、収録した。ご寛恕お願いいたします。こういう例は他にもあります。雑誌等未掲載のまま本巻に収録。

良寛の漢詩ならびに和歌については、吉本さんが何に依拠したのか分からないため、広範な書道研究家であり、良寛研究家でもある畏友・飯島太千雄氏の示唆に従い、東郷豊治編著『良寛全集』（東京創元社、一九五九年）に従うことにした。長岡市の「良寛」講座を主催された太田修氏の記憶とも一致していた。書についても、飯島氏の手とお知恵をお借りした。その際、校正上の難問も解いていただいた。記して感謝します。

「日本人の死生観Ⅰ」一九八六年十一月十六日、日本看護協会北海道支部北空知支部主催で行なわれた。主催者による「講演会及び看護研究発表会」での講演。雑誌等未掲載のまま本巻に収録。

「日本人の死生観Ⅱ」一九八六年十一月十七日、北海道旭川市月曜談話会主催で行なわれた。月曜談話会は、滝川市の異業種の人たちの集まりで、月一回の定例会で講演を開催している。場所、三浦華園。雑誌等未掲載のまま本巻に収録。

Ⅲ

「子供の哲学」 一九八八年十一月一日、東京都文京区の本郷青色申告会主催で、本郷青色申告会館で行なわれた。雑誌等未掲載のまま本巻に収録。本郷青色申告会は、吉本さんの地元ということもあり、複数回、講演が行なわれた。「漱石のなかの良寛（原題・座と文学）」「死を哲学する」「顔の文学」である。

編集協力・資料提供

小川哲生
宿沢あぐり
松岡祥男
宍戸立夫（三月書房）
鈴木一正（北村透谷研究会）
新藤涼子（「歴程」）
日本近代文学館
田端文士村記念館
文京区選挙管理委員会
LIXILギャラリー
小田原市立かもめ図書館
京都新聞社

吉本隆明《よしもとたかあき》〈未収録《みしゅうろく》〉講演集《こうえんしゅう》2
心《こころ》と生命《せいめい》について

二〇一五年一月十日　初版第一刷発行

著　者　吉本隆明《よしもとたかあき》
発行者　熊沢敏之
発行所　株式会社　筑摩書房
東京都台東区蔵前二―五―三　郵便番号一一一―八七五五
振替〇〇一六〇―八―四一二三
印　刷　中央精版印刷　株式会社
製　本　中央精版印刷　株式会社

乱丁・落丁本の場合は左記宛にご送付ください。送料小社負担でお取り替えいたします。ご注文、お問い合わせも左記へお願いいたします。
筑摩書房サービスセンター
〒三三一―八五〇七　埼玉県さいたま市北区櫛引町二―六〇四
電話　〇四八―六五一―〇〇五三

ISBN978-4-480-78802-3 C0395